本著作由中国社会科学院
青年人才"培远计划"资助

新时代文学批评丛书

吴义勤　主编

历史与形象
——新人文备忘录

刘大先　著

山东文艺出版社

图书在版编目（CIP）数据

历史与形象：新人文备忘录 / 刘大先著 . -- 济南：山东文艺出版社，2024.3
（新时代文学批评丛书 / 吴义勤主编）
ISBN 978-7-5329-7050-6

Ⅰ．①历… Ⅱ．①刘… Ⅲ．①中国文学－当代文学－文学评论－文集 Ⅳ．① I206.7-53

中国国家版本馆 CIP 数据核字（2023）第 230328 号

历史与形象——新人文备忘录
LISHI YU XINGXIANG—XIN RENWEN BEIWANGLU

刘大先　著

主管单位	山东出版传媒股份有限公司
出版发行	山东文艺出版社
社　　址	山东省济南市英雄山路 189 号
邮　　编	250002
网　　址	www.sdwypress.com
读者服务	0531-82098776（总编室）
	0531-82098775（市场营销部）
电子邮箱	sdwy@sdpress.com.cn
印　　刷	山东华立印务有限公司
开　　本	710 毫米 ×1000 毫米　1/16
印　　张	14.75
字　　数	198 千
版　　次	2024 年 3 月第 1 版
印　　次	2024 年 3 月第 1 次印刷
书　　号	ISBN 978-7-5329-7050-6
定　　价	59.00 元

版权专有，侵权必究。如有图书质量问题，请与出版社联系调换。

开辟文学批评的新时代
——"新时代文学批评丛书"总序

吴义勤

党的十八大以来，中国特色社会主义进入新时代，中国文学也翻开了崭新的一页。置身新时代新征程，面对丰富的史诗性伟大实践，广大作家胸怀"国之大者"，牢记初心使命，深入生活，扎根人民，与时代共振，与人民共情，用心用情用功书写新时代的中国故事，展现中国人民昂扬的精神风貌，谱写了新时代文学的辉煌篇章。

文学批评与文学创作是文学发展的车之两轮、鸟之两翼，一个时代的文学发展既需要广大作家的笔耕不辍、创新创造，也需要批评家的积极呼应、理论引领。在新时代文学不断攀登高峰的历史进程中，新时代文学批评也发挥了至关重要的作用，取得了丰硕的发展成果，形成了独特的新时代文学批评景观。习近平总书记高度重视文学批评工作，近年来就繁荣新时代文学批评发表了一系列重要讲话，做出了一系列重要指示批示。我们策划这套"新时代文学批评丛书"，就是要全面学习贯彻落实总书记关于文学批评的讲话与指示批示精神，一方面旨在呈现新时代文学批评的基本样貌、发展成果，另一方面也希望从中获得推动文学批评发展的经验和启示，为推动新时代文学理论批评建设和新时代文学繁荣提供有益的镜鉴。

本丛书遴选的作者都是长期持续坚守在新时代文学批评现场并卓有成就的优秀批评家。从年龄结构上，他们涵盖了"60后""70后""80后"，这也是当下文学批评的主力军；从批评对象的文学门类上，覆盖了小说、诗歌、散文等多个当下最具影响力的艺术门类，可以说是对新时代文学的全面阐释和研究。通过这套批评丛书，读者一方面可以深入了解新时代文学批评的丰富实践，同时可以通过文学批评了解新时代文学发展的基本风貌和历史特征。

在内容上，本丛书侧重于遴选研究新时代文学的评论文章，以对新时代十年来具有代表性的作家作品、有广泛影响的新文学现象、引人关注的文学热点事件以及文学发展中存在的症候性问题为主要研究对象，是对围绕新时代文学展开的文学批评成果的一次全面梳理和集中展示。我们希望以出版批评丛书的方式，深入总结文学批评发展的历史经验，同时吸引更多研究力量来增强对新时代文学研究的力度和深度。

本丛书的出版要感谢山东出版传媒股份有限公司副总经理李运才、山东文艺出版社社长徐迪南，他们提供了非常多的支持和帮助，也提出了许多富有建设性的意见和建议。新世纪之初，我曾和山东文艺出版社共同策划出版了一套"e批评丛书"，在学术界产生了良好的反响。今年，又再次在山东文艺出版社出版这套"新时代文学批评丛书"，可谓是一种极为特殊也极为难得的缘分，也体现了山东文艺出版社多年来一直积极参与、支持中国当代文学批评事业发展的出版精神。在此，我代表丛书编委会向山东文艺出版社表示衷心的感谢并致以崇高的敬意。

两套丛书虽然出版时间不同，但在内容上又有着一种延续性和整体性。"e批评丛书"着力呈现的是二十世纪九十年代文学批评的发展成果，也是当时年轻的"60后"批评家的一次集体亮相。"新时代文学批评丛书"更侧重于展现新世纪尤其是新时代以来的文学批评成果，参与作者既包括了"e批评丛书"中的部分作者，又吸纳了"70后""80后"等新生批评力量。两套丛书虽然侧重点不同，但形成了一种巧妙的呼应，构成了一种互补关系，具有了批评史意义上的"整体性"，某种意义上，它们就是一种特殊形态的近三十年来中国文学批评的发展史。

当然，对于新时代文学批评成果的总结展示并不意味着我们回避当下文学批评存在的问题。新时代以来，随着时代语境和文学生态的不断变化，文学批评面临着更为复杂严峻的形势和挑战，文学批评如何更好地发挥作用，真正成为助推文学发展的"磨刀石"和"利器"？这是所有文学批评者面临的共同课题和任务。出版这套丛书，我们一方面意在梳理总结这一时段文学批评发展的成果和经验，同时也希望能够从中析出当下文学批评发展存在的一些问题，以史为镜，为未来更好地推动中国文学批评发展，更好地发挥文学批评引导创作、推出精品、提高审美、引领风尚的作用提供启示和帮助。

新征程是充满光荣与梦想的远征，新时代文学正在我们面前浩浩荡荡地展开，作为文学发展的重要一翼，中国文学批评也正在砥砺前行，积极开辟一个文学批评的新时代。

是为序。

历史与形象
——新人文备忘录

目 录

001　当代性与媒介融合时代的文学史

016　从时间拯救历史
　　　——文学记忆的多样性与道德超越

035　确定性的显隐
　　　——乡村叙述的嬗变与"三农"的再认识

055　喧嚣的失语
　　　——20世纪末的知识分子表述

079　东北书写的历史化与当代化
　　　——集体文化废墟上的"铁西三剑客"

098　拥抱变化
　　　——从"后文学"到"新人文"的实践途径

108　李洱、时代情绪与理念人的当代命运

122　滕肖澜、市民故事与世情书的传承

135　徐则臣、郊区故事与流动性生存

149　石一枫、道德故事与时代寓言

163　作为记忆、仪式与治疗的文学
　　　　——阿来《云中记》的启示

177　中间地带的瓯脱叙述
　　　　——陈福民《北纬四十度》的空间感觉、文明论与文史表述

193　流动的时代、身份与文学
　　　　——路内《雾行者》的"风"与"心"

208　过去三调
　　　　——李亚《花好月圆》的历史声部

219　后记：创造"历史"以进入历史

当代性与媒介融合时代的文学史

文学史在中国高等院校文科教育中占有着中心位置，在课程设置的权重上远超文学理论、文学批评、语言文献与写作。即使"理论"在20世纪下半叶整个文学生态系统中至为重要，"创意写作"在晚近几年陆续兴起，依然无法撼动文学史所具备的整全性与权威性意味。很多时候，文学理论和文学批评的课程也都不过是文学理论史和文学批评史。这不仅源于中国有着悠久而深厚的著史传统，历史本身带有总结性的"知识"意义，更主要还在于现代以来所形成的文学教育观念与国家意识形态之间有着紧密的关联——它需要将一个国家过去的文学遗产结撰为首尾连贯、延续不绝的叙事，从而形成一条与民族/国家的历史叙述相配合的连续性文脉。

中国文学史写作自清末肇始以来，一直带有模仿欧洲文学史的隐秘民族主义内涵。伴随着一个多世纪的发展，不仅各种以文体、风格、族别、地方、翻译等为名的文学史层出不穷，"重写文学史"成为一时显学；文学史自身也成为研究的对象，相关的诸如文学制度、文学史料的整理与讨论颇呈热点之势，在20世纪末直至当下著述已蔚为大观；值得注意的是，民族主义理论、历史学的叙事转向，以及知识考古学的影响，已经使得文学史的建构与书写获得了较为深入的探讨。但上述三重脉络较少涉及文学接受与传播媒介的问题。80年代中期直至90年代中期一度广受关注的接受美学，以及世纪之交"文化研究"的理论成果似乎并没有融入文学史写作观念之中，而这些问题事关重新认识"当代"以及"文学"的重大命题。①必须事先说明的是，我要讨论的文学史叙述，更多侧重知识构筑与教育内涵，它们尽管不乏学术含量，但区别于具体文学史研究的科研意涵。

一、历史感即当代感

"历史"一词具有历史与历史书写的双重含义，如果不加辨析，会混淆两者之间的差异。历史并非死寂的过去，而是活在当下的"绵延"之流（la durée）及时间中的人、事、物、行动，这使它与在历史书写中以知识化形态呈现并固定下来的实体性存在有所不同，后者的实体性其实是书写者假想与设定的结果。历史本身充满了芜杂、琐碎、偶然性、不可名状与神秘，对于书写者而言，就意味着必须借助自身的理性对其进行形式化，从中寻找或者建立某种确定性、统一性、连贯性。

尽管20世纪下半叶经过"语言学转向"之后，历史理性的信念遭到后现代思维的解构，但试图通过叙述让历史书写成为过去与现在之间的中介与桥梁，依然是历史学家的追求。"对于历史学家而言，过去与当下相通，因而理解历史成为可能；过去与当下相异，因而理解历史成为必要。"② 对过去设身处地的同情理解，对当下现实有着明确问题意识的关切，被视为一个书写者基本的历史感所在。对过去与当下、同与异的敏锐意识，以及掌握两者之间的平衡感与分寸感，这种历史感就是当代感。

克罗齐（Benedetto Croce）在这个意义上认为一切历史都是当代史。历史"假如具有某种意义而不是一种空洞的回声，就也是当代的，和当代史没有任何区别。……它的存在的条件是，它所述的事迹必须在历史家的

---

① 除了做纯粹的理论研究，如张思齐《中国接受美学导论》（巴蜀书社1989年版）、朱立元《接受美学》（上海人民出版社1989年版）、金元浦《接受反应文论》（山东教育出版社1998年版），国内学者最初是将其引入古典文学的研究之中，如陈文忠《中国古典诗歌接受史研究》（安徽大学出版社1998年版）。

② 彭刚：《叙事的转向：当代西方史学理论的考察》，北京大学出版社2017年版，第268页。

心灵中回荡,或者(用专业历史家的话说),历史家面前必须有凭证,而凭证必须是可以理解的。……只有现在生活中的兴趣方能使人去研究过去的事实。因此,这种过去的事实只要和现在生活的一种兴趣打成一片,它就不是针对一种过去的兴趣而是针对一种现在的兴趣的"①。因为"真实性"需要内在的理由,生活是一种现实情况,如果没有内在与过去发生的人事之间的互动,那么关于过去的叙述就是数学式的罗列人物及其行为和结果的空洞记录,就不再是精神活动,而只是一种客观呈现的事物。那些孤立的事实如同一块石头、一滴水珠,除了增广贤文式的趣味,无助于认识历史;而要构成真正的历史书写,必须要有当代性的介入,从而获得有意义的形式与解释。因而,"当代性"不是某一类历史的特征,而是一切历史的内在特征,应当把历史与生活的关系看作一种统一的关系。

作为文学史书写情境和运思方式的"当代性",包含着时代的政治意识形态、书写载体与传播媒介、受众的心理预期以及对于"历史"与"文学"的认知方式,它们综合决定了文学史的写作方法、传达的理念和表现出来的样态。就此前的研究者所达成的共识而言,文学史具有合法性与正当性,缘于它属于历史之一种。史学范式中理念、分期的影响渗透到文学史写作中,探讨其话语的转型需要对历史学的变迁背景有整体的理解。

我们目前身处的主流历史书写观念,是以海登·怀特(Hayden White)、安克斯密特(Franklin Rudolf Ankersmit)为代表的"叙事转向"的后现代史学观:本体论的历史哲学中对于历史本来面貌的确信,在经过分析论的历史哲学之后变得摇摇欲坠,人们意识到历史的本相是一个后来者永远无法抵达的目标。人们所能把握的只是根据有限的历史流传物建构出来的有限"真实",对于那个无法看清的原貌,最好的办法是将其进行现象学式的"悬置",而落脚于历史书写本身。历史于是被视为一种叙事,它不再信任历史的某种本质论或实在论,而强调书写者对历史的认知和建构。于是,"历史"与"文学"就难以判然二分——都只是某种写作。一

---

① 贝奈戴托·克罗齐:《历史学的理论与实际》,道格拉斯·安斯利英译,傅任敢译,商务印书馆1982年版,第2页。

个事件具有多种叙述的可能性，决定了被叙述的内容并没有固定不变的身份，文学文本与历史文本都需要想象力的辅助与统合，这使得说服力与可信度的争夺成为书写者必须要面对的问题。

这不免让人回想起亚里士多德（Aristotle）关于"诗"与"历史"的古老论辩①。在他看来，"诗"（文学）叙述可能性，比"历史"记叙具体的事实更具可信性。这里显示出文学较之于其他历史流传物（文件、档案、实物……）的独特性，如同米兰·昆德拉（Milan Kundera）不遗余力地重复的："小说唯一的存在理由是说出唯有小说才能说出的东西。"②这种特殊性导致了文学史写作与一般历史写作的差异性，历史学家从文学中得到的启发可能是："在一位伟大的小说家手上，完美的虚构可能创造出真正的历史。"③所以，我们要追问：未来的文学史写作能为历史提供什么？而不是像一直以来借用历史书写的词汇与语法所撰写的文学史那样，只是从历史中撷取什么。

文学特殊的历史性在于，它与已经过去并且不再重现的历史人物及其活动不一样，文学作品如果流传下来，就会成为持久性的精神财产，与当代作品一样能够激发接受者的情感、理智与精神变动，因而"并不是一个自身独立、向每一时代的每一读者均提供同样的观点的客体。它不是一尊纪念碑，形而上学地展示其超时代的本质。它更多地像一部管弦乐谱，在其演奏中不断获得读者新的反响，使本文从词的物质形态中解放出来，成为一种当代的存在"④。于是，文学史就不能简化为事实的陈述式知识，而是审美接受与认知生产的过程。因而，姚斯（Hans Robert Jauss）在对马克思主义以及形式主义的双重反思中提出了文学史的挑战性观念："必须把作品与作品的关系放进作品和人的相互作用之中，把作品自身中含有

---

① 亚理斯多德：《诗学》，罗念生译，上海人民出版社2006年版，第39—40页。
② 米兰·昆德拉：《小说的艺术》，董强译，上海译文出版社2004年版，第46页。
③ 彼得·盖伊：《历史学家的三堂小说课》，刘森尧译，北京大学出版社2006年版，第153页。
④ H.R.姚斯、R.C.霍拉勃：《接受美学与接受理论》，周宁、金元浦译，辽宁人民出版社1987年版，第26页。

的历史连续性放在生产与接受的相互关系中来看。换言之，只有当作品的连续性不仅通过生产主体，而且通过消费主体，及通过作者与读者之间的相互作用来调节时，文学艺术才能获得具有过程性特征的历史。"① "如果文学史不仅是在对作品的一再反思中描述一般历史过程，而是在'文学演变'过程中发现准确的、唯属文学的社会构成功能，发现文学与其他艺术和社会力量一起同心协力将人类从自然、宗教和社会束缚中解放出来的功能，我们才能跨越文学与历史之间、美学知识与历史知识之间的鸿沟。"② 这样，文学史就实现了对社会决定与文学自治的双重超越，从强调传记式的社会学作者论，以及内部演变的文本中心论，转化为过去的作者、文本同后来的接受语境与接受者之间交融互动的演化过程。被动接受与积极理解、标准经验的形成与创造性生产之间达成了一种伽达默尔（Hans-Georg Gadamer）所谓的"视域融合"，从而使得文学、文学史以及读者都成为历史的能动性构成。

以当代性反观文学史，我们会发现既有文学史书写往往只注意文学的产生及内容（包括它的社会背景、写作主体与作品文本），但很少注意到文学的接受，而这个接受如同西方的《圣经》阐释传统一样，在中国文学史上也有着极为深厚的本土传统。一个原生文本及其注、疏、批、评、判、校、勘、解、释、析、辨……构成了真正意义上文学的活形态绵延过程。在这个动态的接受过程中，文学史获得了对于审美判断与历史判断的自觉，进而得以反思"经典"的构成与重构，并且使文学遗产成为当下文化生产的有机活力因素。

二、媒介语境的挑战

当代性回响着本雅明（Walter Benjamin）对"文学史的任务"的召唤：

---

① H.R. 姚斯、R.C. 霍拉勃：《接受美学与接受理论》，周宁、金元浦译，辽宁人民出版社1987年版，第19页。

② H.R. 姚斯、R.C. 霍拉勃：《接受美学与接受理论》，周宁、金元浦译，辽宁人民出版社1987年版，第55—56页。

"不是要把文学作品与它们的时代联系起来看,而是要与它们的产生,即它们被认识的时代——也就是外面的时代——联系起来看。这样,文学才能成为历史的机体。使文学成为历史的机体,而不是史学的素材库,乃是文学史的任务。"① 姚斯开启的"文学史作为向文学理论的挑战"确立了读者-受众在文学史中的位置,那么在当代性的视野中,我们则可以进一步提出媒介向作者与受众的挑战。姚斯强调了受众在文学过程中扮演的主动角色,进而迫使文学史书写者不得不正视过去流传物的效果历史(Wirkungsgeschichte)。但他的理论对于当代性本身缺乏厘析,即不同时代的文学语境不仅仅是读者/受众的个体性、独特性的主观反映,还有一个可能更重要的因素,那就是书写的载体、传播的媒介、流通的渠道和接受的平台,它们与作家作品、读者受众一样构成了"历史机体"。姚斯的论述中,默认的文学是文字文本,即已经被书写记录与纯化了的文学,其中原本涵括口头文学的诸如史诗、罗曼司、童话都是被文字化之后才会进入他的论述系统之中,这种"纯文学"观念本身现在正在遭受媒介的挑战。

如今是一个"媒介融合"的时代,人际口头的声音文本、书写印刷的文字文本、大众传播的影音图文综合性文本,乃至万物互联的网络虚拟文本,都处于同一个当代时空当中。一方面,文学有着"共时性"特征,即当代所处的文学环境永远是过去的人物、作品与当代作家作品之间同时并存的状态。不同年代的作品,就如同星空中的繁星,它们同时展现在同一片夜幕之中,距离却是不同的光年,可能几个世纪光年遥远的星辰反倒比邻近的星辰映现出更为耀眼的光芒,因而文学不具有某种线性发展的终极巅峰,没有"过时"一说。这与科学技术的"进化"截然不同,我们可以称之为"演化"。另一方面,从客观的外部语境来说,所有人都是"同时代人";但是就主观的个体内在而言,人们在理性认知、情感结构、精神水准、美学品位上很大程度地存在着"同时异代"②的情况。文学作为意

---

① 本雅明:《经验与贫乏》,王炳钧译,百花文艺出版社1999年版,第251页。
② 如同布洛赫所说:"并不是所有的人都存在于同一个'现在'。只是通过他们可以在今天被看到的事实,表面上显得如此。但是他们尚没有与其他人生活在同一时代。" Ernst Bloch: *Heritage of Our Times*, trans. Nevill and Stephen Plaice, University of California Press, 1990, P.97.

义系统是现象、实践与活动的聚合，其完整的历史过程必然包含作者、读者与传播环境。那么，在当代书写文学史，文学的意义及其演进（事实）通过什么样的相互关系（结构）被表达出来？

我们要意识到文学在进入其现代审美自律意义之前的实用功能，它有着诸如兴观群怨、多识鸟兽草木之名的仪式、治疗、传递信息、认识教化等多种功利意涵。"纯文学"话语建立后，则凸显了其超功利的价值。伴随媒介、载体与渠道的变化，从口语到文字、印刷术，再到电子技术对语词处理的不同方式嬗变，不仅影响了语言艺术样式的演变，决定了形象塑造、情节结构、抒情风格与审美趣味的方式，甚至改变了人自身的体验、情感、认知和精神。如果要将文学视为有意义的交流，文学史就不能不直面文学生产、流通、消费中对于过去文学遗产的翻新和当下文学现场的建构。

反过来说，媒介对文学固然影响如此广阔深远，但媒介交流与人的交流之间也存在差异。关于这一点，沃尔特·翁（Walter J. Ong）做过区别："人的交流需要反馈、指望反馈，否则交流根本就不可能发生。在'媒介'模式里，讯息从发送者的位置传递到接收者的位置；而在真实的人类交流中，讯息发送者不仅要站在发送者的立场，而且要处在接收者的地位，然后才能够发送讯息。"[①] 这种交流是一种主体间性的交流，决定了所有的写作文本都是互文性文本，这其中交流平台的作用至关重要，它对作者、读者起到了双重改变的作用。口语文化的互动与群体参与场景，形成了道成肉身、言出法随的权威性；文字文化跨越时空的限制，增强了具备个性化、内在性的自我反思意识；到了融媒体语境中，除了文字形式之外，图像、动态视频与即时的互动则影响到人的认知方式和情感结构，即所谓的"网感"与"速读"，文学形态及其接受方式就生发出新的可能，文学史也将不得不加以重新认识和改写。

对于史观与史料的不同理解和定位，带来文学史书写的不同改观。20

[①] 沃尔特·翁：《口语文化与书面文化：语词的技术化》，何道宽译，北京大学出版社2008年版，第136页。

世纪80年代"二十世纪文学"和"重写文学史"的提法，是出于对革命、阶级斗争史观所暗含的断裂性、进化论、决定论的反拨，以人道主义、启蒙史观、形式论接续起文学史的延续性，冲击着高雅与通俗、精英与一般的鸿沟与疆界。史观与史料相得益彰，彼此促进，更改了文学史书写的风貌。如今的变革则更为明显，伴随着后结构主义、后现代主义、女性主义、后殖民主义之类"后学"的兴起，以地方、族群、酷儿、青少年等亚文化为主题的文学史日益涌现，再往前进一步则必然要涉及媒介融合（技术）发展所带来的文学整体性生态的转变。

　　关于技术从工具到统治到垄断的发展过程[①]，不是本文要阐述的内容，但是信息社会的崛起以及网络对于时间、空间、身份认同、地缘政治、经济形态、社会结构、生活方式、文化形式的改变几乎是全方位的[②]。此种变局之于文学和文学史而言，必然带来从分期、文类、主题、流派、地域这些既有文学史内容的再次厘定，同时也生发出对界定"文学"及其体裁和样貌的思考。马尔库斯（Greil Marcus）和索勒斯（Werner Sollors）共同主编的《新编美国文学史》[③]就将文字文学、音乐、电影、美术、政治演讲等都纳入自身范畴，像卡通、电视、嘻哈文化（音乐、涂鸦、街舞）等原本不被视为"文学"的内容也被涵括进去。王德威主编的《新编现代中国文学史》也采取了这种形态，抱着将中国文学世界化的态度，不仅重

---

　　① 参见波兹曼：《技术垄断：文明向技术投降》，蔡金栋、梁薇译，机械工业出版社2013年版。波兹曼的历史梳理简明扼要，并非十分严格的学术著作，但颇具敏锐的观察，当然他对于技术持有的批判性态度中没有对技术潜能的分析，这不能不说是缺陷。

　　② 参见曼纽尔·卡斯特"信息时代三部曲：经济、社会与文化"：《网络社会的崛起》（夏铸九、王志弘等译，社会科学文献出版社2001年版）、《认同的力量》（曹荣湘译，社会科学文献出版社2006年版）、《千年终结》（夏铸九、黄慧琦等译，社会科学文献出版社2003年版）。

　　③ Greil Marcus、Werner Sollors（ed.）：*A New Literary History of America*，Harvard University Press，2009.

新定位了文学的"现代"源起,也同样重新定义了"中国""文学"和"历史"。①这种文学史多人撰述、体裁不一、观念各异,很容易被质疑为消解了"文学"的主体性特质,而滑向了"文化研究"。即便是没有那么"文化研究"化的梅维恒(Victor H. Mair)主编的《哥伦比亚中国文学史》,因为其缺乏统一体例与观念拼盘(既有宗教文本,也有日本、越南、韩国对中国文学的接受;强调文人文化,但在涉及少数民族文学时基本上都是民间口头文学;诸如此类,不一而足)②,也曾被柯马丁(Martin Kern)和何谷理(Robert E. Hegel)严厉批评为"一个良莠不齐的混杂物,没有组织,互相脱节,欠缺剪裁",称不上是一部文学史。③不过,如果不把"文学"理解为在某个特定历史时期定型的固化形态,而视之为随着具体历史语境而演化的动态表意形式,那么这些文学史写作尽管未必被所有人认可,也不失为多样性的可选项。

放到长时段中观察,"文学"的专门化只有短暂的历史,很长时间里都是"杂文学""泛文学""大文学"并存的状态。除了书写者的主观意愿各有不同之外,书写行为和书写介质也相应发挥了作用。口头文学的展演与表述自不待言,即以文字文学为中心,碑铭、碣文、尺牍、表奏也各因媒介不同而表现出姿态有别的风格与形式。当新的媒介产生之后,文学的自治要遭受来自现实的怀疑,但它们也并不会消亡,而转形变异为新媒介的内容,从而成为文学史的内容。现代以来的书面文学未尝不会在未来弥散了的电子介质中成为一种内容,文学史写作必须保持开放的眼界,才能应对变化了的现实。

---

① David Der-wei Wang (ed.): *A New Literary History of Modern China*, Belknap Press: An Imprint of Harvard University Press, 2017. 其中译本《哈佛新编中国现代文学史》由四川人民出版社于2022年6月出版。

② 参见梅维恒主编:《哥伦比亚中国文学史》,马小悟、张治、刘文楠译,新星出版社2016年版。

③ Martin Kern、Robert E. Hegel: "A History of Chinese Literature?", *Chinese Literature: Essays*, 26(2004), PP.159—179.

三、当代文学史写作向何处去

回到中国文学史写作的现实中来，整理文学遗产，并将之作为一种国家国民知识与文化教育中的手段，始终是最为主流的选择。在文学这一学科从晚清到现代逐渐成形的过程中，文学史书写更多着眼于"想象的共同体"；而社会主义中国建立之后，它则成为政党政治文化领导权的有机组成。在王西里（V. P. Vasiliev, 1818—1900）、窦士镛（1844—1909）、黄人（1866—1913）、林传甲（1877—1922），甚至刘师培（1884—1919）等一些早期文学史写作者那里，他们的论述对象明显地具有"杂文学"的色彩。这种情形随着"新文学"观念的确立而逐渐窄化和纯化：一度不被关注、内容驳杂的"民间文学"独立出来成为一个门类，而不符合现代文学体裁划分、不以审美为中心的实用性文类则被驱逐出文学史。这个过程中，文学"史料"在缩减，文学"史观"则起了主导性作用。这种情形在新中国成立之后更加明显，因为当代中国各类文学史的书写都避免不了与政治史纠缠在一起，哪怕是那些刻意疏离主流意识形态、以审美为中心的文学史，也只是从反面证明了前者的统摄性——这使得文学史书写在1949年之后经历了三个阶段的变迁。

第一阶段是革命史观式的书写。如王瑶完成于1950年至1952年的《中国新文学史稿》，以社会背景概论加文类分述的方式，贯通新民主主义革命时期的文学演进，秉持了毛泽东《在延安文艺座谈会上的讲话》精神，反帝反封建是其隐形语法[1]。唐弢主编的《中国现代文学史》与游国恩、王起、萧涤非、季镇淮、费振刚主编的《中国文学史》，都是1961年4月高等院校文科教材编选计划会议的产物，"遵循马克思列宁主义、毛泽东思想的原则来叙述和探究我国文学历史发展的过程及其规律，给予各时代的作家和作品以应有的历史地位和评价"[2]，它们都带有确立社会主义

---

[1] 参见王瑶：《中国新文学史稿》，上海文艺出版社1982年版，第783—784页。
[2] 游国恩等主编：《中国文学史（四）》（修订本），人民文学出版社2002年版，第456页。

文化认知中文学经典与秩序的意义。它们的分期和理念秉承了革命与阶级分析的话语，但因为写作周期经历的政治文化变迁（1961—1979）[①]，而夹杂了启蒙与革命之间的互动。

第二阶段是人性论和去史观化的历史主义描述。章培恒、骆玉明主编三卷本《中国文学史》可为代表。该著淡化了社会背景因素，而以作家作品为中心，其指导思想是对马克思主义所做的人道主义解读，提炼出形象、情感、人的一般本性、个性（自我）等关键词，以之对此前文学话语中单向度强化阶级性、集体性进行了反拨，认为形式、审美意识、文学观念的演进与人性的发展相互联系。[②] 至袁行霈主编的四卷本《中国文学史》则带有"去史观化"意味，着意要以"三古七段"（上古期：先秦、两汉。中古期：魏晋至唐中叶、唐中叶至南宋末、元初至明中叶。近古期：明嘉靖初至鸦片战争、鸦片战争至五四运动）的分期，从文学的内外部因素、不平衡性、雅俗互动、文体交融、文道离合、复古与革新的不同层面描述其演进脉络。"总绪论"中将文学史的核心定位为"阐释文学作品的演变历程"，要将"评价式的语言，换成描述式的语言"[③]。"传媒"与"当代性"是其在为数众多的文学史书写中提到的新鲜元素，但统观不同分卷，它们只是作为历史描述的内容，而没有成为描述历史的方法与角度。

第三阶段是历史化的尝试。以洪子诚《中国当代文学史》为代表，在对1949年以来的作家作品、文学运动、理论批评等进行"述评"时，"努力将问题'放回'到'历史情境'中去审察。也就是说，一方面，会更注意对某一作品，某一体裁、样式，某一概念的形态特征的描述，包括这些特征的演化的情形；另一方面，则会关注这些类型的文学形态产生、演化的情境和条件，并提供显现这些情境和条件的材料，以增加我们'靠近''历史'的可能性"[④]。这种融合美学与社会条件的书写，开启了关于文学制

[①] 参见唐弢主编：《中国现代文学史（一）》，人民文学出版社1979年版，"前言"第1—2页。

[②] 参见章培恒、骆玉明主编：《中国文学史》，复旦大学出版社1997年版，第61页。

[③] 袁行霈主编：《中国文学史》，高等教育出版社1999年版，第4—6页。

[④] 洪子诚：《中国当代文学史》，北京大学出版社1999年版，"前言"第5页。

度、组织、作家、作品综合考察的范例。孟繁华、程光炜《中国当代文学发展史》延续了历史化的思路，将当代文学置于社会实践与文化实践的联动之中，在"现代性"的视野中，呈现出当代文学的周期性震荡[①]，并且关注到市场化所带来的影响。该作在"绪论"中体现出对历史与叙述、事实与虚构的清醒自觉，然而行文中又难以避免地与政治史、社会史的叙述保持了同构。

述介这些影响广泛的文学史（教材）只是要指出，作为教育产品，文学史要体现出客观、权威的视野与稳健、中正的态度，因而总是滞后于批评与理论前沿，在学术观念上大部分甚至趋于保守，从而跟历史理论的前沿进展相比，显示出了微妙的时差：在具体个案研究中，倾向于史料的客观主义论证；在文学史书写的宏观把握中则总是受到特定时代主导性史观的支配，而那些史观中是缺乏读者/受众与媒介/技术的"当代性"视野的。

经过了历史哲学的"叙事转向"之后，"历史"可以视为"文学"，而"文学"则带有"历史"的意味。"以诗证史"那种文学对历史补苴罅漏的功能倒在其次；更主要的是，文学史以其无可替代的独特性，形成了有别于政治史、经济史、社会史面目的文化史、情感史与心灵史。如同前文所说，当文学史必然显现为"星图"结构时，那些"经典"作家作品，既是历史行进过程中的一个一个节点式的坐标，也是当代共时性的存在。经典化的书写暗含了一种目的论，即那些被拣选的作家作品被标示为可供效仿的典范和可作评判参照的价值尺度，进而成为未来文学发展的指针。从这个意义上来说，书写文学史既是总结萃取过去的经验，更是为当下提供教益，并规划文学将来的走向，从而体现出书写者作为历史主体的主观性与能动性。尽管如同巴特菲尔德（Herbert Butterfield）所说，"所有的历史都有转变为辉格式历史的倾向"[②]，但工具化的"辉格式历史"的问题并不在于某种充当价值参照的主观性史观，而在于将这种史观单一化与独断化。

[①] 参见孟繁华、程光炜：《中国当代文学发展史》（修订版），北京大学出版社2011年版，第1—11页。

[②] 赫伯特·巴特菲尔德：《历史的辉格解释》，张岳明、刘北成译，商务印书馆2012年版，第7页。

晚近的史学理论也在重构历史书写的方法，像鲁尼亚（Eelco Runia）这样的学者就试图在历史实在论和历史建构论之间寻找某种平衡①。

为了一方面避免"客观化"，成为人物、作品、事件的琐碎罗列与无意义堆积，另一方面又不至于全然沦为书写者个人主观性的产物，文学史的书写只能采取一种必要的主体间性的"逻辑上的循环"："历史只能参照不断变化的价值系统来写，这些价值系统则应当从历史本身中抽象出来。"②回到当代现实，"历史本身"表现为由于整体知识与技术环境的变化，文学形式及其传播与教育自身所遭受的挑战和面临的变革。毫无疑问，伴随着电子信息社会的到来，知识生产的方式、知识传播的渠道、知识获取的途径，较之印刷与大众传媒时代发生了变异与扩展。在信息爆炸、知识贬值的时代，客观材料的获得并非难事，关键倒在于能否在继承与扬弃革命史观、人性论、历史主义的基础上，综合考虑读者与媒介因素，重整文学史书写的思路，从而在整理文学遗产、塑造民族精神、传达意识形态诉求的固有功能之时，也能处理多元体裁、文类、介质的当代性问题。

"当代性"问题包含了多重层面，诸如它与革命中国密切关联的政治意涵、充满不确定与开放性的时间意识、强调现实关注和时代要求的意图与诉求等。本书强调的是"当代"作为积淀与凝聚了过去历史与未来理想的共时性性质。共时结构意在突出文学史的生产性功能：不能成为按照历时性梳理结撰而成的一般历史的附庸，但如果只是在"经典化"过程中成为作家作品按图索骥的导览与指南，也难逃断烂朝报之讥。这就要求文学史书写突破知识化与静态化的描述，充实进当代性的自觉意识，凸显出文学作为历史与文化重塑的能动性作用。

文学史的当代性有着"历史性"的一面：因应着媒介融合时代文学的泛化，口头、书面与电子形态的表述共处于当代时空之中，内容与结构、

---

① Eelco Runia: "Presence", *History and Theory*, Vol. 45,（2006）. "Burying the dead, creating the past", *History and Theory*, Vol. 46,（2007）. "Into Cleanness Leaping: The Vertiginous Urge to Commit History", *History and Theory*, Vol. 49,（2010）.

② 雷·韦勒克、奥·沃伦：《文学理论》，刘象愚等译，生活·读书·新知三联书店1984年版，第296—297页。

形式与实践的变革,体现在对于此前文学史书写中被忽略的族群(多民族文学与全球史视野)、性别(女性文学与跨性别)、空间(文学地理、迁徙与流动)、技术(网络文学与多媒体形态)等视角与维度的层面,逐渐出现于相关文学史写作之中,显示出当代历史的现实场景。另一方面,它还有其"反历史性"的一面:"现代科学史学在构建过去时已经削弱了想象力的作用,而想象力很可能会帮助活着的人们做出道德的判断"[1],这是文学作为一种方法对科学理性思维的补充与校正。尽管随着专业分工的日趋细化,文学生态发生了很大的变化,但因为它具有整体性想象的能力,所以可以整合信息爆炸所带来的文化冲击,赋予碎片化、零散化与瞬间化的信息流以"有意味的形式",从而使自己成为文化创造的母体,发挥着基础性作用。即文学史的想象和叙述避免使自己客体化与对象化,而努力在主体间性中综合性地介入对于历史与现实、个人与总体的认识之中。

秉有这种"当代性"的双重意识,文学史就不再是游离于实践之外的信息及其形式,而能够融合科学、想象力与道德,让审美判断与历史判断得以统一,在现象描述与知识普及的基础上,提供总体性的思想框架与美学资源,进而潜移默化、润物无声地推动文化的生产与建构。这样的文学史书写不仅在知识、主题与观念上发生位移——如前述族群、性别、空间、技术等角度的切入,而且谋求对文学的多样性理解——这一点尤其受融媒体思维的影响。在文字叙事之外,声音、图像、大数据与数学模型的理论与方法开始进入,如梅维恒在敦煌研究中对图像叙事的关注[2],安德鲁·琼斯(Andrew F. Jones)对民国期间管弦乐、爵士乐、"黄色歌曲"的研究[3]、帕里-洛德程式理论、鲍曼(Richard Bauman)等对歌手

---

[1] 海登·怀特:《叙事的虚构性:有关历史、文学和理论的论文(1957—2007)》,罗伯特·多兰编,马丽莉、马云、孙晶姝译,南京大学出版社2019年版,第3页。

[2] 梅维恒:《绘画与表演:中国的看图讲故事和它的印度起源》,王邦维、荣新江、钱文忠译,北京燕山出版社2000年版。

[3] 安德鲁·琼斯:《留声中国:摩登音乐文化的形成》,宋伟航译,台湾商务印书馆2004年版。

吟唱和表演场域的讨论之于中国史诗研究范式转型的影响[①]，远读（distant reading）、量化与可视化（visualization）等数字人文方法的引入[②]，等等。这些研究取径不一，并非没有可以指摘的缺陷与漏洞，也尚未全然被现有的文学史书写所吸纳，但从"文化融合"的角度来说，它们方兴未艾而充满潜能。而文学史只有敞开自己，使自己成为"活的传统"，而不是死的知识，才能焕发出新的生机。

[①] 阿尔伯特·贝茨·洛德：《故事的歌手》，尹虎彬译，中华书局2004年版。理查德·鲍曼：《作为表演的口头艺术》，杨利慧、安德明译，广西师范大学出版社2008年版。

[②] 很多高校与科研团体都开始建构自己的数字学术机构，比如斯坦福大学的文学实验室（Literary Lab）、芝加哥大学文本实验室（Text Lab）等。国内相应的数字人文研究与讨论也吸引了很多关注，比如：郭翠潇：《"一带一路"国家〈非遗公约〉名录项目数据统计与可视化分析》，《民族文学研究》2017年第5期。战玉冰：《网络小说的数据法与类型论——以2018年的749部中国网络小说为考察对象》，《扬子江评论》2019年第5期。以及姜文涛、戴安德（Anatoly Detwyler）、严程、赵薇、邱伟云等人的笔谈。

从时间拯救历史

——文学记忆的多样性与道德超越

关于文学与历史的纠葛，自柏拉图（Plato）时代迄今史不绝书，中国当代文学因其与民族重建、国家话语、政治社会变迁密切相连而让这个问题更加复杂。究竟应如亚里士多德那样将文学与历史视为不同的现实表述，还是像19世纪批判现实主义大师们那样将文学当作现实/历史的表达手段？论者争讼纷纭，莫衷一是。其中核心的问题是历史与"历史"（历史的书写）的逻辑层次需要首先区分：文学书写者内在于历史之中，他的写作是一种"历史"，这种"历史"被创造出来，自身也会成为历史的组成部分。历史与"历史"之间的绞合，如果不辨析清楚则会让概念和讨论变成一个没有尽头的莫比乌斯环。

基于此，我将作为一种历史书写手段的文学视为广义的记忆方式，同时也将其视为历史本身，在这种双重视野中厘析文学与历史之间的互动，剖析内含着历史观念的历史书写所避免不了的主观参与，试图从文学记忆的角度展示历史公正性的所在——文学记忆的多样性历史观念具有突破"历史书写"偏狭的可能性，可以释放出文学书写参与历史的能量。为了体现这种多样性，我论述所涉及的文本更多是中国不同族群的文学书写。我们会发现，历史作为不同主体、权力、话语争夺的场所，在不同的文学记忆中体现了不同的道德态度，记忆在这种复杂的伦理状态中显示出其无法化约的多种层次，而只有超越个体道德才能让文学具有普遍性的意义。从这个意义上说，"历史"也即是现实和未来。

一、超越"历史"叙事

21世纪以来值得注意的一个中国文学现象是,一批进入中老年的作家几乎都进入泛历史意义上的写作当中(比如莫言《檀香刑》、格非《人面桃花》《山河入梦》《春尽江南》、张炜《你在高原》、王安忆《天香》、贾平凹《古炉》、刘震云《一句顶一万句》、阎连科《四书》《炸裂志》、金宇澄《繁花》等),回眸前尘,沉思往事。与之前带有先锋小说余脉的"新历史主义小说"(比如苏童的《我的帝王生涯》《一九三四年的逃亡》《罂粟之家》《妻妾成群》、余华的《活着》《一九八六年》《往事与刑罚》、叶兆言的《状元境》《追月楼》、格非的《青黄》《风琴》《迷舟》、陈忠实的《白鹿原》、王安忆的《纪实与虚构》《长恨歌》、刘恒的《苍河白日梦》等)侧重个人化、碎片化、情欲化的书写略有不同的是,这股回望浪潮从历史凌虚蹈空的想象构制中返回,以经历和经验作为基础,聚焦于中国现当代史的不同侧面,并且试图通过文学的形式反映、再现、象征、寓言,进而重建某种"历史"。

"非虚构"类的回忆录也成为出版和阅读的热点。齐邦媛《巨流河》、孙康宜《走出白色恐怖》、王鼎钧《昨天的云》《怒目少年》《关山夺路》、许燕吉《我是落花生的女儿》、黄永玉《无愁河上的浪荡汉子》等,或者沉浸在逝去的乌托邦想象之中,或者追踪个体与大时代的互动线索,或者仅仅是为自己辩诬与抒情,而在在着意于记忆在私人与公共、个体与集体、情感与理性之间的折冲。只是这些回忆往往是拥有话语权的精英们的独白,从而在一定程度上构成了对于普通人记忆的压抑机制,即使是那些以"民间记忆"出现的文本,也往往难以冲脱"共名"的影响——某些刻意的疏离性记忆不过是在反向上重复了它的对立面的逻辑。

这些广受瞩目的作品行列中,也包括阿来(藏族)《空山》《瞻对》、达真(藏族)《康巴》《命定》等少数民族作家作品。除此之外,在少数民族题材写作中,所谓"重述历史"的现象也颇为值得关注,比如泽仁达娃(藏族)《雪山的话语》、叶广芩(满族)《状元媒》《豆汁记》《逍遥津》、林佩芬(满族)《故梦》、铁穆尔(裕固族)《北方女王》《裕固民族尧熬尔千年史》、郎确(哈尼族)《茶山人家》、征鹏和陈波(傣族)《溅血的王冠》、鲁若迪基(普米族)《泸沽湖之恋》、韩文德(撒拉族)《家园撒拉尔》、杜拉尔·梅(鄂温克族)《那尼汗的后裔》等。它们至少在表面上与此种写作热潮呼应,体现了一个时代对于过往的渴慕——它们追忆与重述的族群过往中杂糅了无法分割的地方性和现代性因素,从而为我们时代价值冲突、伦理多元的景象增添了更加繁复的维度。

我曾经在一篇文章中以张承志、乌热尔图及台湾卑南族作家巴代的作品为论述对象提出,他们对于"重述历史"的解读始终还是笼罩在"历史"这一宏大命题的阴影之中。而这个"历史"话语是可疑的,它的发生充满了启蒙现代性所规范的理性叙事和科学主义色彩。那些被"历史"所压抑的非理性、元逻辑、超验式的记忆过往的方式并没有得到显现,反而进一步在其中受到规约和束缚——后者恰恰是作为少数者话语或者说被压抑的认识论所具有的突破"历史"话语潜能的地方。因而,究竟是何种"历史"?谁写的历史?写谁的历史?如何写的历史?这些都会成为问题。所以,可能需要开发新的阐释模式,用溢出"重述历史"话语范式的"记忆"来讨论这些现象。①

诚如年鉴学派-新史学第三代大师勒高夫(Jacques Le Goff)所说:"记忆是一个可以四通八达的概念。……是存储有一定信息的财产,它首先是一个心理活动的集合体,有了心理活动,人们方可将过去的表达或信息以过去的模样再加以现实化。"②"'记忆'在时间外的延伸,使得历史与记忆截然分裂开来。"③"历史"作为记忆的一种方式,强调一般性的概括叙事,所以任何历史书写都需要对记忆进行化约式的叙事,这与它的对象即那些历史事实的独特性之间构成了无法缓解的内在紧张。因而在"历

---

① 刘大先:《叙事作为行动:少数民族文学的文化记忆问题》,《南方文坛》2013年第1期。

② 雅克·勒高夫:《历史与记忆》,方仁杰、倪复生译,中国人民大学出版社2010年版,第57页。

③ 雅克·勒高夫:《历史与记忆》,方仁杰、倪复生译,中国人民大学出版社2010年版,第73页。

史"研究和撰写中,想象力必不可少,但"历史"并非小说,它的想象应该如同数学家所具有的想象,是一种科学的想象,要建立在文献研究之上。长久以来,历史学家们一直试图构筑某些历史解释的原则,其中最重要的是"历史的意义"和"历史的规律"这两个原则。这种对历史确定性解释的企图,在19世纪的历史主义中达到了高潮。其结果就是历史事实往往会被"历史"结撰成为具有一定逻辑关系和结构的叙事,很大程度上时间先后的顺序会被有意无意地置换为因果关系或者隐喻关系[①]。

从历史书写的发展来看,无论中西都经历了从神话到科学的转变,它在知识领域中的价值性也有着从神圣到尊贵,再到世俗化的过程。原本记忆有多重形式,比如口头传承、身体实践、仪式、纪念碑、节日、文献等等[②],当现代"历史"拥有了对于过去的解释权的时候,这种摆脱了神圣性的"历史",就使得具有丰富情感和信仰内涵的记忆权威性让渡给理性与科学主义主宰的"真实性"。由于记忆是集体身份认同的核心要素之一,对记忆权利的争夺也日渐激烈。国家的节日、民族的语言、博物馆与档案馆的设立及对公众的开放、口述史的再生、专门性"历史"研究的开展等都显示了记忆的抢夺战。

在对于记忆权利的争夺中,因为很大程度上无法摆脱"历史"的现代话语,所以会产生所谓的"记忆危机"。如同赵静蓉所说:"虽然记忆危机的现实表征多种多样,但最基本也最核心的无疑还是记忆失真。这是因为记忆基于过去的经验和经历,以曾经真实发生过的事情为原始素材,真实性是记忆的绝对本质。从记忆心理学的视角来看,记忆主体和记忆客体之间的时空距离、记忆主体对记忆客体的情感预设、'记忆的社会框架'对记忆的规约和塑造、思想意识形态以及政治权力对记忆的运用等等,都有可能造成记忆的真实性被破坏或被扭曲。但在当下中国的社会语境中,基于记忆失真意义上的记忆危机,却主要和根本地源于一种民族性的集体无意识,即以'价值'取代'认知',以'记忆的善'取代'记忆的真',

---

[①] 海登·怀特在《元史学:19世纪欧洲的历史想像》(陈新译,彭刚译校,译林出版社2004年版)中对不同类型历史叙事及其结构进行了分析。

[②] 参见保罗·康纳顿:《社会如何记忆》,纳日碧力戈译,上海人民出版社2000年版。

以'记忆的伦理学向度'遮蔽'记忆的科学向度',最终以一种政治道德或记忆的德性替换了本应为科学道德或记忆之真实性的东西。"① 比如,对于某些如灭绝犹太人、南京大屠杀、"文化大革命"等创伤性记忆,亲历者或者受害人往往在历史叙事中拥有了在道德上的政治正确性,任何迥异于他们所书写的"历史"的记忆都会被视为冒犯。这在实际书写中,会出现存储性与功能性记忆冲突的状况②,具体到当代中国文学与文化文本中,就是"亲历性记忆不断地以私人主体冒充历史主体"的现象,从而将某些功能记忆比如红色记忆转变为对于历史的压抑性叙事,其逻辑是拒绝将未来引入当下生活的结构性存在之中。③ 即便在以客观面目出现的学术著作中,也会无法回避隐藏在客观表述背后的主观态度所造成的真实性危机。④

不过,是否存在某种具有普遍和超越性的"真实性",这是大堪玩味的事情。事实上,真实性的迷思和贫困是几乎任何表述都无法摆脱的先天局限,关键在于持有何种历史观,不同的历史观中对于"真实"的标准和界定各有不同。有论者在当代中国文学叙事中发现了"细节与历史的景

---

① 赵静蓉:《中国记忆的伦理学向度——对记忆危机的本土化再思考》,《探索与争鸣》2013年第12期。

② "存储记忆"是残留的、无组织的、未被居住的,其特点是距离化、双重时间化和个体化;"功能记忆"则是经过配置的、富有意义的、被居住的生活史,其特点是合法化、非合法化与致敬。某些存储记忆可以被激活,转化为功能记忆。参见阿莱达·阿斯曼、扬·阿斯曼:《昨日重现——媒介与社会记忆》,见冯亚琳、阿斯特莉特·埃尔主编:《文化记忆理论读本》,余传玲等译,北京大学出版社2012年版,第26—33页。

③ 2013年12月21日,在暨南大学"文化·记忆·历史"青年学者研讨会上,周志强以姜文《鬼子来了》、管虎《斗牛》、叶广芩《青木川》为例,讨论了这种记忆的政治问题。

④ 人类学者景军《神堂记忆:一个中国乡村的历史、权力与道德》便是以复原民间与底层记忆为旨归,但是过于强调"社会"与"国家"权力之间的对抗的结构,以及以儒家传统村落为研究中心的取向,导致多民族比较维度的缺失,无疑简化了社会结构的复杂性,所呈现出来的真实也只是在特定视角下的部分真实。参见刘大先:《记忆的塑造与部分的真实》,《南方教育时报》2014年1月3日。

观化""历史主体的'去成人化'""历史寓言的'去历史化'"等现象①。之所以出现这些问题，正是缘于主观上的记忆认知框架的局限。近现代中国的历史写作中，出现了现代化叙事与革命叙事之间的此消彼长、相互博弈，但如同李怀印所说，此类历史书写往往将"历史"的空间局限在人为的"民族国家"之内，如果我们"在更大范围内与世界其他文明互动以及在日益密切联系的世界中重构与其他力量关系的情况下，将其界定为中华文明再生或复兴的宏大进程，那么，作为一个诠释工具以及历史空间，民族国家便会丧失其有效性。简言之，在全球化时代，中国近现代史的新解释，不仅意味着'拉长'其跨度，且需扩大其空间"②。我在这里需要补充的则是，即便在"民族国家"内部，如果更换考察与表述过去的视角，即用记忆替换"历史"，也会解放出既有历史书写所遮挡住的能量，从而进一步逼近历史的本相。

"历史"从来就不必然导向对于纯粹事实的依从，被书写事实往往是书写者价值立场和问题意识引导的结果，是在研究中构建出来的。"历史哲学"诞生以来，经历了思辨的本体论、分析的认识论和语言的修辞论等不同历程。就中国文学史而言，以中国多民族文学的事实为依据，建立一种多民族、多时间、多文学、多历史的文学史观具有潜在的范式意义。③如果再推进一步，其实就是超越"历史"书写，进入文学记忆的认识方法：真实性在历史话语中被赋予了道德色彩，吊诡的是在目的论的指引下，历史真实性并无所得，我们可以期待的只有文学记忆的多样性所显示的正当和正义。

---

① 杨庆祥：《历史重建及历史叙事的困境——基于〈天香〉〈古炉〉〈四书〉的观察》，见中国现代文学馆编：《2013年度唐弢青年文学研究奖论文集》，当代中国出版社2014年版，第46—58页。

② 李怀印：《重构近代中国：中国历史写作中的想象与真实》，岁有生、王传奇译，中华书局2013年版，第34页。

③ 参见李晓峰、刘大先：《中华多民族文学史观及相关问题研究》，中国社会科学出版社2012年版，第244—265页。我在其他地方也提到"重绘现代中国时间图像"的问题，参见刘大先：《现代中国与少数民族文学》，中国社会科学出版社2013年版，第82—94页。

二、文学记忆的不同方式

文学记忆的多样性有待我们发掘，在许多场合和语境中，它与主流历史话语是重合的，尤其在所谓"一体化"的时代，政治主旋律的强势话语会导致文学书写自觉不自觉地上行下效、望风景从。"十七年"时期的红色经典文学中，尽管在后来者的"再解读"中，表面上一体的意识形态律令中似乎充满了芜杂的日常生活与欲望缝隙，然而它们终究无法拒绝集体性、人民性、阶级斗争等作为主导性语法的笼罩性影响。即便是那些边疆与边地的故事，如玛拉沁夫（蒙古族）《茫茫的草原》、陆地（壮族）《美丽的南方》、李乔（彝族）《欢笑的金沙江》等，也充满了革命斗争、"土改"、合作化等"时代精神"的形式与内核。革命的宏大叙事在"新启蒙"与"后革命"时代转换成了个人主义式的自由话语或消费主义话语，虽然名目不同，但是它们从提供叙事结构的功能上来说是相似的——这样的记忆都被"历史"所左右。这种"历史"话语笼罩下的记忆不能说是虚假的，它们同样构成了多元记忆的一部分，只是不具有在主流"历史"语法之外的文学独创性。下面我结合几个文本，讨论一下当下文学记忆的几种方式，希望在"历史"化的叙事之外，发现包含生产性的范例。

1. 断裂传统的自我悖反

傅查新昌描写新疆伊犁河谷锡伯营从晚清到20世纪80年代历史变迁的长篇小说《秦尼巴克》，是一部引起较大争议的作品。作者在前言中称："《秦尼巴克》是我的心灵史，也是几代边疆移民的血泪史：人与兽、爱与恨、生与死、战争、灾难、咒语，以及一本寂寞的《圣经》，纠缠不清的家族复仇，像带着疾病、沮丧、挣扎和绝望，无非是在撒播灰色的尘埃。你现在看到的《秦尼巴克》，是一部与我无关的家族野史，但它绝对是边疆移民的秘史。从这部小说的表面上来讲，没有什么可读性，只有高度统一在人性意义上，才能得到公正的阐释。"[①] 然而，正是"野史"和"秘

---

① 傅查新昌：《秦尼巴克》，沈阳出版社2009年版，第1页。

史"对于历史的乖谬导致了不满。批评者所持的评判标准是"真实"与否，认为傅查新昌没有完全真实地表现出历史，也没有真实表现民族的精神，作品中的很多描述是虚假的。表面看起来，这似乎是文学虚构与"历史"真实性诉求之间的冲突，然而细读文本却可以发现问题并不是"历史"的不真实，而是文学的不真实：作者无力赋予自己的虚构以诗性的正义，即便是从想象性记忆的角度来看，这部作品对于历史也依然是一种混乱、嘈杂的污名化处理。

"秦尼"是英语"China"的译音，"巴克"（Bak）则是维吾尔语"花园"的意思。这是一个被外来者表述的词语，最早见于1931年凯瑟琳·马嘎特尼的《一个外交官夫人对喀什噶尔的回忆》[①]。苏格兰女人凯瑟琳是第一任英国驻喀什噶尔总领事乔治·马嘎特尼的妻子，21岁时随夫到新疆喀什，在那里生活了十七年，养育了三个孩子，后来在回忆录中创造了这个带有异国情调的词语。为了达到陌生化的效果，傅查新昌将"秦尼巴克"这个本来指代英国驻喀什噶尔总领事馆的词，借用来指称伊犁河畔的察布查尔，潜意识中已经是以他者的眼光和思维方式来观照自己的故乡。这即便不是空间误置，也是一种自我东方化的无心之举："秦尼巴克"在文本中实际上已经形成了一种对于新疆乃至中国的隐喻。这种"他者的眼光"，却并不是超越历史层面的理性剖析和后见之明，而是没有特定参照系统的零散、碎乱材料的集合。小说中的人物无论是行为还是言词，都以一种缺乏内在逻辑的方式展开，叙事中夹杂的新疆地方正史性内容与虚构人物、情节之间无法有机融合，从而使得情节莫名其妙地逆转、性格令人意外地陡变，而当勉强敷衍成文时，最终也无法形成清晰或可信的图景：锡伯营在这个长篇叙事中面目模糊，形象粗陋。

汉娜·阿伦特（Hannah Arendt）指出，如果要把过去讲述成一个故事，必须要有某种公共性话语的传统，"没有传统，在时间长河中就没有什么人为的连续性，对人来说既没有过去，也没有将来，只有世界的永恒流转

[①] 凯瑟琳·马嘎特尼、戴安娜·西普顿：《外交官夫人的回忆》，王卫平、崔延虎译，新疆人民出版社1997年版，第26页。

和生命的生物循环"①，其中的关键在于完成思考，以便阐明记忆，并形成对它的命名。《秦尼巴克》的问题正是在于既无锡伯族群传统的话语继承，又不能全然借用外来的西方话语，无法完成对于过去的命名与思考过程，因而历史只能是一堆令人难堪的碎屑。过去的人与事如同雪崩一样溃散，铺满叙事的道路，让历史成了一片荆棘丛生的荒滩，于是作者在试图重塑记忆的过程中只是造成了自我的悖反。

2. 历史样本与静止的记忆

阿来《瞻对》和泽仁达娃的《雪山的话语》②都是以康巴地区的历史为题材。虽然从一般的体裁分类来说，两者一为长篇散文式的历史随笔，一为长篇小说，但因为二者所写的内容常有互涉，所以可以对照起来读。《瞻对》从乾隆九年（1744）川藏大道上因为清兵被瞻对地方藏民强盗抢劫引起的政府"征剿"开始，根据汉藏文献材料和作者实地考察所得口头资料，描写了从清到民国，政府军对瞻对这样一个小地方进行的七次军事行动。这样一个号称"铁疙瘩"的地方，内部势力此消彼长，地方豪强纵横千年，甚至在数万大军进击之下也从未被彻底征服，直到当代中国才"终于融化"："1950年，中国人民解放军第十八军，仅派出一个排，未经战斗就解放了瞻化县城。瞻对，这个生顽的铁疙瘩终于完全融化。不久，新政权将瞻化县改名为新龙县。那时的新政权，将自己视为整个中国，包括藏族地区的解放者。这个意思，也体现在新改县名的举动中。瞻化一名中，要害是那个'化'字——意思是以文明化野蛮，以汉文化去化别的文化。'化'之目的，是一个政治与文化都大一统的国家。而新政权的设想，正式确认是多民族的共和。至于这个目标是否始终坚持，或者有全部或部分的实现，应该是留待后来人的总结了。"③

这个地方史的重述，可以视作阿来一直试图将"形容词"西藏还原为"名

---

① 汉娜·阿伦特：《过去与未来之间》，王寅丽、张立立译，译林出版社2011年版，第3页。

② 泽仁达娃：《雪山的话语》，《芳草》2012年第5期。

③ 阿来：《瞻对：终于融化的铁疙瘩——一个两百年的康巴传奇》，四川文艺出版社2014年版，第306页。

词"西藏的努力：即从藏文化内部对其进行阐说———一种类似于人类学所谓"文化持有者的内部眼光"的言说。然而，格尔茨（Clifford Geertz）曾经告诫过那些试图理解他人的学者："任何一个人类学家（笔者按：此处也可以用在历史学家和作家身上）从其被访者处得到的精确的或半精确的感觉，适如言语所之，恰似并非由如此这般受容的经历所由出，即这是一个人自己的个人史，而不是他所隶属的人们的历史。这些都来自他们构设表达自己的模式的能力，亦即我愿称之为符号系统的能力，这种受容性允许其向前发展。去理解那种……不同文化持有者内在的生活的形式和压力的确比去理解一个谚语，去捕捉一个暗示，去体悟一个笑话……更有助于去达成一种心灵的交流。"① 《瞻对》这个文本根据的基本是正史材料，虽然不乏对于藏文史料和藏人口头传说的借用，但其分量是微乎其微的；更重要的是，其叙述所遵循的"语法"依然是"历史话语"的。也就是说，他没有卢卡契意义上的总体性关怀，也没有能力通过细节还原和心灵描摹去理解瞻对"内在的生活的形式和压力"，甚至毫无此种自觉，而只是打开了一个封存在典籍、笔记和口头文本中的故事，重新恢复成"历史"叙事。

从这个意义上来说，《瞻对》所持的历史观念是极其刻板的，不过是19世纪兰克（Leopold von Ranke）史学甚至更早的中国考据学的松散版本，而常常夹杂在史料叙述中的作者现身"借古讽今"式的点评，也流于一个好古癖的业余层面——历史观决定了"历史"本身的静止状态：它已经是一个既成事实，只是在作者的笔下再次逆向追溯，将它像一个已经固化的标本一样从"历史"的水面之下打捞上来。信息纷拂而下，变成乏味赘冗的时间仓库积存物。"形容词"西藏，固然变成了"名词"西藏，但是更具现实意义的"动词"西藏却没有出现。如何将这些沉重史料赋予卡尔维诺意义上的"轻盈"感②，萃取出智慧与情感的结晶，可能是"知识"向

---

① 克利福德·吉尔兹：《地方性知识：阐释人类学论文集》，王海龙、张家瑄译，中央编译出版社2000年版，第92页。

② 参见伊塔洛·卡尔维诺：《新千年文学备忘录》，黄灿然译，译林出版社2009年版，第1—31页。

文学迈进必须跨越的鸿沟。

泽仁达娃的《雪山的话语》则通过晚清到民初康巴地区的人事铺陈，形成一种可以称之为康巴记忆的文本。长久以来，关于康巴历史的书写一直存在于正史系统的权威阴影之下，而关于过去的认识并非这种历史编纂法可一言以蔽之；它也并不是所谓"新历史主义"观念下的"重述历史"，因为康巴历史本来就是"历史"的"在场的缺席"。《雪山的话语》更多是要表述一种关于地方的记忆，而不是对于既有历史的某种改写，尽管它在客观上起到了这样的效果——充实或者替换了有关康巴历史的已有写法。需要指出的是，这种自觉的记忆书写与普鲁斯特式的"非意愿性记忆"也有所差别，前者是一种主动文化建构，带有明确的意图。这种意义上来说，所谓"雪山的话语"就是一种自足的内部言说，将以贝祖村为代表的康巴作为一个中心，敷衍传奇，演义过往，成就一段独立不依的族群与文化记忆。这种记忆中的"康巴中心观"无视了外在的进化论、人性论、阶级斗争、唯物史观……而着力于枝蔓丛生的民间与地方表达，从而为认识中国这一多民族统一国家内部的语言多样性、文化多样性和历史多样性提供了别样的视角。边缘、边区、边民在这种话语中跃为中心，形成一种新型的地方文化角逐力，在当下的文学文化格局中具有不可替代的意义——它一旦产生就会产生新的生产力，为未来的写作和知识积累养料。正是无数这样的"话语"的存在，才让中国文学拥有自我更新的能力。不足之处在于，长时段地理时间视野的匮乏，造成对于历史漫无头绪的迷惘，从而将康巴封闭在"雪山"这一阈限之内，也就阻碍了地方记忆与更宏阔的国家／全球记忆的纵横交错——现代性不由分说地进入这个偏远角落，外部动态的变化无论如何都不能忽视，然而在抽象而超越性的"雪山"中，它们都踪迹不见。

3. 在独特性记忆中寻找共通性

"年轻的哈萨克"艾多斯·阿曼泰在《艾多斯·舒立凡》中进行了一场文学试验，他通过不同时代、环境和身份的艾多斯和舒立凡作为男女主人公的五十个故事，连缀起了哈萨克古往今来的历史。这是一种元叙事，叙述人经常跳出来对自己讲述的故事进行自我省思、检讨、否定、辩护和诠释，从而达到间离化的效果。但更重要的是这种间离化是为了达成个体记忆、社会记忆、集体记忆、"历史"记忆之间的对话,从而完成一种历史叙述。用那个毕业于北京大学哲学系、到边疆工作的艾多斯的话来说:"哈萨克写了那么多年故事,别说情节上没有什么奇巧的花活儿,连故事本身都没有啥变化。所有故事都是一对儿男女相爱,但他们却不能在一起,后来他们就死了……甚至这根本不是故事,这是种契约!是我们哈萨克人和大地和世界和祖先和自己的契约。只要我们哈萨克人还存在,我们就会把这个故事写下去。男孩女孩相爱,但最后却无法真正在一起。当以这种情怀去诉说故事时,故事就不只是故事了,这是哈萨克人的全部!我们能做的只有把一个故事按照不同的视角,不同的意义反复叙述。"① 我们似乎可以轻易地将这个小说解读为"原型叙事",然而与其说它是某种神话的当代显影,毋宁说是某种神话历史时间的展开:"一代代哈萨克人唱着艾多斯的歌开始了爱情,于是歌曲成为了历史。这份历史不记载王侯将相,不记载时代的奇事趣闻。这份历史追寻着那些永恒不变的东西。"②

这是一种有生命的历史,自我、族群共同体和世界在时间的海洋中融合为一,集体性赋予了流动不已、朝生暮死的微小个体以恒久绵延的生命。这是集体记忆或者文化积淀,但更是自我更新的生命本身。它有利于突破那种在历史书写中被刻板印象化了的鲜活存在,当代哈萨克人可能没有读过哈萨克经典《阿拜之路》,不会像祖先一样骑马,可能是个工程师,但依然是哈萨克。就像作者不无自信地宣称的,这是一本小型的哈萨克百科全书,里面有哈萨克各个时代的各种命运。小说超越历史的地方在于,它自身完满地构成一个世界,甚至可以让它的世界充满内部的多元对话,"它列举了存在的真实,和曾以为会存在的真实"③。这种"真实"观念无疑是对于现代历史话语中"真实性"观念的突破,或者也可以说是对原初本真性的返归。在这样的"真实"里,"我决定按照哈萨克社会制造一套小说的规矩。在我的小说世界里,每一条线上的人都可以共享另一条线上同名人物的背景、经历和心情。正是本着这个精神,小说世界开始发生

---

① 艾多斯·阿曼泰:《艾多斯·舒立凡》,新疆青少年出版社2013年版,第89—90页。
② 艾多斯·阿曼泰:《艾多斯·舒立凡》,新疆青少年出版社2013年版,第105页。
③ 艾多斯·阿曼泰:《艾多斯·舒立凡》,新疆青少年出版社2013年版,第127页。

松动和变化。因为小说所述的并非一个哈萨克人的故事。每一个哈萨克人的故事，都是这个民族全部的故事。这个道理十分简单：哈萨克人很少，少到只有两个人。一个人是艾多斯，一个人是舒立凡。"①一即是全体，而全体也是一，文学记忆让它们都一起复活在记忆的共时呈现里，不停地回溯、闪回、反转和倒流，让时间也不再局限于近代以来的线性矢量进展之中。

值得注意的是，小说中特别强调了哈萨克文化中独特的时间观念："我们哈萨克人，为了一场 toy（聚会）是什么都能不管不顾的。哈萨克人喜欢 toy，为什么？因为草原生活是孤独的，toy 是场面性的、可记忆性的事件，它是一个刹那。多年后，我想今天，我记不住我早上是用高露洁还是中华牙膏刷的牙。所以它们虽然发生了，却是虚假的，不重要的。而今天我们几个好友能够在这里一起畅谈，多年后我也不会忘记的。今天的聚会就构成了一个刹那，一个场面，一个可记忆的真实事件。哈萨克人原来没有什么书面历史，都靠史诗和民歌。民歌不记录时间，只记录刹那。事实上，真正的哈萨克人也没有时间概念，不知道时间的存在。当他们形容一件事件的时间，就说哪场 toy 和哪场 toy 的中间。我们或许可以说这没什么，但它告诉了我们一种世界观、一种时间观：人的一生不是按时间计算的，是按有多少刹那来计算的。经历了越多刹那的人，他活得就越久……这种世界观绝对不是真理，但我觉得在如今的城市中，有太多人没这么想了。大家坐地铁，奔跑着上地铁，只为少等两分钟。大家太珍重时间了，却不知道要珍惜刹那。"②这里提出了一个尖锐的问题：究竟生活的真实，是在刹那中，还是在刹那之外的时间呢？不同的时间观导向对于"真实"本身的质疑，事件性的记忆与编年史式的罗列记忆、连贯性的叙事记忆、因果关系的逻辑记忆并行不悖，成为可选择的历史。

当代生活的快节奏、高效率、疾速的频率，让时间陷入一条加速的单行道上，农耕时代、游牧生活、渔猎生产这些生活方式面临着现代性的危

---

① 艾多斯·阿曼泰：《艾多斯·舒立凡》，新疆青少年出版社2013年版，第192页。
② 艾多斯·阿曼泰：《艾多斯·舒立凡》，新疆青少年出版社2013年版，第219页。

机,因而我们时代出现了大量具有挽歌情怀的怀旧型"黄昏叙事"。如何避免此种心灵与情感的记忆中历史书写沦为敲打现实的棍子,艾多斯·阿曼泰的通变性的时间叙事尝试,让哈萨克族"阿依特斯"式的民间智慧进入现代叙事场景之中,为如何理解一个民族、一种文化、一类历史开掘了一条蹊径。在中国多元族群的文学现场,我们可以发现很多类似上述哈萨克式的尝试:草原、森林、萨满、仲巴、毕摩……意象纷呈,各以其差异性谋求共通性。

三、时间的救赎

上述所论文学记忆,无论是作为现代性后果的断裂性记忆,是试图恢复地方传统的族群记忆,还是独特的事件性记忆,在面对书写历史时,都离不开时间这一要素。只不过有的是将时间进行了传统与现代的划分,有的将时间打包封存悬置起来,有的则恢复了某种独特的时间观念。年鉴学派的创始人之一马克·布洛克(Marc Bloch)说,历史是"关于时间中的人"的科学。但是,历史学家不能只考虑"人"。人的思想所赖以存在的环境自然是个有时间范围的范畴。[①]这里的"人"并不是个人,而是社会,是个有组织的集体性存在。这个集体性的"人"作为历史主体,对于时间采用何种态度,决定了"历史"的呈现形状和历史的实践走向。唯有从近代时间模式的霸权中超离,才能将历史从"历史"中拯救出来。

西方时间意识有着不断演变的过程,古希腊文化中指向的是黄金时代和英雄史诗年代,基督教末日的观念则影响到中世纪人对现在观念的认识,直到启蒙时代以后进步的理念才进入历史,历史才转向未来。中国前现代时期的时间观念同样繁复多变,退化的、轮回的、进化的并存,在不同地域与族群之中也存在对时间的不同标记方式和认知范式。近代中国的时间观念则在现代性宇宙论的总体转型中发生变化,进步主义和现代感得

---

① 马克·布洛克:《历史学家的技艺》(第二版),黄艳红译,中国人民大学出版社2011年版,第47页。

以形成，而时间的前后也被划分为传统与现代、新与旧，进而获得了价值和道德意味。①这种时间观念辐射到各种有关政治、社会、文学进程"历史"的内在构成逻辑之内。

进化性的时间会带来"欧洲与没有历史的人民"的问题，即它的时间模式会带来分离，"当把世界划分成现代社会、过渡社会和传统社会时，它妨碍了我们理解它们之间的关系。其次，每个社会都被定义为一个由各种社会关系组成的自主的、封闭的结构，因而无法分享社会间的或集团间的交换，包括内部的社会冲突、殖民主义、帝国主义以及社会依附"②。这样的"历史"书写会造成弱势社会的记忆能力被剥夺和丧失，而事实上"无论是那些宣称他们拥有自己历史的人，还是那些被认为没有历史的人，都是同一个历史轨道中的当事人"③。回到中国当代语境之中，"历史"所携带的科学权力和政治权势，让不同区域、族群的人共享了相同的历史话语，因而在主导性的历史语法之外的族群、故事、价值、异议者的表达是无法进入历史书写的。以文学史为例，旧体诗词写作尽管依然在进行，但不会进入"当代文学史"著述当中（虽然目前也有少数文学史试图纳入）。这种否认某种文化具有"当代性"的举措，实际上就是拒绝它的同代性，剥夺其参与现实文化的权利。这部分被"历史"摒弃的"同时异代"的内容，只能在记忆中找到出口。

除了进化性的时间之外，"历史"的时间还是均质的。布罗代尔（Fernand Braudel）曾提出过针对不同历史的三种时间划分：人与其周围环境关系的历史，是一部近乎静止不动的历史，流逝与变化滞缓，是几乎超越时间的、与无生命事物接触的历史；在这部静止不变的历史之上则是另一部慢节奏的历史，这是一部社会史，即群体与团体的历史；第三种即

---

① 湛晓白：《时间的社会文化史——近代中国时间制度与观念变迁研究》，社会科学文献出版社2013年版，第320—341页。
② 埃里克·沃尔夫：《欧洲与没有历史的人民》，赵丙祥等译，上海人民出版社2006年版，第19页。
③ 埃里克·沃尔夫：《欧洲与没有历史的人民》，赵丙祥等译，上海人民出版社2006年版，第32页。

传统历史部分，或可称之为个体、事件史，它是一种表层上的激荡，如潮汐在其强烈运动中掀起的波浪，是一部起伏迅速、短暂的历史。这样，历史就被分解为几个层次，或者说，历史时间被区分成地理时间、社会时间、个体时间。① 后来，他又用长时段、中时段和短时段，分别指称这三种时间，它们各自对应的历史事物分别是结构、局势和事件。"对于历史学家来说，万物都有时间上的开端和终结。这种时间是数学上的、神圣的时间，是易于模拟的观念，是外在于人的（正如经济学家所说的'外来的'）时间。它推动人们，强迫人们，把他们个人的时间涂抹上同样的色彩。它的确是这个世界上专横的时间。"② 布罗代尔自然也了解社会现实的多种灵活的时间，但是依然强调"必须使用历史学家的统一时间——因为这种时间能够成为所有现象的共同标准"③。这是科学化了的时间，而我想强调的则是文学的记忆时间，尤其是文学记忆所体现的心理时间、情感时间、非均质的时间。

　　心理时间最突出的表达无疑可以追溯到柏格森（Henri Bergson）的论述，在《创造进化论》中，他将生命理解为超越机械论与目的论，认为无机体只有抽象时间，而生命才有真正的绵延。时间因而被区分为钟表度量的"空间时间"和直觉体验到的"心理时间"，即"绵延"。传统的时间观念里，各个时刻依次延伸，环环相衔，而至无限，如一根同质的长链；而"绵延"既不是同质的，又是不可分割的，唯有在记忆中方有可能存在，因为记忆中过去的时刻是在不断积累的。④ 在柏格森看来，记忆更多与身体相关联，形象（意象）在其中具有中介作用。⑤ "绵延"作为浑然不可

---

① 费尔南·布罗代尔：《菲利普二世时代的地中海和地中海世界》（上卷），唐家龙、曾培耿等译，商务印书馆1996年版，第8—10页。
② 费尔南·布罗代尔：《论历史》，刘北成、周立红译，北京大学出版社2008年版，第54页。
③ 费尔南·布罗代尔：《论历史》，刘北成、周立红译，北京大学出版社2008年版，第55页。
④ 亨利·柏格森：《创造进化论》，肖聿译，华夏出版社1999年版，第7—87页。
⑤ 亨利·柏格森：《材料与记忆》，肖聿译，北京联合出版社2013年版。

分割的整体，它的要义在于不断地流动和变化。在文学史家的研究中，普鲁斯特的"非意愿记忆"便是受到柏格森生命哲学和直觉主义的影响。而我在前文所述的哈萨克文本，则不仅仅是意识流动的问题，它提示的是整个记忆模式的翻新，即从"历史"中抽身之后，返回族群传统的神话时间模式里，口头记忆跃动于文字书写之中。

口头传统是少数民族文学中独特的遗产，这也是我之所以在众多当代文本中特别选取少数民族文本的原因。蒙古族、藏族、柯尔克孜族、彝族、达斡尔族、侗族、苗族等不同族群中，都有着大量活形态的口头文学遗存。这些口头传统的记忆依靠传承人或物质性的人工制品等记忆手段来完成，与书面文化中的文字线性记忆不同，它们大多是非陈述性记忆，但与陈述性记忆又有互动关系。过渡到书面语之后，听觉向视觉转换，由于身体参与、体验感的变化，时间性也发生了改变。原先可能是循环、交替、交叉、缠绕的时间因为文字的逻辑顺序，而变得线性向前了，心理和心态也随之发生了所谓"原始思想的驯化"。伴随着的是记忆从神圣化到世俗化，再进一步历史化（科学化）的过程，原先的集体记忆被修改，但不是被摧毁，而是被另一种叙事替代，口头文学的许多思维方式无疑渗透到书面文学的写作之中。此方面的研究方兴未艾，但在主流当代文学评论与研究中尚属"存在者的缺席"状态。

"口头文化中的记忆的限制，遗忘的作用以及语言和手势的生成性使用都意味着，人类的多样性处于连续创造的一个状态，常常是循环性的而非累积性的，即使在最简单的人类社会之中。"[①] 这提醒了我们重视边缘记忆差异性时间的问题，客观的历史、意识形态的历史在这种记忆里被生命化的时间意识置换，从而为当下写作与生活注入了活力。时间的多元化消解了"历史"所承载的沉重伦理，前述文学记忆的不同方式，如果从这个意义上来说，就只是差异的不同，而没有价值优劣的差别。但是，这并不是说要导向某种极端的相对主义。记忆的价值弥散化，只是恢复历史的真正客观性，重新对"真实"做出界定和判断，并不是做审美趣味的评判。

---

① 杰克·古迪：《口头传统中的记忆》，户晓辉译，《民族文学研究》2005年第1期。

需要指出的是,这种对于历史客观性的恢复,只是要抵抗近现代"历史"书写的科学霸权,复兴多维度观察历史的可能,绝不是否认历史主体的主观能动性。尼采认为了解过量的历史会伤害生活,而了解生活也的确需要历史为之服务,"历史对于生活着的人而言是必需的,这表现在三方面:分别与他的行动与斗争、他的保守主义和虔敬、他的痛苦和被解救的欲望有关。这三种关系分别对应了三种历史——要是它们能被区分开来的话——纪念的、怀古的和批判的"①。因为对于未来和现世生活本身的强调,尼采特别称颂那些"反历史"与"非历史"的人,他们深信文化的"可塑性",并且有着强力意志,能够将过去涵化、融合,成为现在生活的活力。那些对于历史带有纯知识性兴趣,即使不是过错,也至少会有种迷恋骸骨的可悲。"这种毫无节制的历史感,如果被推到了它的逻辑顶点,就会彻底毁掉未来,因为它摧毁了幻想,并夺走了现存事物所赖以生活其中的仅有的空气。……如果在历史的冲动背后没有建设性的冲动,如果清除垃圾不只是为了留出空地,好让有希望有生命的未来建造起自己的房屋,如果只有公正是至高无上的,那么创造性的本能就会被消耗和阻遏。……艺术有着与历史相反的效果;也许只有在历史转变为一件纯粹的艺术作品时,它才能保持本能或是激起本能。"②

"现在"和"未来"的生活始终是创造性的旨归,历史主体必然要做出选择,就如同本雅明所说:"过去的真实图景就像是过眼烟云,它唯有作为在能被人认识到的瞬间闪现出来而又一去不复返的意象才能被捕获……每一个尚未被此刻视为与自身休戚相关的过去的意象都有永远消失的危险。"③这个"认识"——即历史观(历史主体使用历史的方式)——至关重要,它体现为两种倾向:用过去教育未来,用未来规划现在。本雅

---

① 尼采:《历史的用途与滥用》,陈涛、周辉荣译,上海人民出版社2000年版,第11页。

② 尼采:《历史的用途与滥用》,陈涛、周辉荣译,上海人民出版社2000年版,第53—54页。

③ 瓦尔特·本雅明:《历史哲学论纲》,见汉娜·阿伦特编:《启迪:本雅明文选》,张旭东、王斑译,生活·读书·新知三联书店2012年版,第267页。

明强调了历史唯物主义的"当下"概念,"历史主义给予过去一个'永恒'的意象;而历史唯物主义则为这个过去提供了独特的体验。历史唯物主义任由他人在历史主义的窑子里被一个名叫'从前有一天'的娼妓吸干,自己却保持足够的精力去摧毁历史的连续统一体"。^①这里回响着尼采式的革命与创造理念,多元记忆的正当性就存在于这种革命性的创造中,而在时间的迭复回环之中,历史也愈加显示出其鲜活清晰的面容。

如今丧失了直接干预现实功能的当代文学如果要树立自己立足的基石,显然不是重复历史书写的话语,而是让自由意志游弋于融合未来、现在与过去的绵延时间中,在绘制多样的记忆图景中与历史话语构成互补、对话、博弈和交流。价值观的一统性破碎之后,如同马克思所说,"一切坚固的东西都烟消云散了",各种道德都出来竞争自己的市场,其后果显示出锋利的两面:多元化带来了解放,然而新的控制形式也随之诞生,"新的意识形态"正笼罩在当代文学的上空。文学书写如果不能承担其时代的责任,必将死于历史的旷野,而记忆多维度的展开可能预示了某种文学合法性与复兴的可能。

---

① 瓦尔特·本雅明:《历史哲学论纲》,见汉娜·阿伦特编:《启迪:本雅明文选》,张旭东、王斑译,生活·读书·新知三联书店2012年版,第274—275页。

确定性的显隐

——乡村叙述的嬗变与"三农"的再认识

关于农村、农民的现代书写,以启蒙知识分子敏锐感受到的现代性对乡土中国的冲击为基质,引入了国民性省思与现实主义关切,区别于古典诗文中的悯农、伤农主题。从五四新文化运动开始,伴随"劳工神圣"与"到民间去"的平民意识自觉,乡土文学与感时忧国、新民立人的时代命题相结合,成为现代文学的主流脉络之一。其发展过程中,也曾出现过以自然人性为宗旨的乡野边民的忆念与想象性书写。前者以鲁迅、许钦文、许杰、台静农为代表,侧重沉郁的现实描摹与批判;后者则以师陀、沈从文、孙犁为代表,侧重明丽的浪漫寓言与象征。两者的共同之处是外部视角,乡土中国及其民众作为客体与对象存在,支撑其叙述的是启蒙现代性话语。

从农民角度或者至少是努力贴近"文化持有者的内部眼界"[①]的农民与农村书写,则源于共产党人农村包围城市的战略以及延安文艺观念中对群众和民间文化的提升——在这种理念中,农民与农村不仅是作为对象和题材,农民自身也被鼓励成长为创作主体。更重要的是农民感知、思考与参与自身和世界的群众文艺,成为一种书写的合法性所在。由阮章竞、李季、赵树理延伸到中华人民共和国成立后的土地改革、合作化运动与人民公社建设书写,农民、农村以及此前并没有广受关注的农业才真正进入文

---

① 克利福德·吉尔兹:《文化持有者的内部眼界:论人类学理解的本质》,见《地方性知识:阐释人类学论文集》,王海龙、张家瑄译,中央编译出版社2000年版,第70—92页。

学领域之中——"三农"真正意义上作为联系在一起的集体事象，完全浮出历史水面，而此时评论与表述这些作家与作品时也采用了与"乡土文学"不同的"农村题材创作"。现代乡土文学中的批判性写实与想象性表现，加上新中国成立后有着明确政治色彩的农村题材创作，构成了当代乡村叙述的三个源流，影响直至当下。

伴随着不同的历史情境，乡土文学、社会主义农村题材创作、农村改革小说、文化寻根与乡土家族史、打工文学、农民进城与底层写作等，各以其主题与观念的现实感呼应着社会与时代的变迁与召唤，并且形成了独具中国特色的乡村叙述脉络。与那些从审美自律与形式风格层面出发的文学观念不同，乡村叙述成立的意义与价值主要建立在其对象与主体之上，即它与"三农"的现实历史处境密切相关，除了作为必备素质的美学要素之外，经济与社会以及它们背后的政治意识形态极为重要。但是，在"新时期"之后，乡村叙述出现了从"三农"的"三位一体"到农村、农业、农民的彼此分离，从未来愿景与召唤式书写到回溯历史的宿命式表达，从集体化的总体性到个体化的人性论的转变，回响的正是文化政治愿景上确定性的显与隐。关于社会主义乡村的明确观念与目标的张扬与退隐，构成了"三农"政治经济变革与文学书写嬗变的理念背景。我倒并不认为"介入"现实或勾画蓝图是乡村题材文学的旨归所在，但毫无疑问，在创作观念和批评方法上，以确定性的显隐作为线索进行考察，是对中国乡村现实真切认知的基础。而在这个基础上才能加深对乡村题材的创作与生态的理解与生成——它是国家、社会、个体之间交互作用及对这种交互作用想象与实践的结果。

一、"三农"的主体与双重确定性

与通行的文学史分期略有差异，中国当代文学中的乡村叙述嬗变可以分为三个阶段：第一阶段是1949年到1985年，大致是社会主义集体文化的建立到农村改革文学阶段，以农民翻身为起点，高晓声创作高潮的落幕为结束，是较为直接地面对"三农"政策的书写；第二阶段是1986年到2002年，以贾平凹的《浮躁》为转折点，出现了多样化的书写，体现为诸如乡土文学的回归、乡村文明的寻根（农耕文明之外，也出现了游牧与渔猎文明的题材）、先锋小说借用乡村题材的寓言式表达，以及"打工文学"和农民进城书写等各种驳杂门类。这个阶段，整个国家发展方向在"现代化"话语下侧重于工商与市场经济改革，政策方针上"三农"问题不再是国民经济重心。第三阶段是2003年直至当下，表现为随着宏观调控及乡土中国向城镇中国转化的底层文学自觉、现实主义回归与非虚构兴起，直至当下的扶贫攻坚、乡村振兴书写，"三农"问题重回国计民生的中心，并且呈现出与综合国力提升相映照的特点：兼业与生计方式多元化、科学技术融入生活、乡村产业结构优化。

　　这种阶段划分是以"三农"问题在国家大政方针中的权重位移为标准，并不具备唯一性，其内部也还可以再做细化。但总体而言，20世纪50年代至70年代，农村题材创作占据了通行文学史的主角位置是确定无疑的。这与新民主主义革命时期推翻帝国主义、封建主义、官僚资本主义"三座大山"的压迫，进而建立了人民共和的社会主义国家相互关联。在社会主义文化建设当中，农民作为翻身了的国家主人之一，获得其阶级主体性，在新兴的文化生产场域中属于"新人"的一种；农村的土地改革（1950—1953）与合作化运动（1954—1956）是国家调整产业结构与生产资料配置、实现农业由小农经济向集体经济转型的举措。这个时间从政策与实践上来说分为两个阶段：土地改革的完成与计划经济的开始。虽然文学并不是现实的直接镜像投射，但主导性意识形态的强力推进，使得农村题材写作也遵循了与政治话语同样的语法。在此期间出现的李准《不能走那条路》、赵树理《三里湾》、周立波《山乡巨变》、柳青《创业史》等作品，从观念上是对阶级革命与社会主义观念的回应，从美学上则接续了丁玲《太阳照在桑干河上》、周立波《暴风骤雨》的现实主义并逐步向社会主义现实主义的目标迈进，它们后来构成了"一体化"时代的"红色经典"。

　　这些作品在后来的"新时期"人性自主与美学自律的话语中，被认为尽管不乏局部的贡献，比如对于民间与传统表述方式的吸收融会，从而使得现实主义获得中国化的形态，但总体上缺乏恒久而细腻的人性内涵和对于生活多样性的展示，因而是图解政治的传声筒。但是，我们很难套用哈贝马斯（Jürgen Habermas）所说的"系统"（system）对"生活世界"

（lebenswelt）的侵蚀所引发的现代社会"合法化危机"①来解释这个问题。"新时期"话语的事后之见，固然有着对某些简单化的作品（比如浩然《金光大道》第一、二部）所引发的反拨因素，更主要的还是因为再阐释时的认知范式发生了从革命向人道主义的变化。要给予这些作品以客观定位，必须回到中国革命的历史现场。革命之于中国"三农"的影响是决定性的，可以说中国当代农民作为平等公民身份的确立正是革命所赋予的。正如汪晖所概括的中国革命的核心内容是："以土地革命为中心，建构农民的阶级主体性，并以此为基础，形成工农联盟和统一战线，进而为现代中国政治奠定基础……以革命建国为方略，通过对传统政治结构和社会关系的改造，将中国建立为一个主权的共和国家，进而为乡土中国的工业化和现代化提供政治保障。"②如果没有推翻"三座大山"的革命，农民依然只是缺乏自觉意识的分散个体，就像马克思通过形象的比喻所说的那些装在袋子里各不相属的马铃薯③。

"当代文学"的开端在确立了人民当家做主的新中国文化中，身在其中的作家与农民同属于"人民"范畴，作家的创作实际上是参与社会主义生活实践的一种方式，而作品的独特性价值恰在于表现出了普遍性与特殊性、集体与个体的合一。也就是说，国家（政府）与社会（民众）之间并非二元对立的存在，而是同一的，无数此前分散的、原子化的农民融入社会主义的集体事业之中，确立了宏大的主体性。尽管此种主体带有乌托邦色彩，却是第一次让"三农"登上历史舞台的中央，因而我们很容易在这些作品中感受到乐观积极的情绪与明快生动的风格。那是一种主体意识与尊严感的外显，体现了对于确定性的未来的信念——政党与国家允诺所加持了的信仰与理想，使得对于当下方针与未来道路的信心确切而真实，当

---

① 尤尔根·哈贝马斯：《合法化危机》，刘北成、曹卫东译，上海人民出版社2000年版，第5—9页。

② 汪晖：《去政治化的政治：短20世纪的终结与90年代》，生活·读书·新知三联书店2008年版，第2页。

③ 卡·马克思：《路易·波拿巴的雾月十八日》，见《马克思恩格斯文集》（第二卷），中共中央马克思恩格斯列宁斯大林著作编译局编译，人民出版社2009年版，第566页。

发生"两个路线"斗争的时候，毫无疑问，社会主义路线会取得压倒性的胜利。而这个时候的"三农"书写也确实与现实之间紧密互动，与其说是创作主体响应了政治意识形态的召唤，毋宁说是他们主动参与新文化的建构、宣传与动员之中。

然而，这种关于"三农"未来规划的宏大确定性内部，还笼罩着另一种具体确定性。在彼时的内外政治环境与经济发展整体趋势之中，要建立建强社会主义现代化国家，工业化是必走的道路，然而彼时国内外情境决定了工业化所需要的原始积累无法通过对外获得，只能对内汲取，尤其是从农业中汲取。"三农"就成为宏观计划经济中重要的资本积累方式之一，不久的政策调整逐渐形成了日后影响深远的城乡二元结构。1958年1月9日，《中华人民共和国户口登记条例》出台，居民在城乡之间、大小城市之间的流动受到严格限制。1977年，国务院批转《公安部关于处理户口迁移的规定》的通知，限制户口从农村向城市、小城市向大城市、大城市向特大城市的迁移，并且提倡反向迁移。户籍壁垒和刚性的社会控制不仅是人们居住地与劳动处所的固化问题，同时牵涉不同的资源配置方式（粮油供应、就业、社会福利），尤其是统购统销和工农业产品"剪刀差"，因而造成了巨大的城乡差距。也就是说，政治身份与户籍身份之间发生分裂，尽管同属于政治上平等的公民，却因为户籍差异出现了日益扩大的收入与文化鸿沟：虽然平均主义制度与经济上实行了"去阶层化"，但经济上的平均主义掩盖不了身份上的差别[1]，进而影响到农民的精神状态与尊严感。农民进城被视为"盲目流动"，进而产生了一个后来在80年代末媒体上广为流传的词语——"盲流"。[2] 在这种身份差异中，农民陷入另一种社会流动固化的确定性之中，可见的现状与未来的阴影消磨了情感与精神上的活力。在政治主体性意义上，"三农"做出的权利让渡和利益奉

---

[1] 陆学艺主编：《当代中国社会阶层研究报告》，社会科学文献出版社2002年版，第164—168页。

[2] 1952年11月26日《人民日报》刊发中央人民政府内务部社会司的文章《应劝阻农民盲目向城市流动》，首次提出"盲目流动"的概念。张军：《社会语言学视角下农民工称谓的嬗变》，《陕西理工大学学报（社会科学版）》2021年第1期。

献可以视为局部利益从属于全局利益的风险与牺牲。

双重确定性之间不乏龃龉之处，其所产生的摩擦与扞格，实在值得大书特书。但文学书写似乎滞后于现实的变迁，或者是因为宏大确定性笼罩了具体确定性，至少由于意识形态的导向，当时的作家很少直接叙述此类问题，对这种社会主义内部的身份区隔缺乏应对。这种情形直到"文化大革命"结束、改革开放初期，才以伤痕与反思的形式出现在张一弓《犯人李铜钟的故事》、周克芹《许茂和他的女儿》、高晓声的"陈奂生系列"、何士光《乡场上》等作品中，部分地显示了翻身后的农民缘何在精神风貌上重回"老中国的儿女"状态的原因。从国家治理的角度来说，这体现的是毛泽东所说的大小仁政之别："所谓仁政有两种：一种是为人民的当前利益，另一种是为人民的长远利益，例如抗美援朝，建设重工业。前一种是小仁政，后一种是大仁政。两者必须兼顾，不兼顾是错误的。那末重点放在什么地方呢？重点应当放在大仁政上。现在，我们施仁政的重点应当放在建设重工业上。要建设，就要资金。所以，人民的生活虽然要改善，但一时又不能改善很多。就是说，人民生活不可不改善，不可多改善；不可不照顾，不可多照顾。照顾小仁政，妨碍大仁政，这是施仁政的偏向。"① 或者用经济学家的理性解释："在社会主义社会的发展过程中，初期实行较严格的社会流动限制绝不是目的本身，而只是为社会经济的正常发展创造条件。假定缺少这些较严格的社会流动限制，那么社会经济状况就难以好转，以后也就不可能采取较宽松的社会流动改革。"② "后来历史也证明恰恰是如此堪称严苛的制度与生存方式转型才奠定了改革开放以后经济迅速崛起的基础。集体的意义就在于整体性思维，即通过组织化的内部协调和局部牺牲来获得整体的推进，但是理性上的全局统筹很难获得超越

---

① 毛泽东：《抗美援朝的伟大胜利和今后的任务》，见《毛泽东选集》（第五卷），人民出版社1977年版，第105页。

② 厉以宁：《社会流动的伦理原则》，见罗岗、倪文尖编：《90年代思想文选》（第三卷），广西人民出版社2000年版，第197页。

个体的理解，或者即便理解了，在情感上也难以认同。"①这也是文学之所以不同于政治、经济的价值所在，它让身经历史变革洪流冲击的个人不再是统计数据与工具化的社会机器，而具有了鲜明的面孔，拥有了真切动人的情感。从更久远的时段来看，周克芹、高晓声等人的现实主义写作不只是提供了我们对于某个时段政治与经济肌理的认知，更是贯通了人们的普遍共情。

1978年11月24日，安徽省凤阳县小岗村农民自发在土地承包责任书上按下手印，拉开了农村集体经济改革的序幕。1982年1月1日，中国共产党历史上第一个关于农村工作的"一号文件"正式出台，明确指出包产到户、包干到户都是社会主义集体经济的生产责任制。此后，政府不断稳固和完善家庭联产承包责任制，鼓励农民发展多种经营。1958年开始的"一大二公"人民公社制度到1984年终止，从实践到理论上都承认了集体利益当中包含合理的私人利益②，从而激发了农民的生产积极性。但是农民兼业、农业增收乃至农村经济面貌的改善并没有改变城乡二元结构所带来的身份认同矛盾。在这一年，路遥发表了《人生》，以乡村精英青年试图跨越身份界限所做的努力与失败，直白地展示出城乡差别问题，引发了广泛而强烈的情感共鸣。《人生》中的"能人"高加林并没有像《创业史》中的"新人"梁生宝一样自信而自豪地投入乡村建设中，而是竭力要逃离农村处境，摆脱农民身份。这种矛盾隐藏在乡村叙述的内部，其持续性后果日益发酵，即便在改革开放之后也未见改观，即农民有改变职业的自由，却并没有获得改变身份的自由。这是一种"等级身份制"③，并且带有代际传递的可能，它与现代社会的契约性质相左，意味着计划经济

---

① 刘大先：《三农问题与"社会分析小说"的得失——公私之间的高晓声》，《中国现代文学研究丛刊》2018年第2期。

② 事实上早在1974年，张闻天就曾讨论过这个问题。张闻天：《关于社会主义社会内部的公私关系》，见《张闻天文集》（第四卷），中共党史出版社1995年版，第512—516页。

③ 秦晖：《"离土不离乡"：中国现代化的独特模式？——也谈"乡土中国重建"问题》，见《耕耘者言——一个农民学研究者的心路》，山东教育出版社1999年版，第290页。

整体格局有待进一步的深化改革。文学的改革也在思想解放的潮流中风起云涌,农村题材创作的现实主义取径在现代主义崛起过程中逐渐式微,关于"三农"的书写逐渐呈现出多样化的形态,而不再只聚焦于响应政策的现实反映上。

二、不确定性与城乡互动

乡村叙述从1986年到2002年的内在理念,可以视为双重确定性的瓦解与不确定性的诞生。如果说,前一个阶段的乡村叙述大致还是在国家内部文化的一种自主创造,到了这个时代则因为西方各类文学话语的引入而在观念与技法上都多少融入了国际性的参照与借鉴。这个过程也可以用1992年的市场经济体制改革为标识,分为前后两个段落。前一个段落是乡村书写多样化,后一个段落是社会结构性变革以及流动性所带来的趋向于集中的主题:农民进城,城乡互动。

在1992年之前,乡村叙述已经呈现出多元化的特色:

一、乡土文学回归。汪曾祺《异秉》和《大淖记事》、刘绍棠《蒲柳人家》、孙犁《孙犁小说选》、李杭育"葛川江系列"等,以所谓"三画四彩"(风景画、风俗画、风情画和自然色彩、神性色彩、流寓色彩、悲情色彩)[①]构成主要的文体审美特征。这些作品接续的是废名、师陀、沈从文的现代乡土小说脉络,与赵树理、柳青、浩然那些具有明确意识形态指向性的作品不同,偏向于远离政治的自然风景、风俗民情与日常人性,某种程度上带有抚慰峻急革命所带来的情感与心理创伤的功能。

二、农村改革小说则脱离跟随主旋律的解读与阐发,向历史纵深与空间褶皱深处触及,贾平凹"商州系列"等反映改革波及偏僻乡村生活的中短篇小说以及长篇小说《浮躁》可以作为代表。《浮躁》中的州河与河间生活的人们同样躁动不安,并不局限于商州的具体地域,而成为整体性"文

[①] "三画四彩"是丁帆对"乡土小说"进行的美学总结。丁帆等:《中国乡土小说史》,北京大学出版社2007年版,第21—28页。

化结构"的象征。小说结束于大洪水来临前的子夜,预示着大变革将至。贾平凹在序言中写道:"我再也不可能还要以这种框架来构写我的作品了。换句话说,这种流行的似乎严格的写实方法对我来讲将有些不那么适宜,甚至大有了那么一种束缚。"① 他道出了一种时代的文学感觉,确实,在这个时候现代派逐渐占据新潮文学的主流,形式的变革与观念的变革一体两面,显示了勃然思变的情绪。

三、寻根文学中出现了对传统农业文化反思,如韩少功《爸爸爸》、叶蔚林《五个女子和一根绳子》、李锐的"吕梁山印象"系列等。与此际日益甚嚣尘上的西化思潮及部分精英对"蓝色文明"的崇拜相对应,本土文化根性的寻求与批判上升到了民族性的焦虑程度。

四、出现了一部分以农村为依托体现出对人性的深掘以及象征化处理的先锋小说,如莫言《透明的红萝卜》《白狗秋千架》、刘恒的《狗日的粮食》《伏羲伏羲》,苏童的"枫杨树乡系列"等。意识形态崇高客体被转化为关于爱与欲、生命原力与被压抑的人性幽暗角落的展演,乡村及人物承载的是普遍性的诉求,题材的现实意味淡化,故事情节很大程度上也是去地方化、去时间性的,即外部具体历史语境不再是根本性的因素。

五、边地与少数民族书写,如张承志《黑骏马》、董秀英《马桑部落的三代女人》、乌热尔图的《琥珀色的篝火》《七叉犄角的公鹿》等,让此前不怎么为人注意的蒙古族、达斡尔族、佤族等民族及其生息地的农牧渔猎生计与生活方式呈现出来。少数民族题材的土改与合作化故事在"十七年"时期以"共名"的形式表达国家意志与吁求(代表性作品如《新生活的光辉:兄弟民族作家短篇小说合集》),到了"新时期"则由于很多少数民族出身的作家主体意识的树立,而具有了表述自我的欲望,从而丰富了乡村叙述的内容。

以上五个方面,只是取其主导倾向,并非界限清晰的划分,很多时候它们彼此之间互相渗透,它们的多样性风貌显示出在前一个阶段乡村叙述所共享的确定性观念分散了。1986年9月7日至12日,中国社会科学院

---

① 贾平凹:《浮躁》,春风文艺出版社2004年版,第3页。

文学研究所组织召开了"中国新时期文学十年学术讨论会",主题是"新时期文学观念的变革及其流向"①。这个会议固然有总结与展望之意,但是会议上所讨论的"主潮"——无论是人道主义,还是现实主义,或者民族意识——都无法框定此后创作的"流向"。关于"三农"的写作在1985年之后也确实呈现出与现实乡村变革疏离的趋势,而1986年中共中央发布了第五个指导全国农村改革与发展的"一号文件"后,直到十几年后才继续发布关于农业的"一号文件"——这似乎暗示了在"顶层设计"层面对于"三农"问题关注点的转移,也意味着原先的"三农"发展确定性路线进入重新规划与探索状态。

事实上,"三农"是改革开放的原发地,当城市经济体制改革仍然拘泥于"计划经济为主,市场调节为辅"的时候,农村政策部门已经率先提出改革的"市场取向"。只是家庭联产承包责任制在促进生产力的同时,其原发的势能也在逐渐消耗,农村市场化改革以后,从80年代到90年代发生了三次危机:1984年粮食难卖,1989年—1992年农业主产品(粮食、棉花、油料、糖料、果品)难卖,1997年农林牧副渔所有农产品全面难卖。第一次危机是农业与农村经济内部调整解决了问题,后两次则有待于国民经济启动和城乡二元结构的全面调整。②这中间最突出的现象是农村与农业的分离,及"民工潮"的出现。从80年代中期开始,非农产业在农村社会总产值中所占比重逐年降低,农村与农业已经完全无法等同视之,农村显示出其日益多元的面相,农民也在这个过程中不仅在兼业方式上,也在身份生成和社会流动中发生变化。如同李培林指出的:"农业与非农产业比较收益差距的拉大使农作物种植业几乎成为'最不经济'的产业,失去了劳动收益的边际弹性;与此同时,城市的发展(特别是服务业、建筑业的兴起)和市民子弟的'贵族化'(不愿再干脏、苦、累、重工作)以及城乡之间制度化壁垒的松动为农民进城提供了大量的'机会收益'。

---

① 本刊记者:《历史与未来之交:反思 重建 拓展——"中国新时期文学十年学术讨论会"纪要》,《文学评论》1986年第6期。郝佳:《新时期文学十年学术讨论会综述》,《文艺评论》1986年第6期。

② 温铁军:《中国农村基本经济制度研究》,中国经济出版社2000年版,第342页。

民工潮的潮起潮落，都与这两方面的合力的推动有关。"①孙立平也有类似观点：农民进城务工，不仅仅是农村"剩余劳动力"的问题，最根本的是"普遍的贫困化使得几乎农村中的每个劳动力都是潜在的流出者，而不管他们是属于剩余的，还是属于非剩余的"②。由于流出农民多为农村精英，这造成了社会侵蚀，乡村的退行与城市化的复杂性成为突出的现象。农业与农村的分化，以及随之而来的农民流动所带来的身份转变，加上城市内部工业的国有制改革造成的工人身份转变，使得城乡互动在现实与文本中都成了最为显豁的主题，新中国初期农民、农村、农业整合为一体的格局让位于此时三者的再度分离。

在这种时代背景中出现的历史寓言式写作，如张炜《九月寓言》、陈忠实《白鹿原》可以视为80年代文学话语的集大成也是终结之作；而迟子建《白银那》《额尔古纳河右岸》、夏天敏《好大一对羊》这样的现实题材与现实手法的作品，则趋于边地风俗化与理念的抒情与抽象化。除了少数作品，90年代的乡村叙述是绝缘、静态与景观化的，缺乏对于内部细致的道德习惯、资源结构、权力关系、舆论场域的描写，并以亲属关系、人情往来、欲望与经济理性替代了更为整全的分析，从而使得村庄被化约为原子式的生命挣扎、固态化的生活裂变，以及缺乏个性的抽象类型。乡村于是成为一种意象，而不是为民众所共有的具体生活世界。

在这个急剧转型的时代，涉及"三农"题材的作品反映出的时代主题无疑是"农民进城"——农民已经不再拘囿于农业与农村内部，而向城乡互动乃至城市化进程渗透。农民离开农业与农村，不仅是对于历史定型的自我形象的逃离，更是对新型自我的构想与实践。刘庆邦《神木》《到城里去》、荆永鸣《北京候鸟》等作品表明，此际的农民进城与90年代初《人生》中高加林的进城形同实异。高加林是从一种确定性（农民的无望

---

① 李培林：《"离土再离乡"：中国现代化的可行之路——兼与秦晖先生就"乡土中国重建"问题商榷》，见罗岗、倪文尖编：《90年代思想文选》（第三卷），广西人民出版社2000年版，第222页。

② 孙立平：《断裂——20世纪90年代以来的中国社会》，社会科学文献出版社2003年版，第102页。

的生活与前景)奔向另一种确定性(城里人丰富而充满可能性的未来),而90年代市场经济中的农民工则是从一种不确定性(分裂重组的农村、农业与农民)奔向另一种不确定性(未知而流动的城市现代性)。在"成为他人"与"做好自己"的移形换位中,是一种对于不确定性的感知与适应——恰是这种不确定性使得生活尽管充满艰辛、卑微、苦难乃至残酷的境遇,但是他们依然"五月飞蛾"(叶梅的一个中篇小说名)般地奋不顾身。因为不确定性尽管不乏风险,却也暗藏着改变既有身份与处境的活力与潜能,促使他们不断通过努力试图改造自我、改变身份。

乡下人进城书写中,一个常见模式是城乡人物在情感上的隔膜以及由此造成的冲突。这种隔膜来自经济上的差距以及文化上的差异,它们聚合为误解乃至彼此孤立,沟通无效或者拒绝沟通。如果要给这种隔膜寻找原因,显然不仅是由来已久的身份社会的传统痼疾,更是城乡二元制度、户籍管理与人口流动刚性僵化等不平等因素的后续影响。当行政主导型的城乡二元结构转化为市场主导型的二元结构时,计划经济时代出台的社会政策和制度并未完全突破,反而随着农民进城而被带到城里来了,在城市内部复制了一种二元体制,即农民工体制:同工不同酬,同工不同时;一城两制、一厂两制、一会(工会)两制、一校两制的不公现象普遍存在。这反过来形成了农民工社会流动的惰性:身份变迁落后于职业变迁,社会地位变迁落后于经济地位变迁,职业的转变不能带来与城市社会的融合,农民工被排斥在城市化进程之外;公民权的变迁出现错位——有着比较自由的就业权,却没有相应的就业保障权、迁移权、教育和培训权、社会管理参与权。[1]因而,很多时候,伴随工业化过程对农村与农业的过度汲取所带来的物质与精神的双重贫困,无法归结到进城农民的"素质"之上——这恰恰是很多"精英"的误区。农民工生活方式、意识与习惯的转变,需要漫长时间的潜移默化,这种转化不能仅诉诸个体的自我刷新,更主要的是要有与社会结构与人员身份转变相适应的深化改革。

---

[1] 陆学艺主编:《当代中国社会流动》,社会科学文献出版社2004年版,第333—336页。

这种隐形的"农民工体制"或多或少反映在同时代的文学书写之中,但虚构的文体在面对迅捷的现实时往往显得捉襟见肘。乡土中国的地缘与血缘关系尽管在社会结构重组中依然发挥着某种潜在的作用,但古老的共同体本身也在濒于瓦解,即便转换了形态延续下来,也无法组织起大规模的合作关系和持久而稳固的社群观念。与此同时,分工合作秩序的重构与扩展,要求有新的信任与合作,其构建过程不仅涉及显性层面的法治建设,更关乎深层的文化认知与情感转换。在这个过程中出现的道德与伦理的移位与裂变,正是不确定性社会的活力所在,记录与描绘这种不确定性,也是文学参与情感共同体和社会共同体建构的方式之一。

三、追寻新的确定性与乡村振兴

2000年3月,湖北省监利县棋盘乡党委书记给朱镕基总理的信中写道"农民真苦、农村真穷、农业真危险"[①],引起高层领导的密切关注与巨大的舆论影响。就像当初小岗村农民的自发改革一样,21世纪之初,"三农"问题再一次从下到上成为公共性的重大时代命题。

值得一提的是,2003年,国务院办公厅以"一号文件"的形式下发《关于做好农民进城务工就业管理和服务工作的通知》,这是时隔十六年后重新将"三农"工作提到政府工作的显要位置。这一年的中央农村工作会议提出,全面建设小康社会,重点和难点都在农村。3月27日,国务院发布《关于全面推进农村税费改革试点工作的意见》,税费改革在全国推进。2005年,中共中央提出"建设社会主义新农村"的宏伟目标。2006年,国务院对建设社会主义新农村做出了专门部署,全面取消农业税。[②]从2004年直至2021年间,中央政府连续发布以"三农"为主题的中央"一号文件",强调了"三农"问题在中国社会主义现代化时期"重中之重"的地位。

"三农"问题重回政治经济议题中心,显示出一种追寻新的确定性——

---

① 李昌平:《我向总理说实话》,光明日报出版社2002年版,第20页。
② 杨燕:《农村税费改革》,中国社会出版社2010年版,第76—82页。

一种中国特色的现代化发展道路——的努力。如同温铁军所指出的,"从中国历次应对危机的经验中,可以清楚看到'三农'对经济周期性波动导致的经济社会系统运行压力的承载和调节功能。……值得重视的是,进入工业化中期阶段后,这个作为中国应对历次经济波动的最基本的'稳定器'和'调节器',其内部社会经济结构和外部宏观环境都发生着根本性变化"①。即便从冰冷的经济学"涓滴效应"(trickle-down)来说,改革开放经济发展的成果也需要由一部分先富起来的人带动后富起来的人,从体制改革初的"分享艰难"走向"分享红利",从城市的"虹吸"(siphonage)与马太效应转向全民的普遍受惠。而从共产党执政理念的初心与对于人民美好幸福生活的允诺而言,其他产业也需要通过转移支付或其他方式,回馈为市场经济改革奉献良多的"三农",以保证全社会的稳定发展。这样做的好处,不仅是缓解农村的绝对性贫困与在总体产业机构中失衡的问题,同时,反馈给"三农"的红利也会成为加大"内循环"和二次发展的基础。这也延续了2004年十六届四中全会上提出的"两个趋向"的判断:"在工业化初始阶段,农业支持工业、为工业提供积累是带有普遍性的趋向;但在工业化达到相当程度以后,工业反哺农业、城市支持乡村,实现工业与农业、城市与农村协调发展,也是带有普遍性的趋向。"② 在随之而来的社会主义新农村建设、美丽乡村建设、脱贫攻坚、乡村振兴等一系列新的确定性的摸索过程中,乡村叙述也陆续出现了城镇书写、基层微观权力刻绘与城市底层文学三种突出现象,2010年之后又兴起非虚构写作。

一、城镇书写。中国的城市化进程区别于欧美现代性的中国特色之处在于它是一种城镇化的形态。1980年全国城市规划工作会议上明确提出并实际执行了"控制大城市规模,合理发展中等城市,积极发展小城镇"的方针,1998年中央又提出"小城镇,大战略"——其目的就是解决人

---

① 温铁军等:《八次危机:中国的真实经验1949—2009》,东方出版社2013年版,第20页。

② 曹东勃:《在城望乡:田野中国五讲》,上海人民出版社2021年版,第63页。

地矛盾、城乡二元的问题，但城市化道路的观点争论从未停止。① 中国的复杂性就在于幅员极其辽阔、人口民族构成多样、区位自然地理与人文环境差异大，小城镇之路属于实事求是、因地制宜的举措，也催生了 21 世纪以来 70 后、80 后作家大量的城镇书写，如田耳的佴城（《天体悬浮》）、路内的戴城（"追随三部曲"）、林森的澄迈小镇（《小镇》）、林培源的潮汕小镇（《小镇生活指南》）。这些"城镇书写"回响着 80 年代初路遥"城乡交叉地带"的声音。较之于源远流长的"乡土中国"传统，城镇中国的文学书写无疑是一种新鲜事物，它是一种已经从古老的乡土共同体中剥离出来的生活与文化形态，是一种当代性事物，体现出来的是具有本土特征的时代嬗变。城镇已经不再是乡村或山寨那种联系着农耕、游牧或渔猎生产方式的空间，而是一种新的生产与生活展开的处所。就文化位置而言，城镇置身于国际化的大都市与偏僻落后的乡村之间，是一种时刻生发着变异、不断有人迁徙、永远充满机会和风险的进行时状态。正如中国本身的"发展中"状态，城镇最为鲜明地表征了当代中国生机勃勃、混乱嘈杂与永不止息的流动。②

二、基层微观权力刻画。较之于 90 年代乡村题材写作的乏善可陈——新兴的"市民文学"与消费文学占据主导③——21 世纪以来的乡村叙述则伴随城市化使得大量乡村子弟通过教育、商贸和务工进入城市，涌现出许多关于乡土消逝与怀旧的个人化体验，颇能引发广泛共情，延及当下依然不绝如缕。但乡村叙述中较为引人注意，或者说体现出与之前作品不一样的经验性内容的，则是对于基层权力关系现状的书写，尤其是在民主选举、基层治理与血缘宗亲、宗法家族残留的张力之间，凸显出现代性观念在基层的曲折运行与各种权力错综的博弈。此际也正是土地

---

① 温铁军：《"三农"问题与世纪反思》，生活·读书·新知三联书店 2005 年版，第 422—434 页。

② 刘大先：《文学小镇与灌木丛美学》，《福建文学》2018 年第 2 期。刘大先：《在小镇看见中国》，《人民日报》（海外版）2020 年 8 月 13 日。

③ 90 年代文学的话题与热点，可以参见陈思和、杨扬选编：《九十年代批评文选》，汉语大词典出版社 2001 年版。

确权、乡村选举、土地流转等问题在农村成为核心问题的时候，法治与德治、共同体与社会交织在一起。20世纪以来行政村体制的建立，使得行政村日渐成为基层秩序的主要决定者。但如同贺雪峰曾经指出的那样：行政村往往只是提供了公共的行政空间，只是一个半熟人社会，自然村才是真正的熟人社会，有着共同的生活空间。① 行政空间与生活空间的交叉与融合涉及当下乡村社会基本的文化变迁。李洱的《石榴树上结樱桃》、阎连科的《日光流年》、周大新的《湖光山色》、刘庆邦的《黄泥地》等，都不同程度地涉及这方面现象。只是这些作品更多是经验性描摹，显示了情感与理智、观念与事实的冲突②，很难提供新鲜的美学创造或思想性的启迪。

　　三、城市底层文学。这是21世纪初在以市场与消费为主导的文学潮流中出现的新现象，包括农民进城与城市边缘群体生活状态两大主题，它背后涉及全面市场经济改革以来文学的后撤问题。如果说直到80年代末，文学依然有着强力的乌托邦之维，那么到了90年代中后期，随着商品与消费的兴起，一种新型的面目模糊的意识形态崛起了：它奉行物质利益至上，强调发展为王，"抹平阶层、地区、政治、文化等方面的深刻差异……披挂上形形色色的'现代化'符号；'市场''世俗化''自由主义''消费时代'，等等"③，时代的文化英雄让位于"成功人士"，去政治化的经济学霸权主义排挤了超越性与批判性的精神生产。"中产阶级"美学与市民观念成为文学的主要观念，反向激发了21世纪之后"底层文学"的勃发。以事后的眼光看，"底层文学"对于苦难的呈现与不公的批判，显示了文学的道德担当与正义诉求，但其思想资源延续的是左翼革命话语，未能有效与当下社会变革进行对接，对现实发生影响。这在某种程度上是

---

　　① 贺雪峰：《乡村治理的社会基础：转型期乡村社会性质研究》，中国社会科学出版社2003年版，第293页。

　　② 关于90年代以来乡村小说叙事中体现出来的作家心态，可以参见李勇：《"现实"之重与"观念"之轻》，中国社会科学出版社2013年版，第131—176页。

　　③ 王晓明主编：《在新意识形态的笼罩下——90年代的文化与文学分析》，江苏人民出版社2000年版，第18页。

虚构能量的退减：一方面由于中产阶级美学话语依然是主流，使得不符合其观念的内容在传播场域中遭到遮蔽；另一方面，文学固然不一定要与现实发生一一对应的关系，但就乡村题材而言，缺乏现实问题意识的写作是无效的，必然导致创作上的滞后、狭窄与隔膜。

四、非虚构的兴起。理解了上述三个方面的原因和文学表现，才能解释为何非虚构在2010年之后兴起。非虚构写作中，尤以关注"三农"的作品引人注目，如梁鸿《中国在梁庄》《出梁庄记》《梁庄十年》，以及更多由农民（工）自我表述的类似《我叫范雨素》之类的作品。伴随着进城农民的经济与文化生活在整个社会生活中的重要性愈加凸显，他们需要获得自己的命名。基于写作方式与形态的变化，社会工作者与社会学家的一些作品也作为非虚构写作被论列，如吕途的《中国新工人：迷失与崛起》《中国新工人：文化与命运》、顾玉玲的《回家》[1]。"新工人"的命名体现出文学回馈社会现实的尝试与努力，但知识分子式书写之中，"新工人"往往是"迷失"在城乡之间的存在，浸润着"待不下的城市，回不去的乡村"式的悲情[2]，这一点反倒与务工人员的"城市建设者"的自我认定发生了一定背离，并且依然沿用了城乡二元的结构预设，而这种预设在中国城镇化过程中至少已经部分失效了：城乡一体化的统筹在更广泛的层面展开，进了城的农民身份与社会态度也呈现出分化。这个时候的文学生态也面临着一个表述之变，即现代文学中启蒙式的作者神话不得不做出调整，因为曾经作为被表述对象的农民获得了自主表述的权利，迫使作者放弃"创造"的幻觉，部分让渡主导书写的权利，加入行动者中来，作为一个有限度同时也是自我启蒙的个体，来应对现实中的变革。

进入新时代以来，乡村题材创作迎来了新的发展契机，敦促着对于乡村的再认识以及美学的再创造。2017年，十九大报告中提出"乡村振兴"战略，将"产业兴旺、生态宜居、乡风文明、治理有效、生活富裕"设定为总要求。应该说，这是在综合国力增强、城市化水平显著提升的

---

[1] 刘大先：《当代经验、民族志转向与非虚构写作》，《小说评论》2018年第5期。
[2] 吕途：《中国新工人：迷失与崛起》，法律出版社2013年版。

情形下，政策上反哺"三农"的行动。其中，很重要的一个主题就是脱贫攻坚。脱贫攻坚的工作可以追溯到 1986 年"国务院贫困地区经济开发领导小组"的成立，以及 1988 年"毕节开发扶贫、生态建设试验区"的建立。但真正取得突破性进展还是在晚近几年，在这一期间涌现了诸如赵德发《经山海》、关仁山《金谷银山》、舒飞廉《云梦出草记》、袁凌《世界》、蔡家园《松垸纪事》、纪红建《乡村国是》、王宏甲《塘约道路》、彭学明《人间正是艳阳天：湖南湘西十八洞的故事》、哲贵《金乡》等作品，它们的文学成就究竟如何尚需时日考验，但无疑出现了一种与自下而上的非虚构写作相并行的由上而下的主旋律写作的趋势。当"共同理想"与"共同利益"饱受质疑的时候，确立了乡村振兴、综合农业发展、提升农民获得感与幸福感、全面奔向小康社会的共同奋斗的总体目标，并以这种蓝图来规划与扶持相应的写作，可以视为一种文学上确定性目标的重新树立。

结语：重申文学与政治的关联

在前文论述中，我尽量避免陷入具体作家、文本与现象的分析之中，而竭力将当代中国乡村叙述的演变与政治、经济、社会的变革联结为一个整体性生态演进系统。这并不是机械地将文学当作政治的工具，而是将两者视为彼此相互作用的有机组成。只有激活这一一度被庸俗化的文学社会学维度，才有可能对当代乡村叙述的表象、功能与意义做出具有理论意义的概括——尽管这种初步概括可能粗陋，可能有漏洞，但唯有进行尝试，才能在辩难与质询中获得更清晰的认知。"新时期"以来所形成的文学话语以其强大的惯性使得文学与政治的疏离成为一道令人难以跨越的鸿沟，但任何一种书写也难以摆脱其政治无意识，我们用确定性的显隐来梳理乡村叙述时，是重申文学与政治之间的关系。

当文学以一种确定性的面目出现时，意味着"理念先行"的自信，而这正是启蒙现代性和共产党观念中文化领导权的显现——"理念先行"当然需要与"概念先行"做出区别，前者是以理想与应然的态度整饬现状与实然，而后者只是前者的机械化与庸俗化。但是，如同前文所描述的，80

年代中期之后,全球范围内的确定性都面临"终结"的命运,现代性自身成为一种"液态"的存在。社会学家鲍曼(Zygmunt Bauman)在不同著作中都归纳过这种不确定性的现状:现代性从"固态"走向"流动",权力与政治的亲密关系松懈,民族-国家的权威在收缩,长期性的计划与行动日渐崩溃,环境变化多端,而个体则承受着由政府或社会机构卸载下来的风险。他做了一个令人印象深刻的比喻:现代以前人类对于世界的态度类似于"自然"无为的猎场看守人;现代世界观和实践则如同着意安排秩序的园丁,这是一种有着确定性的乌托邦理念;但是现在我们则身处于不确定性时代,人人都被鼓励成为消费主义的个性化"猎人",而这是一种没有终点的乌托邦,无法对生命提供意义,而陷入一系列自我关注的追求之中。[1]当文学也陷入不确定性中时,那它就只能成为某种现状与实然的反射物,丧失了其作为一种想象性反身力量的存在意义,当下大量的模式化的写作已经显露出类似的危机——对于确定性的追寻才是文学"知其不可为而为之"的意义所在。

回到乡村叙述上来,2020年7月15日,中国作协召开线上与线下相结合的"全国新时代乡村题材创作会议"。这种由文学组织机构召开的会议可以说是社会主义文学生产的独有形态,它通过主旨宣扬,显示出主流意识形态和文化领导权的召唤机制;同时试图弥合"新时期"文学话语所割裂了的审美与政治、文学与生活之间的裂缝。城乡互动与一体化进程形成了开放、动态而生机勃勃的乡村现实,促使我们必须对乡村进行再认识,进而强有力地扩展乡村的经验领域、题材范围与表述空间。乡村振兴带动传统的扬弃、传承与创新,意味着新型乡村主体的发现与创造。当代乡村不再是静止、凝滞、有待发现与改造的空间,而是流动、敞开、主动变革与更新的关系性场域,无论从生活方式、认知感受还是精神结构上,都承载着中西古今一切文化与技术的成果,并且在时刻不停、永无止息地创造着自我与世界。在全面步入小康社会这样一个中国数千年未有的历时

---

[1] 齐格蒙特·鲍曼:《流动的时代》,谷蕾、武媛媛译,江苏人民出版社2012年版,第110—127页。

性时刻时,乡村叙述的开创者鲁迅的话仍然不失其意义:"外之既不后于世界之思潮,内之仍弗失固有之血脉,取今复古,别立新宗。"①中国文学乃至中国文化的伟大复兴,也就存于这种开放、包容、自信与奋斗的实践之中。

---

① 鲁迅:《文化偏至论》,见《鲁迅全集·1》,人民文学出版社2005年版,第57页。

喧嚣的失语

——20世纪末的知识分子表述

在"身份社会"①中，可能没有哪一个群体像知识分子一样，地位起伏不定，形象诡谲多变，有时充当忠肝义胆的时代砥柱，有时扮演尔虞我诈的跳梁小丑；他们传递着庙堂正音，也吟啸过江湖歌谣和民间淫曲；他们可能是道义的担当者、知识的承载体、传统的继承人和文明的创新员，也有可能是法统的叛逆者、偶像破坏者、德行败坏之人和见风使舵的变色龙。在漫长的历史中，他们呈现出祭师、弄臣、教士、官员、老师、地方精英、专业技术人员的种种面孔，唯一不变的是他们是一群握有特殊权力的人，那种权力未必是直接的暴力持有，却因为对于话语和表述的操控而产生了持久又广远的影响力。知识分子固然是一个现代新发明的概念，但是相关的身份与意识却源远流长。就中国历史而言，无疑从"士"的分化开始就出现了文人的角色。这种传统角色在近现代中国经过脱胎换骨式的转化后进行了全面刷新与自我塑造，而被重新界定与赋予的现代内涵则基本上是结合了西方启蒙运动以来的知识分子认

---

① 梅因（H. S. Maine）在《古代法》中将传统社会向现代社会的演进描述为从"身份"向"契约"的递进，但事实上这两者并非截然断裂，而是彼此融合，比如前现代中国往往有士、农、工、商四民社会的说法，但当代中国同样有工、农、兵、学、商，及干部、群众、无党派爱国人士等不同角度的划分。

知与中国传统社会士人精神的结果①。

关于知识分子的表述汗牛充栋，因为呈现他人与表述自我本身就是知识分子获得与展示权力的途径，即他们拥有的是广义上的文化权力。这种权力有时候会与经济权力及政治权力相结合，有时候又会产生背离，而并非像在某种特定的知识分子立场上所描述的那样是独立于复杂社会系统尤其是官方之外的异见者或者自由人——这种含混、杂糅的表述与被表述在20世纪末体现得最为突出，尤其是在90年代这个缺乏命名共识的转型时代里最具有症候意味。

现代中国与社会主义人民共和国的建立过程中，知识分子与工农联盟结合，对革命的胜利起到了推动作用。1949年之后，新兴的共和国建立了一整套政治体制，特别是单位制度与户籍制度，以工作证、档案、户口、粮食本等既给人保障又使人受约束的身份与福利关系，将知识分子整合到社会主义体制之中。在这个过程中，参与革命的"有机知识分子"②与一部分自由知识分子都成为制度系统的有机组成部分，中间因为意识形态激进化而采取的知识分子改造运动，使之在政治地位上遭到一定程度的挤压，但对于迫切需要"现代化"的社会而言，知识分子以其特殊的专业才能依然有其不可或缺的功能。因而在70年代后期，邓小平提出科技（知

---

① 关于知识分子的界定众说纷纭。许纪霖曾经简略梳理过历史语境中知识分子概念的形成，其来源包括俄国的精神贵族式群体、法国德雷福斯事件中涌现的代表社会良知的"传统知识分子"、英国学院派、意大利阶级与党派化的"有机知识分子"、德国与浪漫主义和民族主义紧密联系的国家主义倾向的作家与学者。从教育背景与职业分工上会有不同的划分，但其主要特点被归结为对权力的独立批判、超越性的价值无涉、普遍主义的理性精神。许纪霖：《中国知识分子十论》，复旦大学出版社2003年版，第2—10页。

② "有机知识分子"当然是葛兰西（Antonio Francesco Gramsci）的提法，但正如张历君指出的，葛兰西有关上层建筑和知识分子的理论探讨并非开创性的独到见解，而是当时马克思主义者共同分享的想法。与他几乎同时期的中国共产党领导人物之一瞿秋白也指出，革命领袖并非某种卡里斯马（charismatic）式的个人，而是要成为革命组织的象征，任何知识分子都必须要与某个主导性的社会集团"有机地"联结起来。张历君：《现代君主与有机知识分子——论瞿秋白、葛兰西与"领袖权"理论的形成》，《现代中文学刊》2010年第1期。

识）是生产力的问题，调整了知识分子在社会结构中的位置，在80年代后期更是明确提出"知识分子是工人阶级的一部分""要把'文化大革命'时的'老九'提到第一"①，给知识分子的社会角色以重新定位。尽管在邓的论说中，知识分子主要是指科技知识分子，但不妨碍人文知识分子同样分享了改革的红利，并以其先声夺人的表述而一度在"新时期"成为改革话语的先导者。

伴随商品经济与市场化的兴起，中国的社会结构在20世纪90年代发生了巨大变迁，作为领导阶级与基础的工人与农民都发生了身份的调整，原本属于"工人阶级"一分子的"知识分子"同样在"市场化"的总体性话语中面对身份定位与重构的问题。知识分子感受到自身文化符号与象征资本的贬值，以及由此导致的在经济生活与社会地位中的边缘化。20世纪末的知识分子遭遇了堪称"天人交战"的焦虑与挣扎，并力图在变化了的语境中建立起主体性的言说，产生了一系列的论争。②本文并不想牵涉过多自90年代末已经开始总结与梳理的思想史与文化史内容，而主要从文学的视角切入人文知识分子的表述问题，在文学事件、作品呈现与作家立场的表述与被表述中，重新对于某些习以为常的认知——反智主义与启蒙话语裂解后的话语分歧、世俗化的不满与日常生活的合法化、专业主义岗位意识与公共性的吁求——进行辨析。

一、"反智"与"启蒙"

与人文知识分子在新时期之初在自上而下的真理标准、人道主义及

---

① 邓小平：《科学技术是第一生产力》，见《邓小平文选》（第3卷），人民出版社1994年版，第275页。

② 关于论争的文本选本，参见李世涛主编的"知识分子立场"丛书（时代文艺出版社2000年版），包括《自由主义之争与中国思想界的分化》《激进与保守之间的动荡》《民族主义与转型期中国的命运》三种。相关的研究，参见许纪霖、罗岗等：《启蒙的自我瓦解：1990年代以来中国思想文化界重大论争研究》，吉林出版集团有限责任公司2007年版。

"新启蒙"的讨论中所扮演的文化英雄式角色与良好的自我感觉形成鲜明对比的是,他们在文学作品中并没有出现太多的身影——在"文化大革命"晚期及改革开放早期的知识分子题材作品,如张扬《第二次握手》(1975)、徐迟《哥德巴赫猜想》(1978)、谌容《人到中年》(1980)中,主人公都是科技知识分子(物理学家、数学家或医生),电影(剧本)《苦恼人的笑》(1979)尽管是以记者傅彬为主线,但他所观察与体验的社会悲剧依然是医学院教授的人生苦难。不过,这种人文知识分子形象的缺乏,可能恰意味着他们的自我意识与自我定位是历史主体,还没有将自身作为对象,折返到内倾式的自我关注之中。确实,人文知识分子(作家、学者、记者)参与了整个80年代的各种文化事件与思潮,在象征资本上隐然具有同政治资本与经济资本分庭抗礼之意,这也是在此后的岁月中,80年代被怀想为(至少是文学与思想上的)黄金时代的原因之一。

整个80年代走马灯式的文学思潮与流派更迭中,知识分子形象始终是一个弥散性的存在,无论是对于乌托邦运动所造成伤害的控诉,还是历史文化的抽象反思,还是对于主流现代化话语的回应,其中都隐含着知识分子创伤经验的间接呈现——他们讲述别人其实都是在讲述自己。1985年之后,伴随欧美现代主义为主导的价值观念的传播,关注宏大命题的文学逐渐向个人主义与形式变革转向,这依然是精英知识分子式的文学变革。与此同时,作为当代文学批评与文学史叙述边缘角色的王朔横空出世,并以其同影视文化的结合,呈现出一副截然不同的面目。王朔征用革命话语,加以戏谑化,他的作品并不以知识分子为主角,但其中的知识分子及其行状与生机勃勃的市民相比则表现出迂腐、猥琐、乏味的特征,因而他被视为中国当代文学媚俗与反智的始作俑者。在90年代初的观察者看来,这是"现代专制"所造成的灾难,"必须正确认识和确立知识分子的历史作用和历史地位……知识分子的自觉更新与工农大众的自觉提高这两大命题和两大实践综合在一起,才构成中国现代思想史、文化史和现代社会历史的一个优美的'合题',才可能避免'工农兵上管改''知识分子接受工人、贫下中农再教育'一类悲剧的重演"①。这种论说将当代知识分子形象在文学中的污名化处理，欲说还休地归因于刚过去不久的激进"革命"运动，却忽略了王朔文本中的戏谑与讽刺并非针对知识分子或革命话语本身，而是指向某种系统性的虚伪、官僚主义和形式主义。知识分子在那个系统中扮演的角色并不如同他们自己所想象的那么光明俊伟，很多时候反倒是以其钩心斗角与小肚鸡肠在其中推波助澜。也就是说，如果一定要将王朔命名为"反智"，那么他反的也并非"智性"与知识分子，而是假智性与冒知识分子之名行厚黑之实的庸俗与堕落——反而不是"媚俗"，而是批判。尽管以市民立场的面目出现，根底里依然保留了精英式的傲慢："我在大骂知识分子时发现自己只有站在知识分子立场上才骂得出口骂得带劲儿。"②只不过他吃柿子捡软的捏，为的是让"二老"（老百姓与老干部）满意，实现利益最大化。

　　王朔的被误读，与知识分子很容易同政治权力纠缠在一起密切相关。90年代关于反智主义的言说也正是源于对刚过去不久的六七十年代全球性激进运动的反思，而那种激进运动在中国又会被追根溯源到文化的传统之中。在1994年的一场文学批评讨论中，就有论者直称对知识分子精英文化的过度贬抑，除了多种现实原因外，还与中国文化中的反智主义传统有关，知识、知识分子、知识分子的价值原则，关于艺术、社会进步的乌托邦情怀，都是这个传统蔑视嘲讽的对象。③这种观点与1975年、1976年间余英时从儒、道、法家传统，君权与相权出发分析的"反智论"如出一辙，余更是将其直接与"政治传统"关联在一起。④而反智主义论

---

　　① 王东成：《王朔的"媚俗"与"反智"》，《中国青年研究》1993年第3期。

　　② 王朔：《不是我一个跳蚤在跳》，见《无知者无畏》，春风文艺出版社2000年版，第109页。

　　③ 陈福民语，见王晓明主持的"批评家俱乐部"讨论《民间文化·知识分子·文学史》，《上海文学》1994年第9期。

　　④ 余英时：《反智论与中国政治传统——论儒道法三家政治思想的分野与汇流》《"君尊臣卑"下的君权与相权——"反智论与中国政治传统"余论》，见《中国知识分子论》，河南人民出版社1997年版，第35—101页。

说在美国的兴起无疑源自1963年霍夫施塔特（Richard Hofstadter）的名作 *Anti-Intellectualism in American Life*，此书针对的是50年代美国民主政治的勃发、宗教的世俗化、实用主义的兴起与教育普及所带来的文化渠道下沉。①60年代席卷全球的青年革命与底层及边缘人群的平权运动，无疑加深了精英主义的焦虑，从而使得反智论在知识分子中广为传播，进而在"理论旅行"之后波及八九十年代的中国。

中国90年代的所谓的"反智"并非"批判"或"戏拟"，而是市侩理性对知识分子的丑化与矮化，客观上与90年代的市民观念与经济实用主义有关。因而在"人文精神大讨论"中，批评人文精神沦丧与道德滑坡的主基调落在商业逻辑与市场经济对知识分子人格与精神的负面影响上，革命政治批判反倒退隐到背后。因为革命政治中的知识分子与一般民众的关系并非单向度启蒙，而是彼此融合的相互启蒙，如同葛兰西所说："教员与学生的关系是积极的关系：他们的地位可以变换，因此每一位教员同时就是学生，而每一名学生同时就是教员。"②这是理论与实践之间的交互辩证，也正是从20世纪中国早期知识分子的下层启蒙，到中期知识分子改造与自我改造的一系列实践的内在逻辑。这种交互启蒙随着激进运动的失败而转入另一种形态的"新启蒙"，事实上是高度精英化的，而知识分子与工农大众在这种新启蒙中则彼此割裂开来，最终导致了知识分子话语在日益兴起的市场经济之前失效。敏锐如王朔者则抛开了知识分子话语，而投入新兴的"大众"洪流之中。

"后革命"话语的吊诡之处在于，知识分子过于内倾的自我关注与知识分子形象的孱弱缺席形成了鲜明对比：一方面是知识分子的喧嚣言说与论争，另一方面则是那些言说与论争在非知识分子群体那里的被无视乃至漠视——知识分子将自身从更广阔的社会关系中剥离出来谋求独立的言

---

① 此书2021年在不同出版社分别出版了五个中译本：张晨译《美国的反智主义》（上海译文出版社）、何博超译《美国生活中的反智主义》（译林出版社）、陈欣言译《美国生活中的反智主义》（九州出版社）、陈思贤译《美国的反智传统》（中译出版社）、胡翠娥译《美国生活中的反智主义》（郑州大学出版社）。

② 安东尼奥·葛兰西：《狱中札记》，葆煦译，人民出版社1983年版，第33页。

说，从而拆卸了自身在历史进程中的合法性与活力，实际上是主动告别了自己的话语中心位置。这导致在文学表述中知识分子缺席，并退回到保守的旧文人视角，两个90年代初的文本鲜明地体现了这一点。

《故乡天下黄花》（刘震云，1991）书写从民国初年到"文化大革命"年代一个村庄的历史，形成了对于汪晖所命名的"短20世纪"（亦即中国革命的世纪）[1]的隐喻。全书的四个部分"村长的谋杀""鬼子来了""翻身""文化"，分别代表了20世纪各个转折阶段的节点性时间，这些时间被处理成了均质化的，村庄所经历的历次事件被以一种超然的笔触去价值化了：无论是乡间仇杀还是抗日战争，无论是革命还是建设，都被描述为无观念差别的权力之争，历史在这种叙述中也就成了走马灯式的"上台"与"下台"的相斫书[2]。最具症候意味的是，所有的事件中都没有知识分子的身影，他们成了"在场的缺席"，这是典型的后革命时代对于历史与历史中人的理解。无视葛兰西所谓有机知识分子在革命与建设行动中所起到的先行与先导作用，也就无法真正意义上书写20世纪中国的历史。这种表述里知识分子的缺席，与现实中知识分子的失语形成了彼此的换喻。

另一部被指称为知识分子题材的小说《废都》（贾平凹，1993）在诞生与传播过程中饱受争议，但主人公庄之蝶与其说是知识分子，不如说是旧文人的当代还魂，他与小说中的那些画家、书法家、戏剧导演一样都是"闲人"——某种"内靠官僚，外靠洋人"的当代"帮闲"与"帮忙"。在旧文人囿于其认知视界所觉察的世界中，"新电影、新衣服、新装饰品，一样也不缺，仍没有新的思想和新的主题"[3]。当知识分子丧失建立起与现实关联的能力的时候，他们就只能返归"传统"文人的邪僻雅趣与抱残守缺之中。小说里唯一的现代知识分子是归来的"右派"钟唯贤——一个"过时的人"，因为对于过去的运动心有余悸而在现实中噤若寒蝉，职称

---

[1] 汪晖：《去政治化的政治：短20世纪的终结与90年代》，生活·读书·新知三联书店2008年版，第1页。

[2] 刘震云：《故乡天下黄花》，作家出版社2009年版，第316页。

[3] 贾平凹：《废都》，作家出版社2009年版，第9页。后文涉及本篇小说引文均出自此书，不再一一标注。

还是靠庄之蝶走关系获得,最终得到"优待知识分子"的政策实惠是提前火化。这个反讽的场景,预示了知识分子之死的时代寓言。

"诗人之死"构成了90年代的时代隐喻。1989年春诗人海子卧轨自杀,尽管他在遗书中声明自己的死与任何人无关,但不妨碍被与此后其他诗人、艺术家乃至学者(戈麦、顾城、徐迟、吴方、苏葆桢、胡河清、宋祖良……)的自杀、戴厚英的被杀、王小波的猝死等放置在一起,被文化学者解读为金钱社会造成的末世感以及精神乌托邦的沦陷,甚至被同屈原和王国维的自沉关联起来。[①]作为人文知识分子代表性形象的诗人之死,意味着一个黑格尔所谓的"英雄时代"的没落与平庸乏味的"散文时代"的到来[②],而90年代各种"小女人散文""大历史散文"占据文学领域最大范围的市场似乎也证实了这一点。

类似的表述与认知中包含着对于反智与启蒙的双重误解:反智不过是一种纡尊降贵的精英姿态,而启蒙则被片面理解为代言式的、消解了个人性的集体话语。对后者的误解尤甚,以至于当人们描述90年代所产生的思想分歧时,往往认为是"启蒙的自我瓦解",是由于"利益的分化、知识结构的断裂和现代性目标诉求的不同",而导致新启蒙的"态度一致性"的"分化"。[③]如前所述,"新启蒙"的"一致性"建立在自上而下的共识中,与其说是知识分子主导,毋宁说是他们作为主导性意识形态的附庸,这是一种带有现代性早期意味的启蒙观。而当代启蒙可能需要像福柯所说的那样,"必须被理解为既是一个人们集体地参与其中的过程,同时也是一个由个人完成的勇敢的行动",是"生产出自己",而不是改造他人,"有关我们自己的历史本体论必须从一切声称是普遍的和彻底的方案中分离出来。事实上,从经验中可知,要求逃离当代现实体系,以便制订出有关另一个社会、另一种思想方式、另一种文化、另一种世界观的完整方案,

---

[①] 王岳川:《中国镜像:90年代文化研究》,中央编译出版社2001年版,第216—236页。
[②] 黑格尔:《美学》(第一卷),朱光潜译,商务印书馆1996年版,第246—248页。
[③] 许纪霖、罗岗等:《启蒙的自我瓦解:1990年代以来中国思想文化界重大论争研究》,吉林出版集团有限责任公司2007年版,第1—42页。

这种企图只能导致最危险的传统的复辟"。① 这是一种关联现实的态度与生活，包含着自我批判、对自身限度的历史分析以及超越局限性的可能与尝试，虽然隐含着目的论，但实践中则将启蒙理解为与践行为一个过程。而这一点在 90 年代尚未从震惊体验中缓过神来的知识分子那里，还没有得以在观念上展开，更勿论文学中的表现了。

二、世俗化与日常生活

在一般文艺批评与文学史的归纳中，90 年代文学最为显著的特征无疑是世俗化与日常生活审美化。这一点在《废都》中已经初露端倪，作家不过是一种职业，文人不再耻于言利，做生意获得正当性，知识分子向着"传统""复辟"，而这个"传统"是未经现代经验与历史过程洗礼的前现代士大夫中的一脉——文人化的世俗传统。这种文人世俗传统指向世情书的烟火生活与隐逸逍遥的自由想象，某种意义上是对过度理想化与现代知识分子形而上吁求的反拨，其内在认知方式建基于"人性"或者说感觉方式与情感结构的集体记忆之上。王小波在一篇 13000 多字的短篇小说《立新街甲一号与昆仑奴》中多次提到"古今无不同""古今一般同"②，所有的"一般同"都是某种"感觉"：远眺华厦的感觉、雪夜谈笑的感觉、屈辱感、图报感、嫉妒感、与美丽女郎朝夕相处的幸福感、懒洋洋的春意、面对女孩的窘境、期待秀色可餐的忐忑心态……它们是源于身体与情绪的人类共通感受，不具备明确的时代性与地域性，是农耕时代的文化心理积淀在工业乃至后工业社会的残余与怀想，成为"一切都在无可挽回地走向庸俗"③时的寄托与凭恃。

---

① 米歇尔·福柯：《什么是启蒙？》，见汪晖、陈燕谷主编：《文化与公共性》，生活·读书·新知三联书店 1998 年版，第 425—438 页。
② 王小波：《立新街甲一号与昆仑奴》，见《王小波文集》（第 3 卷），中国青年出版社 1999 年版，第 149—168 页。
③ 王小波：《万寿寺》，见《王小波文集》（第 2 卷），中国青年出版社 1999 年版，第 258 页。

"走向庸俗"具体体现在三种文学潮流上。一是新市民文学的世情况味与小资情调。"新市民文学"按照倡导者周介人的解释,"就其背景而言就是作家从前一个时段的种种政治的、文化的情结中伸出手来,抚摸当下的现实,对结束了僵硬的意识形态对峙的世界格局有新的把握方式,对逐步市场化的中国社会结构与运作有新的感应与认知,使文学对于民族的现实生存与未来发展有新的关怀",而"新市民"的主体则是"国有资产的管理者、经营者与生产者"。① 在这种理念中,原先作为文学主要书写对象的农民、工人(包括知识分子),让位于社会结构变化中不限于城市但以城市为主体的阶层。这不是"新"的"市民文学",而是"新市民"文学。这种偏正结构里,不言而喻的不再是观念与形式上的新旧与否,而在于伴随着市场而来的区别于集体所有制时代的世俗化"市民性"。知识分子当然可能成为"新市民"的组成部分,但知识分子的"自由漂浮者"特性无疑消弭融化在了改革开放与市场经济的语境之中——他们可能依然"漂浮",但"自由"则受制于金钱与市场。市民文学的古典世情书传统复归,与如同巴尔扎克笔下雄心勃勃的外省青年在市场时代都市里的到来,确乎让他们在情感与精神上的市侩气"古今无不同"。值得一提的是,从张爱玲的回潮到"小女人散文"与"美女作家"的勃兴,都市女性的性别化与物化浮出水面,以物质感性与"格调化"的消费叙事迎来了对理性与精神世界的新一轮降解。

"新市民文学"属于分享改革红利的文学生产。尽管可能并非"新富人",但在市场所解放与生产出来的财富与欲望促使"新市民"向"成功人士"看齐,体现了价值观上的位移。在邱华栋一篇被称为"新市民小说"的作品中,都市里的年轻人怀揣梦想,试图在混乱而充满活力的市场上"买卖机会、实现欲望"。其中有一个细节颇能代表彼时的时代情绪,两个外地青年站在北京三元立交桥上眺望城区:"我想我们想在这里得到的不只是名利、地位,还有爱情和对意义的寻求。……我们站了许久,我取出了巴尔扎克的《高老头》,我朗读了该书中的一个充满了雄心的人物拉斯蒂

---

① 周介人:《谈谈"新市民小说"》,《当代作家评论》1996 年第 1 期。

涅站在巴黎郊外一座小山上,俯瞰灯火辉煌的巴黎夜景时所说的一段话:'巴黎,让我们来拼一拼吧!'拉斯蒂涅后来周旋于贵妇人的石榴裙边,从而爬上了银行家兼政客的宝座。"① 这类拉斯蒂涅式的人物,原本也是小知识分子,但是在新的语境中化身为一系列以"都市新人类"为名的《时装人》《公关人》《直销人》《化学人》《平面人》《广告人》《电视人》《环境戏剧人》,进而演化为由原先负面含义转向中性指称的"小资"。"小资"对于"成功人士"生活方式与价值观念的模仿成为一种格调化的时尚,正如西美尔(Georg Simmel)所分析的,"时尚是阶级分野的产物","它满足了社会调适的需要;它把个人引向每个人都在行进的道路,它提供一种把个人行为变成样板的普遍性规则。但同时它又满足了对差异性、变化、个性化的要求"②。这是一个新兴阶层在试图构建自己的文化生活与文化形象。

二是新写实文学的自然主义与生活流。这其中又可以分为"现实主义冲击波"的分享主流意识形态的叙事与市井视角的"一地鸡毛"叙事。在这两种被广泛讨论的叙事中,现实主义被倾向于自然主义但又缺乏自然主义整体性视野的"写实"所化约,家庭、婚姻、欲望等私人领地如其本然地呈现出或然性的面孔,而放逐了"典型环境中的典型人物"此类现实主义应然性的诉求。知识分子在此类作品即便没有消失,其形象从精神质地到外貌形体也是猥琐而丑陋的,他们在杂语喧哗中喃喃独白而无人倾听③。这种情形可以视为"脑体倒挂"在文学上的反映——知识分子的文化资本无法迅速变现,或者在市场里根本就缺乏买主。与之并行的,是进

---

① 邱华栋:《手上的星光》,见周介人、陈保平主编:《手上的星光》,生活·读书·新知上海三联书店1996年版,第56页。

② 齐奥尔特·西美尔:《时尚的哲学》,费勇、吴蕾译,文化艺术出版社2001年版,第72页。

③ 王一川曾经分析过池莉小说《热也好冷也好活着就好》中都市平民与作家之间的对话,双方各有不同的交流话题与目的,相互之间都不倾听对方,构成了知识分子与平民之间隔膜的寓言表达。王一川:《汉语形象与现代性情结》,首都师范大学出版社2001年版,第54—55页。

城务工的农民顶着由 50 年代发明的"盲目流动"一词衍生出来的"盲流"的名字,在延续下来的城乡二元结构中处于豕突狼奔的境地;同时,集体所有制改革中形成的大量分流工人则不得不自谋生路,艰苦辗转,他们的疲惫与创伤直到他们的子一代才得以被言说。

"新写实文学"在市井化中预示了 21 世纪初年"底层文学"的先声,只是缺乏后者那种比较鲜明的阶层意识,那是因为仅仅是生存就让许多人筋疲力尽,因而必然要缩减生活的内容。生活的多样性因此被简化成了琐碎的生理欲望与物质需求的满足,精神生活与文化生活这些在马斯洛阶梯中处于较高层级的需求则被放逐,或者至少暂时顾不上。这样的境地中,诗意与浪漫荡然无存,人文知识分子接受"平庸的生活"就是"深深弯下的身躯"①,甚而陷入自我贬损的境地:"城市中最伟大的懒汉/做了诗歌中光荣的农夫/麦子以阳光和雨水的名义/我呼吁:饿死他们/狗日的诗人/首先饿死我/一个用墨水污染土地的帮凶/一个艺术世界的杂种。"②《饿死诗人》这首诗当然可以从延续了"第三代诗人"的平民化、口语化、解构与颠覆的视角进行解读,然而值得注意的是,在语言与"诗意"革新的尝试同时,它将"艺术世界"与土地、与生活世界隔离开来,这无疑是对生活世界的简化,仿佛艺术与生活互不相属甚至彼此伤害。在这种狭隘化的理路中,日常生活显示出粗糙而鄙陋的风貌,描述它的文字也剥去了浪漫诗意的外衣。

三是承续"先锋文学"的"晚生代/新生代"的零度琐碎叙事。如果说"新市民"与"新写实"是身份与阶层变革在文学上一体两面的直接表现,"晚生代/新生代"(朱文、韩东、李洱等)的表述则较为间接,在叙述姿态上是去精英化的世俗知识分子式的,普遍带有存在主义色彩。"晚生代"作品中充斥着生活与情绪的碎片,"他们已经完全脱离了'巨型寓言',他们的个人化立场彻底向生存的直接性倾斜,他们的叙事没有文学的历史由来,更没有文化目标,历史之手也不再能强加给他们以革命性的象征意

---

① 蓝蓝:《让我接受平庸的生活》,见《内心生活》,春风文艺出版社 1997 年版,第 193 页。

② 伊沙:《饿死诗人》,中国华侨出版社 1994 年版,第 3—4 页。

义"①。几乎没有人会忽视"晚生代"作品中对于"性"和欲望的热衷,当时的文学现场观察者曾经用葡萄牙作家萨拉马戈(José Saramago)的"集体失明"一语概括那种"性状态":"审视生活、审视这个世界的眼睛不存在,人们成为这个时代理智上的盲人……说他们缺少审美的眼睛并不过分。"②平面与表象化的"性的人"失去了先锋文学的批判功能:先锋所表述的对象尽管抽象,其形式与观念的变革至少在文学层面是有具体针对性的,而在"晚生代"那里则褪去其批判意识而侧重于展示功能,丰饶的是实然与或然的层面,匮乏的是应然与乌托邦的维度。"日常生活审美化"是对"日常生活"的形而下偏执,其结果是使得主体性的个人沦为匿名而猥琐的大众。与同一时期在美术与雕塑中的艺术呈现如出一辙:"所有人的面庞、表情如出一辙,你看不到内在的丰富与复杂,他们是冷漠、乏味、'无个性的人'。这些形象是缺乏内在人格的机械人,对比加缪式的'局外人'就可以看得更清楚,后者是个性化的疏离,无个性的猥琐者则在漠然中还关心金钱与肉体。猥琐者的当代艺术形象与文学同步在日常生活审美化中逐渐确立起来,更多是岳敏君《标志性笑容》所呈现的那些闭着眼睛、张着大嘴憨笑、没有脑子的中年人,同样的千面一人,投射出权力体制下的模式人生,机械复制时代的人格。唯一不变的是无所用心,那洞开的嘴巴如同无底的深渊,是无尽欲望和自渎满足的黑洞。它们不恐惧,引起不了净化与陶冶的心理机制,却令人不安和沉沦。方力钧的光头男与憨笑者之间有着惊人的相似,较之于蒙克(Edvard Munch)被压抑的无声《呐喊》,方力钧的光头们在沉默的内心里嚎叫,张开嘴巴,里面伸不出舌头,只有空空荡荡,那不是被压抑者的呻吟,而是自我压抑者的慵懒、厌烦和倦怠。"③

慵懒、厌烦和倦怠是"晚生代"作品显示出来的群体性情感结构,王晓明从朱文笔下的小丁那里发现了一个具有时代色彩的精神命题:"巨大

---

① 陈晓明:《晚生代与90年代的文学流向》,《山花》1995年第1期。

② 费振钟语,见丁帆、王彬彬、费振钟:《晚生代:"集体失明"的"性状态"与可疑话语的寻证人》,《文艺争鸣》1997年第1期。

③ 刘大先:《猥琐》,《十月》2017年第2期。

而深厚的'无聊'早已罩住了我们的生活,它随时准备向我们袒露这个时代的人生的秘密。"①这种"无聊"在人文知识分子那里尤为突出,小丁就是一位作家,他并非没有偶尔的尖锐和对"无意义"的自觉,只是缺乏行动能力去直面与冲决。

在短篇小说《错误》(1997)中,李洱勾勒了世纪之交知识分子的形象。小说开头暗示了大致的背景:1997年春,在社科院工作的张建华即将评副研究员,他已经离婚,对生活有着百无聊赖的期待。因为偶尔改变习惯,他去收发室闲转,居然收到以前朋友的来信。诡异的是这是一个陌生女人的来信,讲述她与不同陌生男人之间莫名其妙的故事。那些男人的角色似乎像是"雅皮士",但"他觉得这个词不够恰当,还是'无赖'一词更恰当贴切一些"。②在阅读来信的过程中,张建华对写信的女人进行查找,但一无所获。他开始期待自己也进入女人的叙述中。当终于在新的来信中读到关于自己的描述时,他却觉得完全不像自己。这个故事带有卡夫卡式的荒诞。有意思的是张建华的反应。他在读信的时候"听到了自己的笑声。那声音像猫头鹰在叫,一点也不好听。他笑了一会儿,看看四周。同事们都在看报或下棋,没人注意他"。"通过挂在报架上方的那面破镜子,他第一次看到了自己读信时的模样:虚肿的脸,发红的鼻尖,猿猴那样的厚嘴唇,僵硬地耸起来的肩膀。耸起的肩膀,似乎只有一个目的:把他的脑袋藏到身体里面。"这个拉康式的场景,投射的是世纪之交知识分子的自我印象——"脑袋藏到身体里面",精神躲进欲望之中,他们以为自己拥有批判与智慧(猫头鹰是黑格尔与鲁迅钟爱的意象),但"没人注意他"。张建华试图摆脱不适感,尽量说服自己收到的信是写给某个路人而错误地传递到自己手里,但是那种幽灵般的感受却萦绕不去:"从某个地方传来一阵锉刀的刮磨声。他逃进了房间。在影影绰绰的昏暗中,他期待着捕捉那个声源。他再一次没能如愿以偿,因为他没有料到那声音就发自他的脑壳,就像源于梦境的最深处。"他逃脱不了精神的自我折磨,但这种折磨

---

① 王晓明:《半张脸的神话》,南方日报出版社2000年版,第195页。
② 李洱:《错误》,见《喑哑的声音》,上海文艺出版社2013年版,第61页。后文所引本篇小说引文均出自此书,不再一一标注。

出自人物内倾式的自我体验，没有与外界构成关联，于是成了衔尾蛇，在自我循环中达至想象中的无限。张建华与小丁的情感结构如出一辙，李洱在张建华的故事中无意间揭示了知识分子边缘化与自我边缘化的秘密：他们标榜的独立与自由，游离于政治或者任何宏大叙事之外，具有典型的后现代症候，无论是对于人文精神的强调，还是现实中身份位置的分化与转化，都源于对生活的片面理解。用李大卫的话来说就是，当他们在试图对生活进行"现象学还原"的时候，陷入了一种新的"元日常生活"的意识形态与形而上学。[1]

宏大叙事（启蒙、革命、崇高行动）与日常生活不应该被处理为二元对立的关系，事实上恰恰是前者的果实构成了后者的基础，否则后者无从谈起。但革命在90年代话语中同激进、斗争、断裂、置换、颠倒、摧枯拉朽等相关联，被理解为漫漫时间长河中的某种例外状态；而人性则亘古不变（"古今无不同"）或者至少变化不大，它被视为构成无尽岁月中安稳的底色和更为踏实而久远的存在。相比之下，由于特别的危机和情境所造成的革命只是飞扬的浪花，终归要落入日常生活平静的深流之中。乍看之下，这种认知似乎颇有道理，但这是对20世纪革命的曲解，将它等同于历史上的造反、改朝换代或者其他形式的暴力行径。与此同时，当日常生活被剥夺了崇高事物之后，就只剩下生物、身体、物质、欲望、情感、个体的层面，而丧失了精神、心灵、理想、信仰与集体的维度，人就变成了工具理性意义上的"经济人"与生物学意义上的"欲望的人"。真正的日常生活与人都应该是丰富复杂而多维度的，当然充满着形而下的欲望，但也并不排斥形而上的价值，月亮与六便士并非一定要截然二分。

三、专业化与公共性

无论从题材还是观念上，格非的《欲望的旗帜》（1996）都可以视为

---

[1] 李敬泽、李大卫、邱华栋、李冯、李洱：《集体作业——实验文学的理论与实践》，中国广播电视出版社1999年版，第167—168页。

90年代知识分子写作的一个标志。这部小说以一场哲学学术会议为中心展开,但那场被寄予了厚望的学术研讨会遭遇重重风波,结果不了了之,并没有解决任何学术和思想上的问题,从而最终使得小说成了一个爱情故事。在叙述曾山与张末的爱情的时候,格非插入了一段对曹雪芹与《红楼梦》的议论:"曹雪芹在写作《红楼梦》的时候,显然是遇到了这样一个难题:面对虚幻而衰败的尘世景观,他的梦因无处寄放而失去了依托。因此,他不得不像布莱克所说的那样,一个人在无路可走的时候,强行征用爱情。"[①] 当面对学术与思想的出路问题时,《欲望的旗帜》也不得不强行征用爱情,这是格非在彼时叙述知识与知识分子的困境。如果将其视为一个换喻,也可以用来解释90年代的欲望化、世俗化、个体化叙事——当人文知识分子的启蒙与乌托邦之梦破碎之时,只能征用世俗的日常生活,回到个人。

这部小说中写了两代不同类型的知识分子。曾山的导师贾兰坡是哲学界名宿,两人的观念并不相同:"按照贾兰坡教授的解释,当今人文哲学的当务之急在于为处于转型期的社会建立新的价值范畴,而不是像曾山在文章所做的那样,徒劳无益地宣告这个世界行将崩溃的消息。哲学重在阐述,而不是简单的启示或布道。'假如像你所说,这个世界注定要完蛋的话,我不知道你的论文还有什么价值。没有对于永恒的确信,道德亦将不复存在。'"但贾兰坡本人似乎也无力建立价值范畴,在曾山的妻子张末那里甚至是色情与猥琐的形象,而他在会议来临之际骤然自杀,从物理意义上证明了他的失败。曾山的师兄子衿则完全是欲望化的代表,与曾山、张末在情感与理念上的纠缠与痛苦不同,"在现实生活中,子衿是一个彻底的不合作者,冷漠与谎言成了他唯一的护身符。他只对自己负责",最终在失德纵欲中走向疯狂。相较之下,曾山是生活在词语中的人,因而也是最缺乏行动能力的人,所以小说到最后几乎给每一个出场人物一个结局,唯独无法给他结局。

[①] 格非:《欲望的旗帜》,上海文艺出版社2013年版。本文所引小说文本内容均来自此版本。

无论贾兰坡、子衿还是曾山，都算不上知识分子的主流，他们的肉身与言说进入不了公共空间。最能代表90年代知识分子形象的是老秦，他被叙述者称为"调情者"。格非忍不住对"调情者"做了描述："这个社会中存在着形形色色的调情者，他们寄居在某种边缘或夹缝地带，犹如变色虫匿身于苍翠的树叶之中。纷繁复杂的现实既是他们展开活动的舞台，也是他们的隐身之所。他们与社会总是眉来眼去，但从不同床共眠。他们驱使着别人，也为别人所操纵。他们嗅觉灵敏，相时而动。时而温文尔雅，时而凶相毕现，时而安贫乐道，时而愤世嫉俗。一旦危险来临，他们就在社会巨大的幕幛之后消失得无影无踪，或独钓寒江，或访麻问菊。郑燮三绝琴棋事，东坡一生儒道佛。他们既可以得到现实的种种好处，财富、名望、安宁甚至不朽，又可以逃避惩罚。况且，即便是惩罚本身也并非不可以加以利用。在这个古老的国家中，他们既是一名游戏者，又是真正的上帝，他们的身份介乎诗人与政客、商人与隐士之间，倘若略加规别，则又可统称为知识分子。""调情者"在这里被勾画为附着在各种"皮"上的"毛"，即便他们的话"既无人附会，也无人反驳"，也不妨碍他们继续游走与钻营。这是一种现代知识分子向传统文人的退化，无疑在90年代初的"人文精神大讨论"中一度引发巨大焦虑，但革命与启蒙神话难以抵御地被现代化、个体化神话所置换，元话语转变为分歧的言说，众声喧哗中知识分子得到的只是喧嚣的失语。如同李洱的一篇小说标题所显示的，大家都是"饶舌的哑巴"。

　　之所以知识分子会变成嘈杂的失语者，在于他们的声音被认为空泛、不切实际与脱离群众，也就是说，当知识分子试图超越为具体的问题寻求具体的答案而向公众发言时，他们显得"不专业"。因为面对时代与社会的复杂性，道德义愤与激情下的全称判断，很容易滑向信口开河。知识分子表述的合法性必须建立在话语领域与制度领域，乃至更广阔的文化权力格局与政治权力格局的交织之中。这必然导致他们反求诸己式的对于专业化的吁求。

　　在这种背景中，才可以理解90年代被知识分子与传媒提升为文化偶像的顾准、陈寅恪、钱锺书们的意味。他们被解释为"自由的精神"与"独立的思想"的象征，是"荒江野老屋中二三素心人"的坚守，呼应的是对于知识分子"岗位意识"①与专业化的呼吁——当知识分子意识到无法"兼济天下",他们只能"独善其身"。这是从"士"以降,知识分子心理结构中"公"与"私"之间的辩证与自我安慰的心理修复机制。以描述与总结知识分子历史与理论而闻名的拉塞尔·雅各比(Russell Jacoby)观察到20世纪知识分子的代际更迭:"从本世纪初的公共知识分子,到世纪末已演变为学院派的思想者。知识分子并未消失,但是其内涵却已有所改变。他们变得越来越专业化和超然于世,同时他们已经失去了对通俗浅白语言的把握。"②他观察到的是一个全球性的普遍现象,在90年代的中国同样如此:知识分子面对的是三波挑战,首先是知识分子公共性的丧失,知识体制的内部分工精细化瓦解了知识分子原来的基础,把知识分子改造为服从知识系统的技术型专家;第二是市场社会造成的知识分子边缘化,社会体制与经济理性使知识分子不再处于整个社会的中心,而只是社会中众多分子中边缘的一员;第三是"后现代"的崛起,从话语的方式上完全颠覆了知识分子原来存在的所有自明性和合法性。③在这些挑战中想要确立知识分子的合法性,专业化可能是不得不走的道路。

专业化带来的一个结果是人们更倾向于陈述的客观性,而放逐了判断的主观性,后者被视为难以抵达知识的纯粹性要求,易于滑入某种偏狭的情绪与朋党的立场之中。第二个结果是技术化的工具理性,压抑了人的非理性与情感,从而缩减了人性本身的丰富与复杂,也使得专家话语与普通大众话语之间日益产生隔阂。第三个结果就是自恋式关注,必然导致个人化的"向内转",从而在更开阔的空间中失语,因为知识分子只有在与其他群体比较的网络中才能理解、定位自我,孤立言说不是没有意义,而是无人理睬。这又产生了公共性的焦虑。

公共性焦虑与90年代因为市场空间的开拓而生发出来的"市民社会"

---

① 阶思和:《关于当代知识分子的岗位意识》,《文论报》1993年10月23日。
② 拉塞尔·雅各比:《回归公共生活》,见许纪霖主编:《公共性与公共知识分子》,江苏人民出版社2003年版,第1—2页。
③ 许纪霖:《新世纪的思想地图》,天津人民出版社2002年版,第27页。许纪霖:《中国知识分子十论》,复旦大学出版社2003年版,第14—16页。

与"公共领域"话语相结合,促生了关于"官方"与"民间"在文学上的表述分野。"官方"被视为由政治意识形态宰制,而"民间"则似乎是知识分子可以徜徉游弋的空间。1999年4月,中国社会科学院文学研究所和北京作协等在平谷县(2002年撤县建区)盘峰宾馆主办的"世纪之交中国诗歌创作态势与理论建设研讨会"上,爆发了"盘峰论争"。"民间立场"的于坚、伊沙等以基于"日常生活"和"中国经验"的口语写作,反对以西川、王家新为代表的"知识分子立场"的"技术化"的、与主流意识形态合流的普通话写作。论争中不断被提及的北京、普通话、学院派知识分子与外省、方言、民间诗人的对立,体现出地域、语言、身份之间的差异,其内在是对文化生活中话语权分配的不满,并与已经开始逐渐普及的互联网传播空间的发展有着隐约的关联——网络上的写作使得权力分散,"市场"与"技术"带来一种解放与自由的感觉①。

但是,简单的"社会"(民间)与"国家"(官方)之间的分立,某种程度上还是知识分子一厢情愿的想象,并且涉及话语权力争夺的复杂过程。"市民社会"论者往往将社会、市场与国家的关系简化,但这种简单的移译可能导致对于"市场"以及与之伴随的新自由主义的盲目信念。"'市场'因素的参与的确促使了社会阶层的流动和社会资源的重新配置,并且具备了催生某种新阶层的可能,但孤立地强调'市场',特别是试图掩盖甚至抹杀'市场'与'国家'的内在关联,却是大有问题。当'市民社会'依托于一个似乎清白无辜的'市场'时,它在历史上曾经具有的斗争性就丧失殆尽了,一方面'市场'成了一块远离政治的净土,'经济'构成公众生活的重心,自由、民主、平等、公正等一系列要求仿佛能在经济领域得到先天的解决",更为严酷的可能是,"少数人可以利用资源的优势装扮成大多数人的代表,在'公共性'的幌子下遂其私欲"。②单一相信市场的自为能力不过是另一种乌托邦的知识分子式天真,进而导向虚无主义

---

① 我在《20世纪90年代的诗歌事件》一文曾经略做分析,参见刘大先:《未眠书》,安徽教育出版社2014年版,第96—109页。

② 罗岗:《谁之公共性?》,见王晓明主编:《在新意识形态的笼罩下——90年代的文化和文学分析》,江苏人民出版社2000年版,第66、67、70页。

的缘起①；而忽略了机会平等与资源不公的问题则会导致对于"公共性"的占有而使其成为某种单一权力把持的场域。整个90年代关于农民的文学形象的缺失，似乎印证了这一点。"沉默的大多数"意味着"公共空间"某种意义可能只是少数者话语众声喧哗的"共用空间"。

对于知识分子而言，传媒无疑是"共用空间"最为典型的代表。新技术带来的革命，信息高速公路的来临，传媒力量大幅度拓展……这些议题基本上被90年代的知识分子论争忽视了，至少在几种思想性文选中都没有这方面的内容②，他们争论的如果不算陈旧至少也并非新颖的话题。而传媒权力对于90年代知识分子而言无疑是一个真切的命题，直到21世纪初才在"文化研究"的兴起中受到关注。"媒介借助经典权力（诸如政治或政府权力）而一路夺关斩将时，它不仅已然开始将经典权力转化为媒介自身的权力，而且成功地成为对媒介自身的资本及文化资本的累积和展示"，到90年代中期，"文人与传媒的结合，成就了一番各得其所的'琴瑟和鸣'：尚不能充分确认自身逻辑及身份合法性的'大众'传媒借助文人获取了文化快餐所匮乏的文化资本，不仅成功地逃离了转型期知识分子群体所面临的经济困窘与精神危机，而且曲折但有效地保有了自己介入社会、主导社会的中心想象地位。在此，作为代价而付出的，不仅是对权力的媒介的指认及对媒介的权力的警惕，甚或是保持尽管'可疑'但仍极为

---

① 克罗斯比（Donald A. Crosby）梳理了虚无主义的各种缘起，包括信仰的丧失、人类中心主义的破灭、生命的脆弱感、无聊与死亡的威胁、理性能力的贫乏、意志的软弱与激进、生命的孤独性与他人共在感的消失等，而其中对某些特定的蓝图规划式乌托邦的执念一旦失败（由于人类理性与认知的局限，乌托邦的失败几乎是必然的），所造成的虚无主义则在知识分子那里表现得尤为明显。详见唐·A.克罗斯比《荒诞的幽灵：现代虚无主义的根源与批判》，张红军译，社会科学文献出版社2020年版，第91—137页。

② 李世涛主编：《知识分子立场》，时代文艺出版社2000年版。罗岗、倪文尖编：《90年代思想文选》，广西人民出版社2000年版。林大中、孟繁华主编：《九十年代文存》，中国社会科学出版社2001年版。许纪霖编：《二十世纪中国思想史论》，东方出版社中心2000年版。

重要的'知识分子立场'所必需的社会批判精神"。①

最为有趣的例子是朱文发起与整理的《断裂：一份问卷和五十六份答卷》②，它成为一个重要的文学事件，但并没有产生实际上的文学意义——在传媒空间中，必须成为事件才会引起关注，但关注的可能并非它的意义与内容，而是其形式与姿态，从而忽略了其批判与变革企图。这一点从80年代后期王朔与影视行业的密切关联就已经开始，此后，贾平凹《废都》的出版与营销③、王刚反映文人下海的《月亮背面》（1996）的出版与电视剧改编，都是成功的案例，聪明的文人知识分子在市场的海洋中畅游，与资本利益共谋乐而忘返④。90年代文学与传媒的典型转型来自出版发行体制改革，不仅催生了"体制外循环"的、具有发行和出版双重身份的"二渠道"书商，而且推动了出版社内部自身出版体制由"单纯的生产型"向"生产经营型"转变。所以出现了一个文学"策划时代"，比如春风文艺出版社的"布老虎"、长江文艺出版社的"九头鸟""草原部落"一系列丛书，都曾经在文学市场轰动一时。⑤在20世纪最后几年出现的"80后""青春文学"现象，可以说是市场与媒体操作的结果，而它具有的代际更迭意味，则宣示了与"断裂"问卷类似的断裂。

---

① 戴锦华：《隐形书写——90年代中国文化研究》，江苏人民出版社1999年版，第37、40页。

② 朱文：《断裂：一份问卷和五十六份答卷》，《北京文学》1998年第10期。

③ 王小敬：《〈废都〉风波的前前后后》，见陈思和、杨扬选编：《九十年代批评文选》，汉语大词典出版社2001年版，第525—530页。

④ 2008年，邱华栋出版了长篇小说《教授》（长江文艺出版社），以文学教授与经济学教授的处境比照，对于世纪之交知识界有着穷形尽相的素描。90年代兴起的知识与传媒、资本的合谋，到这个时候完成了知识分子道德形象的蜕变。

⑤ 邵燕君：《倾斜的文学场：当代文学生产机制的市场化转型》，江苏人民出版社2003年版，第112—190页。刘文辉：《传媒语境与20世纪90年代文学转向》，人民出版社2013年版，第296—310页。

结语：在 90 年代的延长线上开启新人文

回望 90 年代，我们会发现许多当时知识分子仓促乃至应激性提出的话题，如今已经成为一种习焉不察的常态，文学的知识分子表述中体现出来的反智情绪、个人观念与世俗理性早已埋下了伏笔，代际置换、媒介展示与市场潮流则接续在 90 年代的延长线上。但是 21 世纪以来，文学的外部环境逐渐由彼时混杂着活力与无序的野蛮生长转为日益清晰的文化秩序，有些问题比如专业化与后现代主义变成了日用而不知的实然情境，人文精神则遭遇到技术变革与政治变革的夹击，转化为"新人文"的思考，而前文所讨论的反智、日常生活书写与公共性讨论则历久弥新，并且交织在一起，成为当下依然有效的问题。

这三个方面融合在一起，日常生活成为一种不证自明的言说基础，开启了在 2003 之后关于"日常生活审美化"的理论讨论，汇聚为跨越雅俗、填平鸿沟以及景观社会的文化消费。① 知识分子表述在生产、传播与互动接受空间的扩大中显示出自我憎恨的症候性——当单维度的启蒙现代性遭受挫折之后，知识分子反求诸己而又遭到经济实用主义的外部狙击，在表述与被表述中不自觉地充当了历史的替罪羊，前者是朱利安·班达（Julien Benda）《知识分子的背叛》（1926）那过时的精英主义，后者则是索维尔（Thomas Sowell）《知识分子与社会》（2010）那偏执的工具理性。两者在中国 21 世纪之初的翻译、出版与传播，与对知识分子的公共性反思相联结，在大众传媒开拓出来的有限公共空间里，知识分子将西来的精英主义与新兴的经济逻辑相结合，从而形成了启蒙者的新的幻觉。但我们已经进入一个新存在主义的年代，大众不再追究人生的"真相"，不再相信生活有某种"本质"与"真理"，人也没有一个"自我"等待着被发现与发明。在大众崛起的年代，公共启蒙的幻觉最迟到 21 世纪第二个十年就已经一败涂地，其表征是"公知"的污名化与自我污名化。

---

① 姚文放、朱国华、李春青、陆扬、金元浦、赵勇、陶东风、王德胜、童庆炳、张法等研究文艺理论的学者都曾参与"日常生活审美化"的讨论，显示了 90 年代以来美学的泛化与文化研究的兴起。

不过，话又说回来，在平等与相对主义话语支撑下，当指责知识分子尤其是人文知识分子成了一种集体无意识的时候①，我们需要警惕其中话语权力向市场逻辑的转移与独大。诚然，我们的时代是一个政治、经济、文化融合的时代，马克思很早就抹掉了知识分子的光环，他让我们看到现代文化是现代工业的一个组成部分，作为现代知识分子象征的浮士德体现出知识分子的生存悖论："驱动他们的不仅仅是生活的需求，这方面他们与别人没什么不同，驱动他们的还有交流的欲望，与同行对话的欲望。但是文化的商品市场只提供能够进行公共对话的媒介：任何观念，除非能够进入市场出售给现代人，否则就无法为现代人所知并改变他们。因此，知识分子不仅仅要为面包依赖于市场，而且也要为了精神食粮依赖于市场——而他们知道，这种精神食粮的提供是不能依靠市场的。"②没有人能够纯粹、自由、独立与安全地自外于这个语境——这一点正是90年代人文精神大讨论中秉持道德正义的知识分子与传媒塑造的文化英雄的盲点。其要旨在于文化与市场的必然矛盾，而这种矛盾无法站在经济学（比如哈耶克或者斯蒂格勒）的立场上简单对知识分子进行嘲弄与诛心③，它们之间的关系无疑要更为复杂与纠结。

我曾经在一篇文章中提到，传统的人文知识分子面临由世俗政治、信息爆炸与赛博格科技所引发的挑战，但并不能斩钉截铁地勾勒出某种"后

---

① 1992年，约翰·凯里出版了梳理20世纪前后半个多世纪知识分子与大众之间分离的历史，这是精英的雅正文化与大众的通俗文化相摩相荡的年代。它在20世纪末的全球化语境中被书写，又在21世纪初被译为中文，在话语迁徙中映照了中国社会中的知识分子处境。参见约翰·凯里：《知识分子与大众：文学知识界的傲慢与偏见，1880—1939》，吴庆宏译，译林出版社2008年版。

② 马歇尔·伯曼：《一切坚固的东西都烟消云散了——现代性体验》，徐大建、张辑译，商务印书馆2003年版，第151页。

③ 在一本21世纪初翻译为中文、作者基本上都是经济学家的文集中，对知识分子与市场的分析几乎都是拙劣的精神分析与社会扫描，而没有意识到政治、经济与文化融合的现实。F.A.哈耶克、罗伯特·诺齐克等：《知识分子为什么反对市场》，秋风编，吉林人民出版社2003年版。

人类"式的"新人文主义"①——那种蓝图式乌托邦正是现代知识分子久被诟病之处。固然我们再无法自信地接受哈姆莱特所宣称的人是"宇宙的精华,万物的灵长",但也并不因此就陷入自然生物与经济动物的境地,或者转而成为技术与技术操控的算法动物。作为最初的人文知识分子,哈姆莱特也存在着犹疑:"默然忍受命运的暴虐的毒箭,或是挺身反抗人世的无涯的痛苦,在奋斗中扫清那一切,这两种行为,哪一种更高贵?……重重的顾虑使我们全变成了懦夫,决心的赤热的光彩,被审慎的思维盖上了一层灰色,伟大的视野在这一种考虑之下,也会逆流而退,失去了行动的意义。"②他的犹豫与延宕是知识分子致命的缺陷,却也是无可替代的优点,照见了人的有限性与对于有限性的反思。福柯(Michel Foucault)以主体性之死将"人"建构为历史化而边界有限的产物,回响的正是这种哈姆莱特的犹疑——真理与知识都祛除了本质化的幻象,而成为一种表述。当我们重思90年代知识分子表述中的反智与启蒙、世俗化与日常生活、个人化与公共性的时候,这种对于自身局限与诞妄的认知,才是智识最为坚实的根基与起点。

---

① 刘大先:《从后文学到新人文——当代文学及批评的转折》,《当代文坛》2020年第3期。
② 莎士比亚:《哈姆莱特》,朱生豪译,见《莎士比亚全集·悲剧卷·上》,译林出版社1998年版,第303、315—316页。

东北书写的历史化与当代化

——集体文化废墟上的"铁西三剑客"

2015年之后,双雪涛、班宇、郑执等几位"80后"沈阳籍作家崭露头角,他们以书写铁西区90年代经济改革以来的工人及其子弟的遭遇与情感而迅速获得声名。当地文宣机构将他们放在一起,特别命名为"铁西三剑客",进而被媒体人视为"东北文艺复兴"的一种征兆,同时也得到了来自批评界的诸多肯定,将其上升为崛起的"新东北作家群"[①]。

这是颇为耐人寻味的文学事件,如果我们回溯东北的历史与地理、形象与表述、认知与想象,会发现当下的新一波东北作家与东北题材书写确实在吸收现实主义与现代主义遗产的基础上,通过地方性怀旧表达了工人阶级的乡愁,从而具有了某种时代性的症候,也因此获得了从大众传媒到专业人士的广泛关注。然而,这些工人的儿子们与他们的父辈并不相同,后者的世界观是在工人阶级无论从政治还是经济上都相对崇高自足的集体主义社会中形成的,而前者在童年时代也许看到了集体时代残留的美好荣光,但恰巧经历的变革使他们无法产生真正意义上的认同。如果有怀旧,那也更多出于对于自己已逝纯真的缅怀。与其说他们的作品是对记忆的追溯,毋宁说是对当下的体察与反映。

问题在于,当那被书写的历史依然延续在当下,如何想象一种新文化

---

① 比如黄平在《"新东北作家群"论纲》(《吉林大学社会科学学报》2020年第1期)中就将他们视为超越了地域性,而吸取现代主义文学资源的"新现实主义作家群",他们的写作意味着一种文学方式的变化。

从对于历史的回望中产生？我们还需要进一步追问，"东北"书写如何获得普遍的正当性，而不仅仅是在适合讲述故事的年代讲述了一波曾被无视的人物及其故事？因为，那样一来，它们只不过是应和了当下的某种意识形态话语而已。所以，我们需要将东北书写历史化，认清它所处的历史和所讲述的历史，从理论的层面分析其叙事的社会意涵，进而将其当代化，从中发掘其现实性和生产性所在。

一、"东北"的起伏与"东北书写"的普遍性

文学史上的"东北"首先会让人想到"东北作家群"。

东北曾作为清朝的"龙兴之地"而封禁开发，直到19世纪后半叶出于防范边患及经济开放的需要才解封。咸丰十年（1860），清政府采纳了黑龙江将军特普钦的建议，正式开禁放垦，鼓励移民实边。光绪六年（1880），江苏吴县人吴大澂在珲春开启了招屯实边的功业。[①]此前中原士人对于东北史地民情的描述，最知名的莫过于南宋洪皓的《松漠纪闻》和清康熙年间杨宾编写的《柳边纪略》。尽管有清一代产生了大量与东北有关的笔记游记，但在文人笔墨中，往往也只是涉及流人与塞外景物时略有着墨[②]，并没有形成"东北"这个想象性的概念。

尽管清代开始逐渐形成较为清晰的东北区域观念，但直至晚近，真正意义上的"东北"才获得其独特的文学形象。在抗日救亡时期的"东北作家群"那里，"东北"虽然以地方性风貌出现，但他们的表述更多从属于民族主义的宏大话语，区域的命运与国家的命运形成同构性的隐喻。我们看一下"东北作家群"中作家们的籍贯：萧红（黑龙江呼兰）、萧军（辽宁凌海）、端木蕻良（辽宁昌图）、舒群（黑龙江哈尔滨）、骆宾基（吉

[①] 吴大澂：《愙斋自订年谱》，见祁寯藻等：《〈青鹤〉笔记九种》，中华书局2007年版，第97页。

[②] 关于近代以前的"东北文学"，参见马清福《东北文学史》（春风文艺出版社1992年版）。但该书叙述的材料多是从体类不一的史料中按照现代"文学"的观念撷取、裁剪、抽取而来，将其置入东北的区域之中。

林珲春)、罗烽(辽宁沈阳)、白朗(辽宁沈阳)、李辉英(吉林永吉),还有更主要作为译者、学者的杨晦(辽宁辽阳)与穆木天(吉林伊通)等。这是广泛意义上的"东三省",包括了今辽宁、吉林、黑龙江和内外蒙古的部分地区,并且他们的书写联系着近现代以来中、日、俄、内外蒙古、朝鲜(韩国)整个东北亚的地缘政治。

今日所谓的"新东北作家群"则集中于辽宁——甚至具体聚焦到沈阳铁西区下岗工人及其子女一代的故事,无论从地域到题材都窄化了许多。如果说前一个群体更多是在剧烈变迁的民族斗争与民族解放中进行阶级与反帝反殖民叙事,波及社会的各个阶层与民众,后者则属于一种创伤记忆式书写,聚焦于社会主义内部体制变革与调适给工人及其家庭所带来的影响。

当代东北书写涉及东北七十余年来三次关键性的文化转折,这些转折来自新中国的社会主义建设与改造,从而构筑起了主导性东北形象及其变异的表述背景。第一次是解放初期,东三省作为国营计划经济体系最初建立的重工业基地,形成了"共和国长子"的文化生产。因为长期远离中原精英文人文化中心,以工人阶级为主体的新兴文学创造没有过多传统的因袭桎梏,也就较少阻力。从草明《原动力》《乘风破浪》到工人作家李云德《沸腾的群山》,树立了工业题材与工人文学刚健清新、欣欣向荣的风格。另一方面,通俗曲艺与民间文化再创作也由农业文化转为城市文化,比如80年代开始风行全国的"评书四大家"(袁阔成、田连元、陈青远、刘兰芳)就是发端于当时此地[①]。而彼时东北风土民俗附着于革命战争的历史叙事之中,诸如《林海雪原》之类英雄传奇也富含通俗文化色彩。最初的这种文学生产确立了东北书写的调性,并为此后它向大众文化的转型埋下了伏笔。

第二次是20世纪90年代的市场化改革,重构了生产与社会关系,原有的社会主义经济组织方式与分配方式渐次改组,而在既有体制中的东北

---

① 刘岩曾对此有过详尽梳理,参见刘岩:《历史·记忆·生产:东北老工业基地文化研究》,中国言实出版社2016年版,第71—83页。

工人阶级则成为受影响最为深刻的群体。那种影响不仅是物质上，同时也是心理上的，国家主人翁精神经历巨大困惑。而伴随着产业结构调整和经济发展重心向东南沿海的转移，东北被他者和自我双重边缘化。在文化生产领域，以赵本山为代表的小品文化兴起，农民被刻意塑造成猥琐落伍的形象，成为东北文化的代言人，而曾经高度城市化（以工业而非商业为基础的"低级"城市化）和昂扬自信的工人文化则是缺席的，"东北"在这个过程中被地方化和娱乐化了。赵本山及小品文化是如此成功，甚至成为泛娱乐时代的现象级代表，占据了官方最具影响力的一档电视节目二十余年。这二十余年也正是中国市场经济从混乱到秩序化的过程，一套新的竞争法则及其意识形态慢慢成形。

第三次则是 21 世纪第一个十年之后，承受市场化后果的东北在媒介融合时代兴起的新经济中（以文化产业与情感劳工为主），表现为喊麦、网络直播、视频 APP 所产生的流行文化与网红、主播，消费娱乐业完全取代了一度最为重要的工业。这些文化现象也进一步加深了有关东北的异域风情式的想象（粗鄙、庸俗、野蛮与缺乏"现代性"），成了城乡接合部式转型社会的表征——区域差别带来了文化差别。至此，东北的形象几乎构成了对社会主义中国初期文化中形象的全然倒转。

通过这样粗线条历史脉络的描述，我们基本上可以看到，"东北"文化在新中国成立以来一直关涉着"现代化"意识形态的微妙走向，几乎成为一种关于共和国体制建设与改革自身的象征。在这种主流形象嬗变之中，东北的复杂与多元隐而不见，比如乌热尔图对于森林与猎人的书写，迟子建的额尔古纳河右岸鄂温克族的叙事，孙惠芬、孙春平的农村题材作品从来没有形成带有普遍性的"东北"想象，而只是其中的支流。

90 年代是一个分水岭，可以视为革命、理想主义、宏大叙事终结，以及日常生活、市场正义、个人主义、消费美学兴起的节点时段。这个时段既产生了因为经济上"弯道超车"（这个主流媒体中常用的词语，无意间暗合了经济改革初期的规则混乱情形）的离心力所甩出的大量"失败者"，也同时生产出文化上的个人化、日常审美与欲望叙事。当代东北书写只有在这种历史变迁的语境中才能得到更清晰的厘定，即只有在"国家"与"社会"的博弈或者说"官方"与"民间"的互动之中，才能把握其题材与主题何以如此。

关于东北的书写与东北自身的政治与社会现实密切相关。如果没有批评家和读者关于东北的"前理解"（由大众传媒和此前文化产品所形成的一系列东北形象与东北想象），它们的传播力度不会有这么强。这从有关东北新书写的评论中就可见一斑——它们几乎都逃不脱对于社会背景的辅助性阐释。也就是说，东北现实与关于东北的文本之间产生了密切的互文，而这种互文至关重要，甚至超过了文本自身。

"铁西三剑客"赖以成名的题材都起步于对 90 年代下岗工人生活及其嗣后遭遇的描写和叙述，而这种题材的选择有着亲历性经验作为基础。他们都是晚出的 80 后作家，在 2015 年之后才形成一种当代文坛的现象——在而立之年前后，他们才纷纷开始书写自己的童年记忆，并将父辈的痛苦体验与后果讲述为带有共通性的时代故事。从风格与形态而言，他们的书写是一种将过去客体化、对象化的尝试。作为下岗职工的孩子，他们在时隔二十年后，走出了父辈所经历的休克式体验，开始拾掇整饬那一段带有创伤色彩的集体记忆。

90 年代体制改革时期，曾经有以"现实主义"之名出现的一批作品，以"分享艰难"的话语表达共克时艰的主题。在那个特定时期，需要有文学作为宣传辅助，以安抚与慰藉骤然遭逢变革的情感与心灵，但如今回头再看会发现，那对于身处其中的个体是不公平的。因为无论是配合政策的报道宣传，还是主旋律书写——从赵本山的搞笑抚慰到"大不了从头再来"的激励式表述——一方面通过隐匿完成了对于某些悲惨遭遇的掩埋，另一方面则通过叙事本身的正向改造而完成了对悲惨遭遇的润饰与美化。因而，新一代的迟到的叙述者的意义就在于他们重新将一桩影响深远且覆盖面广阔的改制以"局内人"的方式呈现在公共领域。正如朱迪斯·巴特勒在分析美国对伊战争中所说到的，"带领我们回归人们本以为不存在人类的所在，理解人类的脆弱性，理解人类意义表达能力的局限"[①]。在这

[①] 朱迪斯·巴特勒：《脆弱不安的生命——哀悼与暴力的力量》，何磊、赵英男译，河南大学出版社 2013 年版，第 133 页。

个意义上,他们超越了东北地域的局限,而恢复一度被刻意忽视或中断的记忆,使得新时代的东北书写具有了新的普遍性。

周荣在对班宇的评论中写道:"'讲述话语的年代'与'话语讲述的年代'同等重要,前者是立场与方法,后者是对象与客体;前后参差对照,前者意味着作者贯通历史的立场取向,其中已经隐含了重释与反驳的意味,后者意味着作者对非主流或行将遗忘的历史的价值肯定。"[①]我同意这个判断,并且认为这种判断同样适用于双雪涛和郑执。题材的重要性对于他们而言,是如此显而易见,以至于我们只要将他们与比他们出道更早并且在语言、技法上毫不逊色的吉林出生的作家蒋峰对比就可以看出来。蒋峰不断地变换风格和题材,从《维以不永伤》到《白色流淌一片》,数量非常可观,文学品质也不遑多让,却没有像他们那样获得如此令人瞩目的关注度。另一位出生于哈尔滨的 70 后作家贾行家则经常被与他们相提并论,因为他们关乎"失业潮"背景的作品自然而然地会导向对中国社会主义早期文化记忆与工业文化体系建构的回眸;而在后革命、个体化和全球主义时代,这种带有集体主义的本土经验,在 20 世纪中国革命与建设、公与私的换位、社会主义与新自由主义的论辩与考量中,是重要的议题。"东北"究竟应被视为一种有待汲取的遗产与资源,还是应被当作债务去抛弃或偿还,尤为关键。文学书写在其中应该扮演什么样的角色,目前的写作取得了怎么样的成绩,又存在着何种问题,更需要进一步讨论。

二、集体伤痕与个人经验

在共和国初期奠定的集体所有制国营工矿企业中,政府以其宏观的理性规划扮演了强势角色,包揽了从物质生产到精神生活的方方面面。个体在其中被分配在固定的社会角色之中,成为社会主义机制的有机组成部分,从而造成了"社会"从属于"国家"的情形。这个"社会"仍然是一个身份社会,因为城乡二元户籍制度,工人与市民被锚定在工厂与单位制

---

① 周荣:《班宇的"分身术"》,《青年作家》2019 年第 1 期。

度中，日常生活的生老病死、婚丧嫁娶、教育医疗、娱乐休闲等各个层面都无须个人操心，进一步带来的则是个体无条件地服从组织的安排，也就相应地不再承担生活责任。

从实际的历史发展进程而言，计划经济是新中国为了在既有条件下实行工业化的组织生产效率而不得不做出的选择，它允诺共同理想基础上的共同利益，并形成了稳固的共同体。但问题的另一方面是以集体的形式与力量规避自然风险的同时，也加强了束缚与控制。对于个人而言，貌似稳定的生活也富含了风险，只是风险的因素从"自然"转为体制。尤其是在八九十年代之交发生了所谓的"二次工业化"的过程——即由国家主导的公有制经济的工业化到非公经济的工业化主体的转变，这种风险就暴露出来。这就是如同贝克（Ulrich Beck）所说的，工业社会与工具理性所必然伴生的人为的、系统性的、无法为个体所把握的危机。在曾经的乌托邦信仰时代，"个体存在完全被纳入'创造新人类'（这样的口号）中，被纳入社会救赎这样世俗的信仰中。个人生活的超越性层面被重新安置于其下，把信仰赋予超越资本主义的生活中"[①]。当资本主义市场最终变换了模样进入社会主义体制之后，原有的共同体瓦解，带来了系统中生产和生活所有领域的相应瓦解，先前的共同体与信仰也随之崩塌，而新的系统还在生成之中。在这个充满变数、含糊不清而又危机四伏的过渡年代，从集体中剥离出来的个人只能以自己作为终结。

这是 90 年代国企工人"下岗"给他们的家庭、精神与情感带来创伤的根源，表现为从 80 年代中后期已经开始的市场化的结果。但是显然，我们不能倒果为因去追究市场化的原罪。诚然，强势国家或者说全能型政府存在的理由就在于，它承诺保护个体不受对其生存造成各种威胁的伤害，也因此要求个体对它完全服从，但是彼时的情形是国家在全球化与新自由主义式发展中面临着危机与挑战，为了进行应对，它不得不进行休克式的撒手。如同鲍曼（Zygmunt Bauman）所指出的："鉴于快速的全球化

[①] 乌尔里希·贝克、伊丽莎白·贝克-格恩斯海姆：《个体化》，李荣山、范譞、张慧强译，北京大学出版社 2011 年版，第 175 页。

趋势和越来越广阔的跨国市场,国家甚至不再能重申这一承诺。于是乎,国家将这场战斗'下分'给了个体掌控的'生活政治'(life politics)领域,而同时却又将这场战役的武器供给外包给了消费者市场。"① 市场所遵循的金钱与竞争逻辑,在转型的混乱期使得丛林法则大行其道,而在原先集体福利制度中的人们根本无从应对这本不该由他们承受的后果。

应该说,这是一个历史性的悲剧。如果按照理想类型式的分析,集体制度是全权委托的,制度负有无限责任,其中的个体则不附带责任;当制度他者辜负了这种委托与信任之后,如何能够要求个体来承担灾难呢?但制度在后工业社会中却负不了责任,因为科层化、系统化产生了一种贝克所说的"组织的不负责任"。高度分化的劳动与高度分工的机构,使得复杂社会造成了直接关系的模糊,构成了一种"总体的共谋",必然带来具体责任人的失踪:"任何人都是原因也是结果,因而是无原因的。原因逐渐变成一种总体的行动者和境况、反应和逆反应的混合物,它把社会的确定性和普及性带进了系统的概念之中。这以一种典型的方式揭示了系统这个概念的伦理意义:你可以做某些事情并且一直做下去,不必考虑对之应负的个人责任。"② 没有任何个人会为组织和制度担负责任,而与此同时,我们也无法将组织、制度或者"国家"人格化,其结果就是找不到具体要追责的主体。

不受约束的总体性权力的理性规划一旦出错——这是必然的,因为不可能有能够完美应对过于复杂和充满变化的现实与未来的计划——那么这个错误就是灾难性的。当灾难降临又找不到责任人时,就会产生无法治疗的创伤。面对这种难以抵御的灾难和牺牲,90年代以来东北普通人现实生活和文化产品的生产与消费出现了两种形态。一是当生活的连续性破裂,而个体根本没有能力认清导致自己生活发生断裂的原因是什么,又找不到指责对象的时候,反抗也就变得不再可能,只能沉浸到迷惘与短暂的麻醉当中,于是"刘老根大舞台"的兴盛就是自然而然的结果。二是那些

---

① 齐格蒙特·鲍曼:《流动的恐惧》,谷蕾、杨超等译,江苏人民出版社2012年版,第5页。

② 乌尔里希·贝克:《风险社会》,何博闻译,译林出版社2004年版,第34页。

没有接受，或者不愿意接受曾经坚定不移的信仰已然失效的结果的人，在事实层面也不得不在丧失感浓烈的氛围中找到切实的生活依据；而为了保持自我的延续性，反倒要维护信仰，否则就不免陷入信念破灭的绝望，于是转而进入怀旧之中。"红色文化""北大荒"忆旧在90年代中后期成为一时的流行，不仅仅是由于消费主义的诱引，从中也可以找到真切的社会心理根据。全民性的娱乐与怀旧，也是彼时整个中国大众文化的基本特征，而在彼时论述改革合法性与激励个人奋斗的主流语境中，严肃文学之于普通下岗者、底层遭遇的书写几乎是失语的。

"铁西三剑客"的出现是文学自身发展的结果：90年代文学脉络延续下来的新写实主义难以为继，伴随着市场秩序的初步建立，贫富分化与阶层流动固化的出现，以及个人奋斗叙事的失败，带来了对主旋律叙述、怀旧风潮和中产阶级美学的不满，最主要的是由此引发的不安感与危机感笼罩在绝大部分普通人身上。这种时代症候勾连起那些需要平复的创伤——被压抑者终将回归，所以他们的作品先天地就因与时代情绪的暗合而具备了普遍性。

这种普遍性不仅显示在题材内容上，同时也表现为形式上的创新，最为突出的莫过于通过吸收现代主义的手法与技巧对原先作为类型文类的罪案小说的突破。双雪涛的《平原上的摩西》就是典型个案，它通过形色不同的众人多声部限知视角的言说，拼接出一段从毛泽东时代到市场化社会的当代史侧面。诸多的声音并不是众声喧哗，而是异口同声，以克制隐忍的语调共同完成了知青下乡、计划经济转轨、全球化中底层民众的浮世绘。小说没有流入对于命运的阴差阳错的抱怨、历史正义的索求或苦难控诉，而是通过探案式的还原过程接近事物与人的本来面目。这种本然本身便是超道德的存在，它并不指向某种简单粗暴的判断，而是保持了世界自身的含混和未解，时代的印记也正是在这个过程中通过人物呈现出来。这部让人肌骨生寒的作品也没有走向臣服于自然与或然状态，而是让自我救赎的光芒映照在从父母一代的庄德增、傅东心到子女一代的李斐、庄树身上。他们以不同的方式烘托出一个应然世界，那就是"平原上的摩西"的指向。情与仇、恩与义、罪与罚都成为反抗虚无的印证，罪不是恶，不是道德法庭上的判定，也不是对于善恶观念的抽象思辨，而是与生存中的个人紧密相关的意愿与事实,是人生的真相。《平原上的摩西》给出的信仰式解决,显示了作者触及存在论的渊深层面。让历史落在人物身上,而不奢求给出一个僭越的答案、规律或路向。这部小说在讲述当代中国记忆上取得了成就,也开启了此后班宇、郑执等人相关作品类似的叙述形态与情感样貌。他们在风格上的趋同性有着可以解释的原因:一方面叙述者对于自己叙述的时代与事件,因为童年认知的局限,处于一种懵懂与不完全知晓的状态,"过去"呈现出有待揭晓和探究的神秘与未知。另一方面,叙述的时代与事件中弥漫着恐惑感,但当事人因仍然处于震惊状态,反倒不会骤然产生相应的焦虑;或者说,焦虑引而不发,被底层民众的坚忍所隐藏和压抑。但是它们并非不存在,总要寻找一个出口,这顺理成章地会导向罪与罚。这两方面都指向于谜一样的悬疑,因而我们在班宇和郑执那里都会看到凛冽的氛围、冷酷的情绪、突然而至的暴力。

除了个人经验和写作资源内外两方面的原因,罪案叙事也同这些作者身处其中的写作环境的商业化有关——他们都成长于青春文学和大众文化语境之中,童年视角与成人视角的夹杂交织是常见的套路。郑执的《生吞》最为典型地留有"青春文学"的影迹。该作通过叙述者王頔的第一人称与第三人称互换,使得主观情感介入与客观认知有条不紊地结合起来,讲述了工人子女在改制年代的经验与感受。纯真感伤的青春与疑窦丛生的迷案巧妙地结撰成残酷而让人感同身受的悬疑叙事,黑暗、惊悚又充满温情。那场波及父子两代人的巨大社会变迁成为罪案故事的背景,而小说中的五个少年时代的朋友构成了情感的共同体,尽管由于家庭与个人的遭遇不同,在此后的人生中命运各异甚至死生流离,但他们之间的情感依然宛如当年。小说的结尾,王頔回忆到几个人小时候偶尔一起在防空洞隧道探险的经历:"从地面上渗进来的水,在防空洞顶部分散成许多条缓慢前行的细流,凝结出一片成群的水珠,在手电筒和火焰的映照下,反射出星星点点闪烁的光亮。原来真的有星光。"① 地下暗黑无人知晓、被人遗忘处的光亮,构成了纯真之心的象征。随着成长与社会化,纯真终将消逝,保

---

① 郑执:《生吞》,浙江文艺出版社2017年版,第276页。

留纯粹的唯一方式就是死亡,这是黑色电影与小说的基本母题之一,而《生吞》中则更有一番慰藉意味:叙述者的玩世不恭与颓丧,在最终这个忆念性的瞬间得以净化,从而洗刷了阴郁罪案所带来的忧伤与恐惧。

铁西区的罪案故事因而转化为"爱与死"的永恒故事,悬疑叙事不过是提供了叙述者追忆的框架,也就是说原先在类型文类中至为重要的探案与侦破过程被淡化,而不同叙述者的声音(包括直接体验与道听途说)则编织成对话性的网络,从而结撰出一段寓言化的历史,"老工业区悬疑叙事由此自我指涉为工人阶级子弟对失落的社群的象征化救赎——与废墟同构的寓言的辩证含义,同时也留下了更令人期待的悬念"[1]。但是,这种被叙述的记忆是可疑的,叙述者对叙事的虚构性有自觉:"这些记忆多少是曾经真实发生过,而多少是我根据记忆的碎片拼凑起来,以自己的方式牢记的呢?已经成为谜案。父亲常常惊异于我对儿时生活的记忆,有时我说出一个片段,他早已忘却,经我提起,他才想起原来有这么回事,事情的细枝末节完全和事实一致,而以我当时的年龄,是不应当记得这么清楚的。"[2]因而,叙事行为比叙事内容更值得探讨,但我们也不能过度阐释,因为文学在通过记忆结撰历史时以书写者的认知为限度,个人化的经验必须要有超越于个体的维度。这一点后文再做讨论。

这里想指出的是,这些文本尽管掺杂着社会主义文化集体记忆和体制转轨的切身体验,同时也集聚了中外诸多文类与文本的互涉与影响,从格雷厄姆·格林的小说《布莱顿硬糖》(*Brighton Rock*, 1938)到大卫·马肯兹的电影《忘情水》(*Young Adam*, 2003),再到近年来出现的一批以旧工业城市及边缘地区(比如三线建设地区)为背景的罪案电影,如刁亦男《白日焰火》(2014)、《南方车站的聚会》(2019)、董越《暴雪将至》(2017)、周子阳《老兽》(2017)、崔斯韦《雪暴》(2018)等,转型年代的集体记忆和情绪同样弥漫其间。东北悬疑叙事的独特性反而被这种"普遍性"一定程度上遮蔽,它们在相近的表述中,将暴力的必然性

---

[1] 刘岩:《双雪涛的小说与当代中国老工业区的悬疑叙事——以〈平原上的摩西〉为中心》,《文艺研究》2018年第12期。

[2] 双雪涛:《平原上的摩西》,《收获》2015年第2期。

奇观化与浪漫化,而对其背后根本的政治因素一笔带过——当过往的历史成为一种美学风格时,它被审美化了,那些在转型社会中贬值的技能(技术)、身体(疾病)与金钱(贫穷)的结构性因素没有得到彰显,从而无意间弱化了历史的深厚。

三、双重维度:体认与洞察

相比于那种将社会总体性责任转移到个人承担的叙述,"铁西三剑客"的叙述扩展了叙述的范围。前者以刘欢的《从头再来》为代表,在这首被主流媒体大肆传唱的歌曲中,历史进程中的艰难与苦难被转化为因果匮乏的命运遭际与个人奋斗的励志言说:"昨天所有的荣誉/已变成遥远的回忆/辛辛苦苦已度过半生/今夜重又走进风雨/我不能随波浮沉/为了我挚爱的亲人/再苦再难也要坚强/只为那些期待眼神。"历史的责任被藏匿与搁置了,而被牺牲的承担者只能在命运的无常之中自谋生路、自求多福。90年代此种文化现象映照着政治的"代表性的断裂","伴随着阶级政治的退潮,政党政治向后政党政治转变。当代中国正在经历一个重构阶级构造却压抑阶级政治的历史过程,这一过程正好与阶级政治极为活跃而工人阶级规模却相对弱小的20世纪形成鲜明对比"[①]。先前由政党政治所代表的共同理想与共同利益在变革中逐渐褪色,而分化的结果则是"国家"在话语中退出,阶级共同体弥散为流散的个体,个体与社会之间的冲突使得从社会主义共同体中"脱嵌"出来的人重新沦为原子化的个人,甚至更加边缘化。下岗工人的孩子们如今通过打捞记忆重塑当代史这一个关键性的转折,无疑有着弥合断裂的意义:激活一度被遗忘的社会主义集体文化与政治遗产,试图营构出一种共享的精神与信仰记忆,而这种记忆有可能成为理解现实并建构未来的本土经验。

90年代文学没有产生局内人视角的反映下岗潮的作品,因为真正的变革经历者被纷至沓来的生活乃至生存困境所缠绕,根本无力进行叙述,也无暇做感伤主义的缅怀与抒情,这可以视为一种创伤后的应激性保护反

---

① 汪晖:《代表性断裂与"后政党政治"》,《开放时代》2014年第2期。

应。到了当事人的子一代,惶恐已经远去,境况已经部分改善,隔了时空的距离之后,他们和他们的经历则有可能成为审美的对象。童年记忆未必是创伤性的,儿童的纯真之眼反而能够给出一个比较客观的视角,因而被广泛采用。双雪涛《聋哑时代》的开头就形成了一种被此后写作者不断重复的语调和模式:

> 我爸妈都是下乡的知青,从城市走的时候除了一个铺盖卷,没带走一点有用的知识。我爸说他一辈子和知识两个字搭边只有那时候的知识青年的封号,而我妈经常讲的是,他们在农村的时候吃饭和上厕所都用的是一个盆。还好我爸从小打架斗殴有一手,因为祖上是满族,所以留下点摔跤的底子,传给后人,我爸成了他们青年点的点长。我外公是某粮食局的工会主席,这芝麻大的官已经足以让我妈顺利进入这个城市里效益最好的国企——拖拉机厂并且和我爸相逢。可这样按部就班的一对幸福的工人阶级不会想到,到了我小学毕业的那个夏天,他们赖以生存的工厂已经岌岌可危。我在饭桌上听见他俩经常感叹厂长们已经纷纷开始把国家的机器搬到自己家里,另起炉灶,生产和原来一样的拖拉机,而工厂里的工人们则一批批地被通知可以休一个没有尽头的长假,这是在"下岗"出现之前出现的一个巧妙的词汇,叫作停薪留职。他们俩因为工作一直卖力,又是这个工厂的元老,所以得以薪水减半,继续留下,但是面对那些熟悉的机器和熟悉的面孔一点点消失,他俩也感觉到这一半的薪水迟早不保,可除了拧螺丝之外他俩觉得自己再没有值得谋生的技能。后来想来,那是一种被时代戏弄的苦闷,我从没问过他们,也许他们已经忘记了如何苦闷,从小到大被时代戏弄成性,到了那时候他们可能已经认命自己是麻木的蜷蚁,幻想着无论如何,国家也能给口饭吃吧。
>
> 那个外面一切都在激变的夏天,对于我来说却是一首悠长的朦胧诗,缓慢,无知,似乎有着某种无法言说的期盼,之后的任何一个夏天都无法与那个夏天相比,就像是没有一篇《人民日报》

的社论能与一首诗相比一样。①

这段叙述言简意赅地概述了父母的前史,当下的处境以及即将到来、跃然欲出的未来,在父母经历、家庭结构、情绪感觉与心理结构上都带有共通性,在班宇和郑执那里也屡次出现。父母的经历贯通了从激进的革命到激进的市场化这段历史,有时候也会加上爷爷奶奶或者姥爷姥姥——他们则通向更为光荣的意气风发的社会主义工人生活鼎盛年代,但是这些并不能带来历史感,只是历史的前景。叙事人作为旁观者,只能止步于此,他们的亲身经历尽管不同于表征着主导性意识形态的"《人民日报》的社论",但也不同于他们的父母——后者依稀保留的国家主人公的尊严感、理想主义与德行,让他们在残酷的生活遭遇中甚至显得有些天真,而当他们铤而走险、愤而一击时则尤为令人感伤。历史当然并非主流意识形态宣传之外的空场,但它遗留的空白显然也不是个体性经验就能填满的,尤其是当这种经验开始变得模式化之后。

在涉及具有创伤性质的记忆回溯时,需要警惕变成某种伤痕文学的变体,或者沦为控诉、诉苦的怨恨叙事,两者都已经证明了自己的短命。"铁西三剑客"避开了这些套路,而着意呈现市场化阵痛浸润到日常生活的后遗症。那些普通人找不到历史进程的根本原因,或者本身就存在着价值观上的巨大冲突(集体/社会主义与个人/资本主义),因而无法给出合理的、完整的、清晰的、明快的勾画与解释,所以这样的小说无法给出完整的结尾,这一点在后来班宇的作品中尤为明显。计划经济大工业的生产与生活方式等社会物质性层面发生衰变之后,人们的心理层面也坚持不了太久,不仅工厂、工人新村成为"鬼楼",曾经的精神信仰与情感依恋也成为不合时宜的存在。在这个前社会主义的废墟上升起各种各样的情绪与状态,最适合产生"黑色文学/艺",一种高度紧张而充满张力的结构(轻松的表象与硬核的内里),之所以是晦暗未明的,是因为主体没有确立,无法明确把握,给出结局。但如果一直无法走出这种颓废状态,接踵而至的便

---

① 双雪涛:《聋哑时代》,《鸭绿江(上半月版)》2015年第2期。

是趋向同质化、风格化与抽象化的语言与故事：中性叙事、百无聊赖的日常、压抑紧绷的愤怒、认真而坚持的生活……从中我们可以看到先锋小说语言与结构的滋养，它们同样体现在 70 后作家的作品之中。只是，这几位铁西区的孩子更具备大众传媒亲缘性，无形中暗合了我们时代的普遍情绪。

这种情绪可以用班宇作品中屡次出现的一个隐喻来概括："奔腾的水浪便会漫天袭来，残余的龙骨会搅起一道几十米高的水墙，淹没稻田、楼房和灯，然后人们只好枕着浮冰、滚木，或者干脆骑在铁板上，被大地的力量温柔地推动着，驱逐、冲散，从此天各一方，这里永远变成海；而从前认识你的那些人呢，他们之中的任何一个，你都不会再见到了。"[①]这种大洪水想象，直接表征了大时代变化中隐隐的威胁感，而他所写到的人物则已经"生活在水底"了——实际上，与其说那些人物生活在水底，毋宁说写作者感觉他们生活在水底，即叙述者所处时代的公众普遍情绪中的安全感匮乏。

当这个意象在《冬泳》《枪墓》等作品中一再出现，也就预示了"北方故事写不下去了"——班宇和双雪涛在铁西故事成名后，可能都意识到了同质化的问题，因而都有自反性的"元小说"式作品，反思自己的北方叙事。代表着双雪涛转型的小说集《猎人》中颇显奇幻色彩的系列作品，就是在含糊其词中走向了失焦的焦虑和语言的嬉戏。他的《心脏》写一个写作者在送患心脏病的父亲急救路上的心理，颇能见出作为下岗工人子一代写作者的自我认知。"我意识到无论他以什么样的方式存在，都是在参与我的生活，即使是我的累赘。当他逝去，我的生活里只剩下我自己，完全的个人，现代性的自由，到了那个时候，我还需要写作吗？即使我父亲从来没有对我的写作生活发表过什么意见，也从来没有看过我写的一行字，我竟然在为他写作？要不然我为什么会有这样的疑惑呢？我对自己说，我当然要写下去，我不是为了他写作，他什么都不懂，我为了全世界除了他之外所有的人写作，这结论在我内心回荡了两圈，像是一个人对着

[①] 班宇：《梯形夕阳》，见《冬泳》，上海三联书店 2018 年版，第 156—157 页。

空谷的呼喊，扩散开去，似乎有无数人在喊，却只能证明山谷里别无他人。"父亲在路途中死去，"我感到轻松，失去了负累，失去了目标"。① 这可以视作情绪与状态呈现式叙事的终结，也是自觉且有自发意识的写作者的敏锐之处——废墟我们已经看到了，那么之后是什么呢？在废墟之上升起了颓丧、败落、虚无主义，还有别的什么东西吗？

市场化以及随之而来的新自由主义意识形态使得身份社会转向契约化社会，固然伤害了在既有体制中惯性生活之人，但他们也并非全然无辜之人，对于安全感的无限度信赖本身就容易养成依附性和见识的短浅。安全感建基于一种遗忘机制，或者干脆可以说源于人们的愚蠢和不记教训。承平日久（甚至都不需要太久，十年的安稳日子就能营造出那种永恒、幸福、宁静的幻觉）容易给人以错觉，以为一切都理所当然，万事万物各安其命、各在其位，纵然偶尔会泛起微小波澜，也会很快平息下去，仿佛那些侥幸获得的东西永远也不会丧失。"如此生活三十年，直到大厦崩塌。"（万能青年旅店）事后要是再看，这种无辜和盲目都会让人感到怜惜——那看上去可预知的现状与未来其实充满变数，完全不在他们的掌握之中。对潜在的风险如果没有预期，则会让人变得脆弱，在面对未来困窘时的转圜可能性也会大幅度缩小。确定性在变动不已的世界与历史中从来都是一种幻想或者说美妙的理想，当我们用人道主义的温情去体恤历史进程的受难者时，灾难历史如果沦为某一方对另一方的控诉，尤其是将自己豁免出去的指责，那无疑是一种智识上的堕落。

同时，90年代的经济改革的另一面是在某种程度上让既有体制中的人脱离支配的传统背景，获得了流动与扩大了的自由，社会的异质性增加了。这个过程可以视作熊彼特（Joseph A. Schumpeter）所说的"创造性破坏"——经济的流转必然会改变原有的生产要素和生产条件组合，"新组合意味着对旧组合通过竞争而加以消灭"②，这种不断的变革才是健康经济的常态。社会成员在这种变革中会承担牺牲，感到匮乏，为了生活要

---

① 双雪涛：《心脏》，见《猎人》，北京日报出版社2019年版，第130、137页。
② 约瑟夫·熊彼特：《经济发展理论——对于利润、资本、信贷、利息和经济周期的考察》，何畏、易家详等译，商务印书馆1991年版，第74页。

做出更大的努力。但是，变革从来都并非单方面的丧失，它未尝没有打开新的空间、提供别样的可能。比如在班宇的《盘锦豹子》《工人村》等作品中展露出来的情形，当市场标准进入女性的生活背景之后，家庭内部的矛盾瓦解了温馨稳定的幻觉，结构性变迁辐射到家庭与伦理层面，表现为男女移位的出现——女性在变革面前更具弹性和灵活性，而男性则更具担当，哪怕是虚张声势的担当。只是，这个极富生产性的潜能没有得到文本深入的发掘，而在对女性的脸谱化中与进一步的新型文学的发明失之交臂。

真正意义上的解放和自主来自主体自身，如果将责任全推卸给"他者"（国家、政府、制度），那么"真实性"永远是他者的，而自己只是生活在叙述与言语的幻觉中，而作为基础的物质现实并没有任何改变[1]，相反还容易被新兴的资本结构所征用。可以提出来与"铁西三剑客"作品形成对比的是罗日新《钢的城》[2]，其情节涉及的同样是90年代的重工钢铁企业的改革，但更多突出的是技术层面和产能结构转型的调整，这实际上突破了我们对于市场经济改革认知中过度聚焦于所有制和权力转化的偏狭——当然，它对于女性的片面想象与脸谱化也是一个问题。

一位评论者在描述双雪涛通过东北小说所讲述的个人经验时，发现了一条历史线索："对不安全的外部世界的恐惧—对'集体'并不可靠的认知—寻求亲情、友情或爱情的支援—最后退守'个人'，依凭个体的努力和成功来寻求安全或免于恐惧。不能不说，这一步步后撤的线索或轨迹，构成了几十年来中国社会历史变迁的一个缩影、隐喻或表征。"[3]这不仅是双雪涛与东北的经验与隐喻，也是整个当代文学的经验与隐喻：在社会结构性重组之时，孤独个体被组织化的不负责任抛出崩解了的共同体，暴露在历史旷野之中，独自领受历史的暴戾与无情。这种想象与书写，并没有走出个体化的时代精神，也就是说它只是将历史呈现为美学对象，而在

---

[1] Slavoj Zizek: "Risk Society and its Discontents", *Historical Materialism*, 1998(2), pp.143—64.

[2] 罗日新：《钢的城》，人民文学出版社2022年版。

[3] 杨立青：《双雪涛小说中的"东北"及其他》，《扬子江评论》2019年第1期。

批判的边缘滑了过去，从而成为一种非意识形态化的小资文学。

  高度技术性地讲述悲惨往事及其后果固然有其意义，但更重要的是怎么样打开面向现实与未来的通道。应该说，对于结构性失业造成的贫困化、福利保障系统的崩塌、原有城市及其生活的毁损、家庭的解体和情感的失落的叙述，"铁西三剑客"的书写是成功的。这不仅是东北往事，也是中国工人在改革过程中的共同经验。他们甚至暗示或者触及经济的议题，却遗憾地错过了更为深入的思考：必须认识到，在经过特定阶段，尤其是进入20世纪末不可遏止的全球化语境之后，某种带有半封闭色彩的经济制度难以再持续，而几乎不可逆的改变有其合理性。但是他们可能尚且无力就宏观的结构性问题来进行叙事，转而投入过去的哀伤与当下的无望之中，希望和目标是缺失的——乌托邦维度的消退是个人主义时代书写的普遍问题。

  这进一步引发我们关于当代文学功能与伦理的思考，现代文学以来的文学基本都是"理念先行"（区别于"概念先行"）的写作，即它有着未来指向的意识，并且与民族国家的命运息息相关。进入20世纪下半叶之后，某种后现代主义与后革命氛围改变了理念的取向，面向日常、个人与形式的叙事取代了宏大叙事，这是因为当代生活的不透明、无法穿透、无法预言的性质，使得勇气、理性与清晰的规划变得不再可能——不仅由于社会的复杂性，还由于它的自反性。这带来的后果是乌托邦想象的消失，在文化工业融媒体的语境中，这种情形更为恶化。而文学在其中如果不想沦为内容提供者的命运，则需要以其不受资本与权力操控的思想能力与启示能力，去突破呈现的层面，这才是面对现实的当代文学。

  这是当代文学不同于历史的地方，它的价值不在于复活、深描乃至反思一段历史，"当代文学总体上是同'历史'和'知识'对应或对抗，因为它存在的本体论形态是一种表象或再现，但就其最内在的想象力和赋形能力来讲，它不属于反思和观念的谱系，而是属于一种不确定的、尝试性的生产性或创造性活动"①。这就包含了两个维度：对已知事物的体认与

---

① 张旭东：《文化政治与中国道路》，上海人民出版社2015年版，第362页。

对总体性历史的洞察。在双雪涛、班宇、郑执那里可以看到第一个维度，尚没有第二个维度。第二个维度需要超越于个体经验，对更广范围内他人的关怀与理解，比如即便是在不涉及东南沿海的"东北"这个特定区域之内，与工人命运转折同时发生的农民的身份转移与实践所体现出来的新的身份政治与经济形态，也充分包含了社会、技术、文化的整体变迁。视野和思想力的局限，使得他们的已有作品逐渐表现出模式化倾向，虽然形成了一定程度的象征资本，却正在被媒体和市场拔苗助长、涸泽而渔地压榨其剩余的符号价值。好在他们已经开始在努力从最初的书写中尝试进行创新与突围，保持不确定性和多样性也许是他们必然的选择。

近年有关东北的书写，除了"铁西三剑客"为代表的呈现与乡愁，也有肖亦农《穹庐》牵涉辐射到近代东北亚地缘政治的布里亚特人东归的历史重述，赵松《抚顺故事集》漫游式的乡土反刍，梁晓声《人世间》中人生史与社会变迁史的总体性交织，阿云嘎用蒙语创作的《满巴扎仓》中的蒙藏医学与民族文化……他们无论在题材主题与美学风格上都差异颇大，共同构成了当代的东北书写，其共同的问题也在于往往诉诸普通民众友爱互助的温情记忆与情感共通——甚至是宗教和个人，来抵御政治经济变革的急剧冲击。这种向内突破显示了文学的脆弱和坚韧的同时，也显示出其无奈与逼仄。但如果一种书写不仅仅停留于一己的表达与抒发（这当然也无可厚非），而有着要进入普遍性公共言说的企图，那就需要重塑一种未来可期的价值观，从共通的感受通向共通的理想与实践。价值观的形成是一个系统的工程，在这全球化的时代，最重要的核心依然在于"重新确认社会的集体性"[①]。对于写作者而言，孤立的个体有望通过叙述团结起来，形成"个人 – 社会 – 国家"的新型关系。虽然这只是一个美好的愿景，而可能"答案在风中飘扬"，但创造性的想象与书写仍然值得期许，它将是当代文学证明自己尊严的一个凭据。

---

① 詹姆逊：《全球化和政治策略》，见《詹姆逊文集》（第4卷），中国人民大学出版社2004年版，第384页。

拥抱变化

——从"后文学"到"新人文"的实践途径

一、拒绝立法，反对阐释

2021年国庆假期，我和李宏伟、刘汀、季亚娅相约去宋庄，顺便参加"铜座时刻——霍香结书画篆刻展暨长篇《铜座全集》新书发布会"。这个活动当然不乏诗人、编辑和作家，但更多的是艺术家、策展人和摄影师，算是一个雅集，并不是一般意义上的新书发布会。而《铜座全集》有意思的地方在于很难用现行文体对其进行分类，尽管它的简版《地方性知识》曾经于十年前以"小说前沿"的面目出现。《铜座全集》采用了拟人类学、历史与地方志、语言学分析及诗歌唱词的形式，在细部有着确定无疑的知识性内容，总体上却完全出于虚构，是我认为比较具有代表性的"后文学"文本。它以"小说"的名目出版却也并不违和，只是证明了文学内涵与外延的包容和流变。霍香结这样的作者从未获得过体制内的"作家"命名，也无法简单用某种单一身份进行框定，可以说他是在不同文艺形式之间游走。这种游走可能意味着所谓的"跨界"的说法并不成立——对于一个具体的创作者而言，本无所谓"界"，所有的行为及作品都是其生活的完整构成。

我在《从后文学到新人文》一书中便试图描述文本、语境和认知的变化——当我们把文学视为一种社会文化现象与活动时，那么直接的描述是关键性的，间接的想象则是辅助性的。《诗经·小雅》有谓："嘤其鸣矣，求其友声。"《礼记·学记》又云："独学而无友，则孤陋而寡闻。"读了刘月悦和陈琰娇两位学者对拙作的评论及引申的议论，心中充满感激，并且也从中学习到很多有益的见解。借此机会，我也正好可以梳理一下该书写作过程中逐渐清晰起来的问题和观点，进而结合自身经验讨论一下参与性实践作为文学（批评）生产的方式。

刘月悦《"消费主义"作为一种"他律"法则——从〈从后文学到新人文〉的消费主义论述谈起》一文针对我较少着墨的弥散性的消费主义，选取了郭敬明、安妮宝贝和冯唐几个个案，观察消费主义与文学互动的不同方式，进而询问"在资本与文学事实上交融共生的当下，文学未来的可能性在哪里？它与资本的关系，是不是只有寄生与依附这一种可能"，进而提出某种超越于既定文学场域和话语模式的文学生产——"拒绝进入建立在简单判定'场内'和'场外'的基础上的简单的生产循环，而成为出现在'场内'和'场外'两个相对独立的过程中相互契合的产物"，这无疑是一种对于范式转型的期待。陈琰娇《"后文学"时代网络文艺的辩证批评——兼评〈从后文学到新人文〉》则准确地指出我试图通过批评案例的"策展"，给读者提出两个问题：一是如何理解当下文化，二是如何介入当下文化。前者指向话语场的生成与变化，后者则指向批评路径的建构与拓展。她以网络文艺现象与批评为例，探讨如何以"辩证批评"打破既有批评的认识论僵局，从而直面无法为既定话语所涵括的文本、现象和事件。陈琰娇认为"重要的显然并不是'后文学'与'新人文'的概念，而是由'后'和'新'所引出的新技术时代的文学何为、文学批评何为的重重疑问"，"在今天面对一个文化现象/文本时，只有深入了解其对于受众的'肯定性'，才能最终完成'否定性'批判"，这无疑具有振聋发聩之功，让曾经一度被我们隐约感觉到的"批判理论"与当下现实之间的脱节问题浮出水面。"'批评'带来的最大问题是，它到底是一种'经验'还是一种'方法'？就个人经验的独特性而言，自然没有不新的批评。但对'新人文'而言，所期许的或许应当是新的'方法'。无论是转换视角，还是重新提问，都是期许在辩证中追寻批评的有效性，也只有有效的批评才能迎来真正的'新人文'，思考真正的'不可思议'之事。"

两位学者一侧重由文学现象与生产入手思量对文学场域的重新认知，一侧重由新兴网络文艺进入对批评认识论与方法论的反思，实际上共同指向了文学研究范式与话语转型的期许。这可能是大家在变化了的社会语境中文学及批评未来的共识。现实永远流动不已，多元并生成为一种文学常态，我们这一代人已经不再可能有那种自信，建立某种普适性方法与理论框架，而将纷繁变迁的经验与现象包揽进去——那不过是一种削足适履和认知上的诳妄。尤其是当先验的理念论土崩瓦解的时候，我们甚至都无法确定自己所操持的是某种方法论，还是应对具体问题的具体方式。这是哲学向"理论"的退却，更是"理论"进一步向"方法"的收缩。

简而言之，所谓的"碎片化"现实与"碎片化"的思维方式不过是一体两面，只是就事论事对"碎片化"进行描述与"批判"并不能产生有效的认知，首先得接受语境本身。至于"立法"和"阐释"，则需要建立在充分描述与理解的基础之上，或者，更大可能是，拒绝立法、反对阐释才是未来取向——以不确定性回应不确定性，形成一种混沌美学。这也正是"文学"作为知、情、意合一的活动的意义所在，它是理性诡计的天然解毒剂，也是纯粹本能的有效约束带。如同生活本身一样，无法界定的生长性才是其活力和魅力所在。

基于这种认识，我有必要对《从后文学到新人文》的写作做一个简单的交代，这倒不是自我阐释，而是描述自身在困惑中探索的方式：从观察的现象入手，对其进行上溯与外展的描述，进而分析其之所以产生与呈现出如此形态与风貌的原因，及其所携带的政治与文化背景。显然，我们只能从现象入手，从中发现问题与提出问题，这才能让我们的批评立基于现实，而不是建筑在话语之上。

二、融合的语境 - 文本

如果要进行概括，那么《从后文学到新人文》诸章节聚焦于如下几点：
1. 赛博格日常：多重延展与叠加的世界，涉及现实与关于现实的认识。
2. 情动社会：情感劳工、总体性与碎片化，涉及劳动、消费与感知方式。
3. 后青春时代：激情、历史、革命、启蒙的宏大叙事崩解，观念下沉，代际转换涉及时间感和历史体验。
4. 生活方式：身体、记忆与观念的加速与刻意放慢，涉及面对"传统"

与遗产的态度。

  5. 后真相：超验与经验、感悟与体察，涉及肉体经验与精神经验。
  6. 城市化与乡愁：挽歌、记忆与乡村振兴，涉及空间改造与文化生产。
  7. 何为中国：多样性与一体性，涉及多元主义与权威主义。
  8. 如何构造自我：感觉、情感、理性与宗教，涉及个体的存在状态。

  这些"问题"基于现象而来，未必处于同一逻辑层面，很多时候它们纠缠在一起，共同构成我们时代文学与文化的"语境－文本"。我并不意图建构一个统摄性的框架将它们置入某种逻辑秩序之中，而是尊重世界本身的混沌，这种混杂性无法被单一的理性所把握，而所谓"批评"的意义正在于突破现成的话语体系和制度。

  这个变化了的"语境－文本"，如果用文学的"外部"与"内部"这样的方式进行描述，那么其外部无疑是头部政治的涣散，生命政治与精神政治的汇流与加强，保守主义回归，流动、风险、加速的特征让契约社会与身份社会并存。这是一种"过去未去，未来已来"的过渡状态——也许过渡状态才是永恒状态，而资本、市场与消费景观则成为日用而不知的存在。信息狂潮汹涌而至的同时也在营造信息茧房，各种看似原先边界分明的文化杂糅与融合成为基本特征。就内部而言，作者权威形象的消逝，作品中心位置的丧失，传播渠道的权重增加，受众反馈的意义提升，则让18世纪以来形成的现代文学观念及与之相关的一系列架构、体制与话语系统濒于失效。

  内与外、道与器、本质与现象之间如果说曾经一度被人为割裂，如今也融化在一起难分难解，主体性与审美自律的"纯文学"重回芜杂斑驳的"大文学"状态，或者说"泛文学"即融合的文艺成为不可抗拒的趋势，进而反馈并投射到整体生态上。最为突出的是文学的功能向古老传统的回归。在孔子那里，诗"可以兴，可以观，可以群，可以怨。迩之事父，远之事君，多识于鸟兽草木之名"，是结合了个体与社会、实用与超越的多重形象。后来其效用逐渐聚集于文以载道、诗以言志的本末之论，"文"是道之焕、质之饰、礼之盛，尽管不乏特定时代发生的"文学自觉"，但历史化地看，文学并无内外之分。只有在现代性的"分化"之后，文学才独立为某种以审美为核心的独立领域，从而产生了边界与内部。当填平鸿沟、跨越疆界的趋势已然发生，文学的功能与形态就又趋向于多样性，形式创造与美学发明的审美探索只是其中的一项。如果要细化，那么意识形态主旋律的宣传教育，传播与引导的普及提高，熏陶与提振的陶冶净化，观察、反思与批判的文化认知，创意产业与消费的娱乐休闲都不分轩轾地拥向前台。

折射到当代文学的范式流变之上，则是革命话语、启蒙话语、市场话语与科技话语的并存。文学批评的方法与理论也有一个中心转移的过程：生产-创作为中心的作者论、作品论和文艺社会学一度是当代文学批评的主导性模式；80年代中后期出现了对接受维度的关注，诸如读者反应、接受美学、阐释学等被译介和应用；80世纪末伴随市场经济的兴起，聚焦流通-传播-消费的媒介论、文化研究之类方法与理论打破了作者、读者与文本的核心，而衍生出"语境-文本"的总体观照。尤其是21世纪之后科技话语的兴起，显出一种改写文学史的可能——不仅是当下的科幻、科普和科技理念的创作拓展了题材与文类的空间，更具有由科技话语回溯重新发明出一种路径与"传统"的潜能。

但我们也不能纯然做理念类型式的推导与演绎，因为中国当代文学有其区别于现代文学的特殊性，即社会主义国家"人民文艺"的生产方式和美学诉求。它依托体制性机构的设置，让个体化创作与集体化的组织、修改、出版与传播结合在一起，从而形成一种独有的文学风貌。虽然既有的纯文学方式可能不可避免地走向小众化和分众化，但社会主义文艺自身也在做适应性调适。从中国作家协会及各级下属机构对网络文学的重视、中国文联中国文艺评论家协会的成立，可以观察到的是其现实感体现在并没有抱残守缺，而是与时俱进之上，它们同意识形态主管部门一道，占据了主流的文艺生产与传播渠道。

以网络文学为例，第五届中国"网络文学+"大会于2021年10月9日到11日在北京召开，这是一个由政府指导主办，联合作家、企业家和专家学者的活动（指导单位是国家新闻出版署、北京市人民政府，主办单位是中共北京市委宣传部、中国音像与数字出版协会、中共北京市委网络安全与信息化委员会办公室、北京市广播电视局、北京市文联、中共北京海淀区委员会，参加的企业包括北京出版集团、五洲传播传媒、阅文集团、点众科技、晋江文学等）。我正好主持"走出去"论坛，其背景是互联网翻译平台的发展和海量网络文学作品的积累与传播，随之围绕网络文学出海而开展的相关业务和服务已形成新的行业热潮。根据《2020网络文学出海发展白皮书》数据显示，中国网文市场的海外规模已达到4.6亿元，海外用户超过7000万人，这一数字还将持续增长。针对达到数亿的海外网文市场规模和千万量级的海外网文用户，网络文学出海呈现出翻译规模扩大、原创全球开花、IP协同出海的局面。网络文学在海外市场的发展，对于从主导性意识形态、文化企业到写作者与研究者个体而言都是不容忽视的文化现象。由此，"传扬中国好故事，探索出海文化新模式"的主题其实是融合了对外传播、文化产业和构建本土话语体系的含义。

"语境－文本"的当代生态，要求一个研究者必须对"当代"有着清醒的认知。"当代"不仅仅是客观的物理时间或者主观的心理时间的概念，也是历史叙述中按照特定历史观进行的分期，那种历史叙述中一定包含着特定的政治观念——在关于"当代文学"的界定中尤为如此。在这二者之外，"当代"还有第三层的含义，即它同时表明了某种身在其中的人的感觉结构、思想情感和现实态度，即它是一种意向性的结构与行动。同时，创作/生产者、传播/营销者、接受/消费者都无法自外于"语境－文本"，因而不可能超然地将其对象化，这也需要研究者摆脱个人化的美学洁癖与道德洁癖——他（她）只能参与性地介入其中，成为"语境－文本"的组成部分，才可能对其进行认识和理解，以及做有限的判断，如同一只两栖动物，到水中感知水的深度与温度，在岸上观测水的势头与流向。

三、参与性实践

基于"语境－文本"的融合性，"传统"纸媒文本的写作只是从"后文学"到"新人文"的实践途径之一种，它必然要与发表平台与渠道的惯性相适应，而文学及其批评还有别的多种可能性和方式。我想就《从后文学到新人文》出版之后自己的几种亲历实践做一个简单的分享，那是我们时代习见的纸媒出版、评论之外的文学生活。这就类似于项飙说的那种"把自己作为方法"，主体与客体浑然不分，自我中包含着他者。

这些实践主要有三种。一种是采风。由官方文艺机构、宣传部门或地方企业联合邀请作家到某地进行有主题的采风活动，是中国当代文学写作的一种特有方式。这种继承久远过去传统的写作在当代呈现出明确的宣传与实用意图，在从意识形态到推广营销的双重层面展开。这会导致很多参加者不会视之为"严肃写作"，而往往在过程中走马观花，在写作中敷衍塞责，从而也就败坏了采风的形象和实际效果。其中有作家本身的态度问题，也受限于采风之地的种种条件（比如时间短、集体活动难以深入到个体层面、地方宣传部门刻意要呈现某些内容等等）。我们很容易对其进行批评与否定，并且在一厢情愿的想象中以为它一无是处。但批评与否定无法改变现状，更不能解释如果这种活动毫无益处与意义（或者说，它在社会主义早期文艺中是有效的，如今则劳而无功），那么究竟为什么还会层出不穷。

2020年10月，我参加了福建安溪县主办的"小康路上茶乡美"第八届"名家看安溪"的采风活动，走访了感德茶师傅技艺传承创新中心、石门村玉湖殿、龙通村、云中山老固茶叶基地、两个茶叶专业合作社、茶王公祠、琦泰茶庄园等地。11月，参加了河南省文联、河南日报报业集团主办的"决胜全面小康，决战脱贫攻坚"著名作家看河南的采访创作活动，走访了驻马店市中心城区和泌阳县、确山县、汝南县、遂平县等地。2021年3月，又去参加了知名作家看长丰"深入生活、扎根人民"的主题创作活动，走访了长丰（双凤）经济开发区、水湖、下塘、杨庙、造甲、义井等乡镇。

这些活动似乎是体制内作家的常态之一，对于我而言则是随机与主动选择的结果——接到主办方的邀请充满偶然性，而我会对收到的邀请根据自己的时间、精力和兴趣点进行选择。虽然这几次采风较之在各地举办的类似活动并无特别之处，却是观察中国官方文学活动的组织方式和运行模式的很好机会。更重要的是，主旨明确进入实地的活动提供了书本和其他间接经验所没有的现场感，对于"脱贫攻坚"后的中国乡村、镇、县等基层能产生切身的体会，而这种体会与常见的关于中国城乡的书写与表述可能大相径庭。具体的感受，我已经陆续在《人民文学》《百花洲》等杂志发表，兹不赘述。我想强调的是这种文学生产不能轻易地以知识精英的傲慢进行无视乃至摒弃。

二是脱口秀与短视频拍摄。脱口秀于近年流行起来，它与选秀、游戏、婚姻速配、竞技等综艺有所不同，也区别于访谈、对话、演讲或者曲艺等语言类节目。尽管某档脱口秀节目的爆火，导致脱口秀越来越倾向于以逗乐观众为主要目标，但"讲段子"本身就是一种叙述能力与语言技巧的展示，可以宽泛地将其视为一种"碎片化"的口头文学，就如同民间文学中的"恰克恰"与笑话之类体裁。短视频则以其方便、快捷，让传播的范围和速度呈指数级增长，成为一种几乎超过其他一切表现形式、最为大众接受的媒介文艺形态。

2021年4月，我参加了上海市作家协会、腾讯新闻合办的"2021世界读书日·文学脱口秀大赛"。"腾讯新闻"的王姝蕲策划了这个活动，参加者有北京大学的丛治辰，华东师范大学的黄平，中国作协的李壮，《人民文学》的梁豪，上海、广西的出版社编辑，大学生等，《收获》主编程永新和作家梁鸿为点评嘉宾，听众则是网上报名的文艺青年，基本上覆盖文学创作、出版、评论和消费等各个层面。参加者事先准备稿子，现场的发言基本上是表演。我参加这个活动是想观察新媒体如何介入文学，或者文学——而不是"网络文学"——如何尝试以新形式进入新媒体。此前"腾讯·大家"约请作家写专栏可以说是比较传统的写作换了发表平台；"谷雨工作室"侧重非虚构，颇有深度调查稿的意味；"网络文学"自不待言，其各种文类、写作、传播与分红方式，以及受众的反馈都有别于"传统文学"。这些不同的尝试，深度融合于资本、科技和意识形态管控的网络之中。但在我看来，"后文学"的表现形式可能要超出文字表述本身，成为影音图文的综合性文类，脱口秀视频无疑是其中的一种。

7月的时候，为了践行体验的初衷，我接受王姝蕲的邀请，成为其短视频栏目"知识官计划"的一员，即自选题材自撰文案，平台协助拍摄剪辑，自主发布。我用一个下午录制了十期，每周发布一期，选题则是讨论电影（我曾试图选择讲文学，但被否定了，因为栏目策划预期不会有流量），用两个月时间发布完，同时也发布了五个即兴聊天视频。我感兴趣的是从后台收集的用户数据：哪些人在看我发布的视频，他们处于什么样的教育水平，观看的时间段、接收的终端是什么，他们分布的地域和年龄段。其结果非常有趣，就是我发布的视频最高播放量是九十多万，低的才四五万，而这跟平台分配推送的流量密切相关。相较而言，普通用户发布的视频播放量非常少，这与抖音和快手的生态很相似。具体的分析过于复杂，我不再展开，总体的感受是网络平台几乎完全掌控了曝光量，而大众极易被操控。如果以流量为准，那么普及与提高相结合几乎不可能。这个实验直观显示了渠道下沉是大众媒介时代的总体趋势。相应可以发现，在各种艺术领域，数据库叙事都几乎已经成为基本语法，游戏这种"第九艺术"为最，并且向电影蔓延（典型如Netflix电影和近期上映的好莱坞电影《失控玩家》），从因果性向相关性的位移，以及出于流量追逐而做的叙事迎合，必然会带来从思维方式到情感与精神状态的全面转变。如果认识不到"语境－文本"的融合并将其作为批判的前提，那么简单的否定注定是无效的。

　　三是行走纪实。2021年4月下旬到5月上旬，我接受邀请参加"海南日记"的行走与撰写。这是由海南省青年少年事业发展中心、海南省博物馆、新海南客户端主办的文旅采风与考古纪实活动，承办的是南海网和南国都市报。具体的形式是作家每日按照计划中的路线走访采风点，当天晚上记下不限形式和体裁的日记，记者随行跟拍；第二天，日记由纸媒和新媒体平台刊登，拍摄的视频同样发布在新媒体上。

　　我的第一季行程总共行走了二十天，具体的行程包括海南省博物馆—海口市秀英区的三卿村、典读村—澄迈县的罗驿村—琼中黎族苗族自治县黎母镇大保村的明代水会所考古遗址—儋州洋浦与峨蔓镇灵返村、盐丁村的千年古盐田，南丰镇陶江村与海雅村的客家围屋、中和镇老街、桄榔庵、东坡井与东坡书院、宁济庙、关帝庙—白沙黎族自治县的文化馆、黎锦传习所、五里路有机茶园—昌江黎族自治县昌化镇的棋子湾、昌城村峻灵明王庙与新城村治平寺碑—东方市江边乡的黎族白查村—陵水黎族自治县三才镇、黎安镇、新村镇的史前考古遗址—琼海市博鳌镇的中国（海南）南海博物馆、侨乡留客村蔡家宅—定安县文笔峰道教文化旅游区、龙门镇石塘溪火山冷泉、龙湖镇高林村张岳崧故居—海口市骑楼老街、荣堂古村、雷琼世界地质公园。同行的作家先是叶兆言，后十天换上徐则臣，最后阶段要离开的时候周大新和树才到来，接续上第二季。

　　这可以视为一种升级版的采风，不一样的地方在于它是全媒体且沉浸式考察的。我每天写2500字左右的日记，以专栏的形式连载，最终形成了大约5万字的篇幅，结成一本小书出版。显然，马不停蹄急匆匆的行走、记录和议论，不一定会带来深刻的洞见，但那种鲜活的经验和情感是当下即得的。我们时代的作家们往往在经验过剩的同时经验匮乏，这种吊诡来自"经验"的二手性，即很多经验来自间接与虚拟，而缺乏身体的亲历性，经验、情感的具身性反而更多体现为沉溺在间接与虚拟情境之中，它们固然是"新人文"的题中应有之义，但是身体依然是最初的根基。

之所以不厌其烦地述介这些参与性文学生活，在我看来，是因为它们可以让我们对"传统的"文字文学在媒介融合时代更多成为内容提供者的事实有切身体会，会引发关于笼罩一切的市场、资本与权力的认知与反思，进而不得不将科技与时代人文的命题提到目前。由现象生发出来的问题，比如从乡土中国到城镇中国，传统的转化、改造与创新，消费主义与产业化……诸如此类，也将敦促相关的理论思考。这既是文学的创造，也是批评的生产。重塑新人文主义的起点，不是形而上的理论玄思，而应该蕴藏在实践与实践中的思考里面。途径歧路丛生，并没有现成的地图，也不必祈望条条道路通罗马，因为唯一的目的地也许并不存在。

李洱、时代情绪与理念人的当代命运

要警惕那些自我阐释能力特别强的作家,他们可以就从国际形势到文化动态的各种话题侃侃而谈,理论术语信手拈来,"创作谈"写得头头是道。很多时候,他们可能是夸夸其谈、言不及义,或者眼高手低、名实不副,但评论者一不留神就会被牵引着落入彀中,被震慑并牢笼于他们的自我言说之中而难以自拔。在为数众多这样的作家中,李洱可能是一个异数。毫无疑问,他是一个极具天赋和知识储备的作家,他的创作理念与作品呈现严丝合缝,所以自我阐释也非常恰切,是少数真正具备自觉立意与技法的智性写作者,迄今为止还很难发现批评家能够越出他设定的理念之外。

一、虚无中的智性写作

我称李洱为"智性写作者",是因为他与那些凭借激情与本能的写作者不同——他既非纯粹理性,也并非情感灌注,就像他作品中所一再显示出的"零度"倾向。很显然,他对于自己的写作及写作对象都有着来自外部话语与直观感受相结合的认知与判断,其结论是不确定性:"当代生活或当代经验变得无法命名。作家要去呈现出一种无法命名的生活和经验,这本身就值得怀疑。"[①] 在这种"虚无与怀疑"的语境中,李洱试图找到

---

① 李洱:《问答录》,上海文艺出版社2013年版,第128页。

自己的命名方式，这种方式是基于对先锋小说的继承与超克之上的智性认知。

90年代的李洱曾经与朱文、韩东、刁斗、鲁羊等一批人被批评家视为"晚生代"或者"新生代"——那个群体基本上指称60年代出生并在90年代开始活跃于文坛的作家。但含混的代际划分无法廓清具体写作者的特殊内涵和独特创造，他们共同的地方可能只是在于普遍表现出带有情感疏离意味的日常生活琐碎与无聊感的书写；也因为缺乏系统而稳定的分析与传播，这些命名并没有成为主流的学术词语。李洱在当时也并非这群人中最为引人注目的人物。事实上，1986年，还在上大学三年级的李洱就开始发表作品，彼时马原、余华、苏童、残雪、孙甘露、格非等陆续以"先锋小说"掀起热潮，而李洱直到大约十年后才真正确立起自己的风格与主题。"相对于先锋性的叙事方式，对于李洱而言，更重要的是其背后的一整套学院知识分子的生活、思维方式。在此基础之上，他建构起一套相对稳定的理论体系，确立了对知识分子的身份认同。在家庭影响和学院教育的共同作用下，李洱最终形成了统一的知识分子写作立场，不论是面对知识分子叙述还是乡土叙述，都是在此立场之上的文学实践。"① 正是这种"知识分子写作立场"让他一方面区别于"先锋小说"，另一方面也不同于90年代大约同时代的"新写实小说"——他力求进行一种带有判断意味的智性写作。

智性写作有一种把握世界与时代"关键词"的野心，而李洱面对的却是一个无法命名的生活现场，个体经验的有限、原乡神话的破灭、知识者精神的分裂……诸如此类，使得他无法继续早先启蒙知识分子那种总体性的信念。无法确知的现实与意图把握关键词之间的吊诡，决定了他的写作的观念性。观念性体现为戏剧化故事的退却与情绪状态的凸显，故事的退化自先锋小说就已开始，但早期的先锋小说往往有着寓言与象征的企图，指向对某种崇高意识形态或刻板僵化教条的拆卸与隐喻。到了90年代，颠覆的激情逐渐弥散为一种情绪状态，那种状态是"后革命"时代弥散性

---

① 邵部：《论李洱的知识分子写作》，《当代作家评论》2016年第1期。

主体的外显,并不一定具有积极变革的意图,而表现为犬儒般的反讽、荒诞的表象与漠然的况味——这是由现实浇灌出来的存在主义。相信任何一个读者,从阅读的直观体验都可以感受到这一点:几乎无法给李洱的小说进行情节梗概的精准概括,它们只是一些琐碎事物和心理活动乃至情绪的堆积,作为传达观念的载体与程序。

很多评论者都注意到李洱与加缪(Albert Camus)之间的关联[1],在"李洱作品系列"的"自序"中,他直接表明:外国作家中,唯一全部读完的是加缪。《导师死了》(1993)这篇成名作就是非常加缪化的作品,面对死掉的导师,叙述者研究生与叙述中人尤其是导师的夫人缪芊同样心不在焉、漫不经心,人物是没有个性的人,甚至语言与叙事风格都是译言体的。两代学者代际更迭而又天下无事,充满疏离与无动于衷,世界仿佛既荒唐无稽又合乎情理。《加歇医生》(1994)同样如此,我们几乎可以忽略这个作品与凡·高《加歇医生》的互文——不过这也正说明李洱此际写作对于经典文本与观念的依附性。副院长加歇的医生与护士同事都知道他生病住院了,但并没有表示出任何情感意义上常见的同情或怜悯,而是神情诡秘地传播着这个消息,关乎生死的命运被他们处理为一个疏离的流言。"加歇住在三楼的楼道拐角处,病房的号码是371号。那是一个双人病房,另外的一个病人患的晚期肺癌,估计很快就会死掉。负责安排房间的那位中年妇女对加歇暗示说:很快,你就可以单独享用这间病房了。"[2]我们会看到,并非个人恩怨造成了同事的冷漠,冷漠者是包括他的妻子儿女在内所有人——世界本身无差别地冷漠,残酷而不自知。荒凉人世只是主观感受,无碍于世界更高层面无情的存在。因而当加歇在深夜中咳血醒来,被孤独笼罩时,他的自哀自怜以及所可能引发的哀怜很快都被解构掉。

观念性作品的特点就在于它在日常书写中的超越性与哲思式尝试,那些命题总是与一些终极的哲学命题相关联,比如生、死、历史、崇高之类。如果说《导师死了》《加歇医生》盘旋着死的空洞,《缝隙》(1995)则

---

[1] 李音:《"应物兄"与"局外人"——评李洱小说〈应物兄〉》,《文艺论坛》2019年第3期。

[2] 李洱:《加歇医生》,见《导师死了》,上海文艺出版社2013年版,第95页。

始终萦绕着生的疑惑。大学里的副教授孙良的日常百无聊赖，带着怏怏的气息，似乎对生活本身就不感兴趣，唯一跃动着的不过是出自本能的生理欲望和芜杂的念头，而那种欲望也是缺乏激情的。即便是妻子的怀孕也并没有改变这种状态，事实上他"对那个尚未出世的孩子产生出一种厌倦、厌恶的感觉，那个孩子甚至不可能比邻居家的孩子可爱。现在钻在杜莉子宫里的孩子说不定正像杜莉一样昏厥不醒，它是被酒泡醉的，被烟熏迷的，天生是个烟鬼、酒鬼。而且，它是否能活着出来，眼下还说不准呢"[1]。生活在这里充满了无意义感。

历史（及其所隐含着的知识秩序与权威）以及崇高（及其所蕴含着的美学价值）同样面临危机，这在80年代末到90年代的解构式历史书写中屡见不鲜。如果说"新历史小说"延续了先锋小说对正史的反拨式逆反，李洱则直接对历史话语本身进行了"元书写"。《遗忘》（1999）围绕着嫦娥下凡或嫦娥奔月的研究，显示出知识或者学术的严重内卷与无聊化。对套话的戏拟、对神圣性的解构、关于历史与书写之间的拆解、黑色幽默与反讽……充斥在这个荒诞而机智的小说当中。历史与反复、真相与虚构纠缠不清，实在界与象征界浑然一体，"虽然死于当今，却可以生于来世"[2]。到《花腔》（2001），李洱已经将这个主题做到了极致，此后再也没有任何关于历史的圈套与诡计的剖析能够与之比肩。

如同历史与现实之间界限的暧昧模糊，作为沉迷在"现实和梦境的边缘地带"的人，李洱的主人公们"既厌生又怕死"，这种状态基本上可以归结为"午后的诗学"，一种在激情破灭后倦怠而无聊的时代情绪。这使得他的作品充满反讽与黑色幽默。《午后的诗学》发表于1998年，展现90年代初对人文话语或公共性议题感兴趣的知识分子生态、氛围及其在后期的变化。大学教授费边和他的朋友们充满激情的袖手空谈，言不及义却又睿智无比，在机智的讨论与辩驳中知识互文生发出精彩的化学反应，有时候甚至能让人有智力上的愉悦。然而更多时候，他们的知识成为负担

---

[1] 李洱：《缝隙》，见《导师死了》，上海文艺出版社2013年版，第81—82页。
[2] 李洱：《遗忘》，见《午后的诗学》，上海文艺出版社2013年版，第138页。

与束缚。也就是说，在涉及任何一个词语、现象或者事件的时候，他们无法直接面对对象本身，而必须借助于已有的话语或者概念，因而在很多时候并非他们在说话，而是被话语所言说。

二、局外人的精神危机

内心独白与自我对话式的叙述状态贯穿在李洱90年代直到2018年《应物兄》的叙述之中，敬文东将其归纳为"腹语"[1]，并解释为一种内省与反求诸己，这是虽然并未"失语"，却失却了言说能力的一种扭曲反映。这使得他的人物总是"局外人"。就像《悬浮》（1998）里报社记者杜衡用别人给他起的外号称呼自己，这种第三人称的自称"带给他一种局外人的感觉，仿佛他所做的一切都游离于自身以外，使他能逃脱道德的藩篱"[2]。这样不负责任、总想逃离、分裂的"局外人"面目模糊，形象含混。他们几乎全是观念人，而不具备肉体的具身性，构成了李洱写作的全部人物特征，而他们又几乎都附着在"知识分子"这一身份上（相形之下，李洱笔下的农民与干部基本上被淹没了），却又不同于文学史上那些"多余人"——"多余人"会将自身同时代、社会、国家联系起来，而"局外人"则竭力避免与外部世界发生关联。

"知识分子"这一概念当然是现代发明，但是中国传统社会结构中并不缺乏相关的角色与身份意识：士大夫阶层。这种旧式精英在近现代中国转型过程中，接受并转化了西方启蒙运动以来的相关理念，从而重塑自我，形成一种有力的政治与社会变革推动力量。他们的力量来源于先导性的观念创造、精神生产和文化引领。

根据索维尔（Thomas Sowell）对知识分子与社会卓有见解的研究，知识分子被定义为"理念的处理者"，他们的工作"始于理念并终结于理念，不管这些理念可能会对具体事情带来何种影响；理念所影响的这些事情和

---

[1] 敬文东：《李洱诗学问题（下）》，《文艺争鸣》2019年第9期。
[2] 李洱：《悬浮》，见《导师死了》，上海文艺出版社2013年版，第179页。

理念所带来的这些影响，往往并非由知识分子所承担，而是由别人所承担。……理念本身不仅是知识分子功能的核心，而且也是知识分子成就的评判标准，同时还是这种职业经常具有的危险又活力的根源"①。在科塞（Lewis Coser）对"理念人"精炼的概括中，并不是所有学术界成员或专业人员都是知识分子。"理智（intellect）有别于艺术和科学所需要的智力（intelligence），其前提是一种摆脱眼前经验的能力，一种走出当前实际事务的欲望，一种献身于超越专业或本职工作的整个价值的精神。……大多数人在从事专业时，就像在其他地方一样，一般只为具体的问题寻求具体的答案，知识分子则感到有必要超越眼前的具体工作，深入到意义和价值这类更具普遍性的领域之中。"②这在西方世界几乎是一种共识，萨义德在其关于知识分子主题广为流播的瑞斯演讲（Reith Lectures）中同样将知识分子与"局内人、专家、小圈子、专业人士"区别开来，"局内人促进特殊的利益，但知识分子应该质疑爱国的民族主义，集体的思考，以及阶级的、种族的或性别的特权意识"，知识分子是"流亡者和边缘人（exile and marginal），业余者，对权势说真话的人"，他们的重任之一就是"努力破除限制人类思想和沟通的刻板印象（stereotypes）和化约式的类别（reductive categories）"。③也就是说，知识分子的现代角色从一开始就具有公共性质，他们在其理念生产与付诸实践的过程中呈现出真理、道德价值和审美判断的统一。其结果自然是知识与权力的共生：整饬芜杂的世界，对其进行解释，以明确的理性勾勒未来，通过必要的设计与控制手段，让它呈现出某种规划中的秩序。但是，一旦这种"知识-权力"的共生关系瓦解，则很大程度上可能会带来李洱所谓的知识分子的"悬浮"状态，它的公共性将随之烟消云散。

---

① 托马斯·索维尔：《知识分子与社会》，张亚月、梁兴国译，中信出版社2013年版，第5页。

② 刘易斯·科塞：《理念人——一项社会学的考察》，郭方等译，中央编译出版社2001年版，第2页。

③ 爱德华·W. 萨义德：《知识分子论》，单德兴译，生活·读书·新知三联书店2002年版，第5、6、4页。

回溯现代文化与文学的进程，中国知识分子在民族精神的重塑、现代国家的建构、新型文化的创造上的实践，确实表现出带有启蒙立法意味的公共性：传统意义上的立德、立功、立言被现代民族国家及其精神生产的重大事务统合在一起，感时忧国与个人襟怀有机整合于一体。但这只是短暂的联盟，或者说知识分子在特殊的危急时刻僭越了理念人的本分，而充当了时代精神与行动的代表。一旦国家体制与政党政治组织掌握现实政权，进入规范化改造与建设阶段，这种反常的情形就会得到修正。历史事实已经展现出现代中国的知识分子在完成民族解放与民族独立之后所经历的挫折与打击，他们一度被长期边缘化与污名化，也就是所谓的"知识分子的非知识化"。1949年之后建立的一整套新体制，特别是单位制度与户籍制度，将知识分子纳入其中，在他们身上逐一加上了工作证、档案、户口、粮食本等既给人保障又使人受约束的东西。经过近三十年的时间，"在制度的层面，他们成了行政化单位里的职工或干部；在意识形态的层面上，不论其知识水平与专业程度如何，他们总是处于被改造的位置上"[1]。与其他专业技术人员能够以实用的功能迅速进入系统与组织中不同，知识分子面临着身份危机与自我定位的艰难，这里已经埋下了后来主体溃散与虚无的种子。

如同贺照田的研究所分析的，社会主义初期的实践曾在人们内心构建起了一种对人生意义的高度强调与追问，塑造了将个体人生意义与革命大历史密切相连的理想主义意识与感觉结构。而"文革"所带来的挫折则使人们动摇了对于国家、领袖以及社会主义意识形态的信任，从而引发了此后的精神危机。虽然理想主义势能并未立刻消失，但因为在80年代初期一系列讨论中，主流意识形态偏向于"思想启蒙""人性"与"现代化"建设等方向的引导，未能建构起个体在历史中所处地位的有效阐释，来承接社会主义初期形成的理想主义意识结构，从而造成了一系列精神上的退缩。[2] 由于宏阔长远的目的论被暂时搁置，手段与过程凸显为时代主潮，

---

[1] 黄平：《当代大陆知识分子的非知识分子化》，见罗岗、倪文尖编：《90年代思想文选（第一卷）》，广西人民出版社2000年版，第409页。

[2] 参见贺照田：《从"潘晓讨论"看当代中国大陆虚无主义的历史与观念成因》，《开放时代》2010年第7期。

知识分子在这个过程中被技术化和专业化。实际上在70年代后期,邓小平就开始提出科技(知识)是生产力的问题,调整了知识分子在社会结构中的位置,在80年代后期明确提出"知识分子是工人阶级的一部分","要把'文化大革命'时的'老九'提到第一",①给知识分子的社会角色以重新定位。但是在"科学技术是第一生产力"的指针下的"现代化"诉求中,现代科学固然并未排斥人文科学,但毫无疑问直接作用于生产力的科学技术才是重点所在,"知识分子"其实更多指向科技知识分子,而不是人文知识分子,即本文所谓的"理念人"。

搁置理念的探讨,即回避乃至逃避意义的追寻,循此逻辑,再经历90年代初的体制改革与市场化冲击,知识分子对于自身活动领域的合法性论证都成为困境。许纪霖曾经谈到90年代知识分子的三大挑战:一是公共性的丧失,二是再度边缘化,三是后现代的崛起。"第一波的挑战是从知识体制的内部来瓦解知识分子原来的基础,把知识分子改造为服从日趋细化的知识分工的技术型专家;第二波挑战则从社会体制上使知识分子不再处于整个社会的中心,而只是社会中众多分子中边缘的一员而已;而第三波挑战更是从话语的方式上完全颠覆了知识分子原来存在的所有自明性和合法性。"②许说到的知识分子的"中心"位置其实是短暂的现代时期所形成的错觉与幻觉,但是其他的判断是有效的,其中话语方式上的挑战尤具有根本性的影响。后现代性是后存在主义式的,存在先于本质,秩序无法优先于实践,可是主体性消散之后,选择与责任就被放逐了,相对主义成为集体无意识——这正是搁置对于意义与目的探讨后所造成的匮乏,成为知识分子日后长期难以摆脱的精神困扰。

在回首90年代知识分子的经验时,李洱曾经概括过他们的双重痛苦,"一种可以被称为传统的痛苦,比如贫困、专制、暴力、愚昧、压抑,依然让中国知识分子忍受着良知的折磨……一种难以承受的'重'。……除此之外,中国已经被深深地卷入了全球化和世俗化的浪潮之中,所以中国

---

① 邓小平:《科学技术是第一生产力》,见《邓小平文选》(第3卷),人民出版社1994年版,第275页。

② 许纪霖:《新世纪的思想地图》,天津人民出版社2002年版,第27页。

的知识分子还感受到另外一种痛苦,这种痛苦对中国人来说还比较新鲜。那就是在中国长达百年的乌托邦梦想破灭之后知识分子灵魂的空虚,由于现代技术对人的统治而带来的无力感,以及被压抑的欲望获得释放之后的困乏状态",这种痛苦可以称之为"无法承受之轻"。① 显然,他对自己的观察颇为在意,几年以后在另外一次演讲中重申了这个表述。② 这也构成了90年代各种后现代主义、后殖民主义、后结构主义的"后学"在中国兴起的精神背景,知识分子在其中欲拒还迎,似乎遗世独立,实际上随波逐流而不自知。

三、猥琐美学

作为对时代变革中的双重痛苦的反应,知识分子的价值取向在20世纪末出现分歧,陈思和将其概括为失落了的古典庙堂意识、虚拟的现代广场意识和正在形成中的岗位意识③,而"岗位意识"则被视作知识分子的本分职守:不仅仅是一份谋生的职业,也是发挥批判功能的处所,更是维系文化传统的依托。显然,这篇"人文精神大讨论"中的文章在试图为知识分子的技术化与专业化正名,它回响的是班达(Julien Benda)的论调。班达曾经将19世纪以来欧洲知识分子被种族、阶级、民族的激情所感染,"尽一切所能坚决地煽动现实主义"的态度称为"知识分子的背叛"④;在他那由启蒙理性所形成的普遍道德观念中,知识分子应该是超越性的存在,类似于中世纪的神职人员,应该远离政治利益、政治激情与政治活动。

---

① 李洱:《中国当代小说中的知识分子》,见《问答录》,上海文艺出版社2013年版,第383页。

② 李洱:《传媒时代的小说》,见《问答录》,上海文艺出版社2013年版,第403—404页。

③ 参见陈思和:《知识分子在现代社会转型期的三种价值取向》,见罗岗、倪文尖编:《90年代思想文选(第一卷)》,广西人民出版社2000年版,第372—386页。

④ 朱利安·班达:《知识分子的背叛》,佘碧平译,上海人民出版社2015年版,第217页。

然而他暧昧的地方在于认识不到那种观念本身也是一种政治,并且社会中从来不存在非政治性的飞地。尽管班达的书在其出版的20世纪20年代就已经是过时的反潮流的产物,他对真理、正义和权利的阐释都失去了独立的参考点,他也做不到自己所主张的远离政治激情,但是如同景凯旋所说,他的部分观点依然触及了现代的一个根本问题:"宗教衰退后的世俗化进程始终缺乏道德的形上根源,基于人的主观思维的世界图景无法建立起普遍、恒定的伦理,最终必然会导致道德虚无主义。"①

景凯旋所说的"宗教"在中国语境中可以置换为"信仰/理想",在"告别革命""不争论"的年代,科层政治与资本、技术等世俗权力令知识分子丧失其卡里斯马的文化英雄性,出现了"午后"的倦怠,面对轻重的双重现实痛苦,却并没有苦闷、失望、焦灼、困惑与挣扎。至少在李洱的书写中,"人文精神大讨论"所显示出来的苦闷与焦灼被转移了。李洱《喑哑的声音》(1998)中有一个不经意的细节解构了"人文精神大讨论"的忧患或矫情:孙良到济州师院讲座,因为听众喜欢热门话题,便介绍了"已接近尾声的人文精神大讨论"。显然他是当作逸事来介绍的,讲完之后顺便签售自己的著作,卖了一千五百多块钱(这在当时算是不菲的收入),并且邂逅了一段不投入感情的艳遇。他已经全然没有人文精神讨论中知识分子的道德担当与激情,而是迅速融入"活着"的现实之中。这种现实是商业逻辑、消费主义与薄情寡义的,而责任、道德与情感只能发出"喑哑的声音"——可见知识分子以其自我反思的天性,不仅对他人与社会充满批判意识,对自己刻薄起来尤其犀利和狠绝。但这里李洱并不是要批判什么,而是进行一种局外人般的描述。

现代文学以来,书写知识分子题材并没有占据主流,却也不绝如缕。鲁迅《孤独者》《在酒楼上》《伤逝》《孔乙己》《高老夫子》,叶圣陶《倪焕之》,钱锺书《围城》,杨沫《青春之歌》,白桦《苦恋》,张贤亮《灵与肉》,杨绛《洗澡》,贾平凹《废都》,宗璞《南渡记》,张者"大

---

① 景凯旋:《古代知识分子与现代知识分子》,见朱利安·班达:《知识分子的背叛》,佘碧平译,上海人民出版社2015年版,"导读"第13页。

学三部曲"《桃李》《桃花》《桃夭》，邱华栋《教授》，方方《行云流水》，阎连科《风雅颂》，阎真《活着之上》……一百多年来，知识分子在文学中的形象屡经变异，应不同时代意识形态的重构而呈现出从启蒙精英、社会中坚、文化主体到世俗化中的常人、"小世界"里的专业人士、平于现实乃至低于现实的日常生活猥琐之徒的总体趋势。到了李洱这里，无论是费边、孙良，还是应物兄，理念人都成了猥琐者，他们与同时代的张晓刚、岳敏君、方力钧等人的艺术作品中的人物形象相似："所有人的面庞、表情如出一辙，你看不到内在的丰富与复杂，他们是冷漠、乏味、'无个性的人'。这些形象是缺乏内在人格的机械人，对比加缪式的'局外人'就可以看得更清楚，后者是个性化的疏离，无个性的猥琐者则在漠然中还关心金钱与肉体。猥琐者的当代艺术形象与文学同步在日常生活审美化中逐渐确立起来，更多是岳敏君《标志性笑容》所呈现的那些闭着眼睛、张着大嘴憨笑、没有脑子的中年人，同样千面一人，投射出权力体制下的模式人生、机械复制时代的人格。唯一不变的是无所用心，那洞开的嘴巴如同无底的深渊，是无尽欲望和自渎满足的黑洞。它们不恐惧，引起不了净化与陶冶的心理机制，却令人不安和沉沦。方力钧的光头男与憨笑者之间有着惊人的相似，较之于蒙克被压抑的无声《呐喊》，方力钧的光头们在沉默的内心里嚎叫，张开嘴巴，里面伸不出舌头，只有空空荡荡，那不是被压抑者的呻吟，而是自我压抑者的慵懒、厌烦和倦怠。"[1]

　　理念人的退化，可以从社会学上得到解释，如同鲍曼所说，当他们无法拥有普遍立法者的权威时，就会要求退缩到相对安全的地带，以确保自己不再受到挑战，"这个在理智和理性的名义下的立法统治的领域，被限制于特定的精神领域：严格意义上的科学与艺术。也就是说，知识分子角色的立法模式被解释为由某些条件所决定的，通过这些条件，真理或'好的艺术'可以得到普遍承认，得到权威性的认可，等等。这是一种元科学或元美学的方案。其意在为知识分子活动自身——这一次不是为世俗权力——提供基础、正当性和合法性。……这一策略是以自我为中心的，是

---

[1] 刘大先：《猥琐》，《十月》2017年第2期。

自顾自的"。① 所以，我们可以看到小说家以文学史的经典命题进行写作，脱口秀演员以其他演员作为吐槽对象，时尚设计师与艺术家流行拼贴与混搭风格……这是一种"向内转"的自我耽溺——理念人尽管失去了宏观世界中的普遍主义形象与权柄（如果曾经短暂地拥有的话），却很难放弃在其内部传统中的野心。或者说，当他们无法再对改造外部世界怀抱信心时，那种残存的能量转移到圈子化的内部。

在一个几乎已经被忘记的短篇小说《错误》（1997）中，李洱勾勒了世纪之交知识分子的形象。在小说开头，李洱就用精短的文字暗示了大致的背景：1997年春，在社科院工作的张建华即将评副研究员，他已经离婚，对生活有着百无聊赖的期待。因为偶尔改变习惯，他去收发室转转，居然收到以前朋友的来信。诡异的是，这是一个陌生女人的来信，讲述她与不同陌生男人的莫名其妙的故事，那些男人的角色似乎是"雅皮士"，但"他觉得这个词不够恰当，还是'无赖'一词更恰当贴切一些"。② 在阅读来信的过程中，张建华对写信的女人进行查找，但一无所获。他开始期待自己也进入女人的叙述中。当终于在新的来信中读到关于自己的描述时，他却觉得完全不像自己。

我们可以将这个故事理解为一个卡夫卡式的荒诞故事。有意思的是张建华的反应。他在读信的时候"听到自己的笑声。那声音像猫头鹰在叫，一点也不好听。他笑了一会儿，看看四周。同事们都在看报或下棋，没人注意他"。"通过挂在报架上方的那面破镜子，他第一次看到了自己读信时的模样：虚肿的脸，发红的鼻尖，猿猴那样的厚嘴唇，僵硬地耸起来的肩膀。耸起的肩膀，似乎只有一个目的：把他的脑袋藏到身体里面。"这个拉康式的场景，投射的是时代知识分子的自我印象。张建华试图摆脱掉不适感，尽量说服自己收到的信是写给某个路人而错误地传递到自己手里，但是那种幽灵般的感受却萦绕不去："从某个地方传来一阵锉刀的

---

① 齐格蒙·鲍曼：《立法者与阐释者：论现代性、后现代性与知识分子》，洪涛译，上海人民出版社2000年版，第261—262页。

② 李洱：《错误》，见《喑哑的声音》，上海文艺出版社2013年版，第61页。后文本篇小说引文均出自此书，不再一一标注。

刮磨声。他逃进了房间。在影影绰绰的昏暗中，他期待着捕捉那个声源。他再一次没能如愿以偿，因为他没有料到那声音就发自他的脑壳，就像源于梦境的最深处。"这种自我关注出自人物内倾式的体验，成了衔尾蛇，在自我循环中达至想象中的无限。

大众社会全面来临，理念人只是成为其中自我证成的一员，推进了虚无主义的泛化，从而倒转了知识分子的形象。从这个意义上来说，《应物兄》坐落在90年代以降的精神延长线上。应物兄最后出事故的场景颇具隐喻意味：

> 当对面车道上的一辆运煤车突然撞向隔离带，朝他开过来的时候，他已经躲开了。他其实是被后面的车辆掀起来的。……他现在是以半倒立的姿势躺在那里，头朝向大地，脚踩向天空。①

知识分子在巨大的变迁中并没有遭遇直接的冲击，只是被社会浪潮不自觉地掀翻。"头朝向大地，脚踩向天空"，这是一个颠倒了的意象，暗示了理念人在当代的命运——当虚无主义成为知识分子不假思索的语法的时候，他们注定将成为荒野中的游魂，与其最初的理念背道而驰。显然虚无主义者拆卸了革命、人性之类本质化、静态化与固定化的宏伟叙事，打开了复杂而开放的潜能，指示出与人密切关联的世界始终处于不断的生成之中，但它的后果是溃散性而始料未及的。克罗斯比（Donald A. Crosby）在分析了虚无主义的各种类型之后，提出了拒绝虚无主义的几个理由，其一是虚无主义建基的基本假设很难立足，不过是思想怠惰而导致的对于一些粗暴简单逻辑的重复；其二，它们描述片面的人类生命图景而过分聚焦于消极层面，从而很难公正对待可以起到平衡作用的积极层面；其三，虚无主义者看上去玩世不恭，内里却又单纯至极，有种对于理念世界不切实际的想象。因而他最后说道："一种有意义的生命是可能的，即使它不能得到确证……道德责任是有约束力而真实的，即使其形式不是无

---

① 李洱：《应物兄》，人民文学出版社2018年版，第1040页。

限绝对的……对只是的要求,可以被有意义地交流、辩护和批判,尽管关于所有有争议的问题——包括一些最为根本的问题——缺乏一些确定基础,难以达成最终共识。而且,我们还可以断定,这个如其所是的充满'瑕疵'的世界,正是人类精神的合适家园。"①

李洱完成了 90 年代以降虚无主义的文学书写,完全可以成为透视与分析晚近三十年来中国文学、文化、思想的切片。他的意义不仅是在文学史上的,更在于他及他的作品呈现出理念人退缩与内倾后文化逻辑的猥琐美学:"个人无力建构现实自我和进行建设性的思考,只能进行意淫,当意淫不再具有乌托邦维度,就化为猥琐……猥琐文化……是绝育的文化,只是不停地在复制自己的镜像。"那么我们需要进一步思考在这种语境中是否还有美学与思想变革与开掘的可能性。"禁止思想的不一定是某种强权形式,更有可能是习以为新常态的文化模式。反猥琐也许要我们重提起尼采般的思想之锤,去追问:你跑在前面?你是真实的吗?你是一个旁观者?还是一个动手者?或者是一个掉转目光的回避者?你想同行?还是先行?还是独行?"②这将不仅是对于文学,同时也是对整体性的精神生产的一个追问。

---

① 唐纳德·A.克罗斯比:《荒诞的幽灵:现代虚无主义的根源与批判》,张红军译,社会科学文献出版社 2020 年版,第 450 页。

② 刘大先:《猥琐》,《十月》2017 年第 2 期。

滕肖澜、市民故事与世情书的传承

一、从市民文学到"新-市民文学"

"城市文学"在晚近几年——至少在媒体上与批评视野中——几乎完全遮蔽了"乡土文学"的形象,这当然与城市化的快速进程有关。然而人们在使用"城市文学"这个词语的时候,往往缺乏细致辨析,因为它们会涉及属于不同层面的问题:城市题材写作,其中有着独属于城市经验的人物、现象与故事;带有城市观念与视野的多种题材写作,可能会涉及边远乡村乃至跨国的素材;从属于城市文学的市民通俗文学,它们只是其中的一个部类,并且有着悠久的历史传统。

现代文学以来的文学史中谈论到的城市文学,集中于北京、上海、部分东南沿海口岸城市和少量内陆颇具特色的城市,其话语多强调有别于占据主流的"乡土文学"大宗的断裂性体验,也就是说"城市"会被视作"现代性"展演与操练的处所与空间,而"城市文学"则连接着进化论式的时空观与世界观。这种情形尤为突出地体现在20世纪30年代"新感觉派"(刘呐鸥、穆时英、叶灵凤)的书写与叙述之中,而比他们更早的"鸳鸯蝴蝶派"那类基于城市生产、传播与消费的作品则很少被纳入"城市文学"的视野之中——它们会被视为通俗文学现象加以研判,一般不被认为具有美学或观念上的创新性。这一点非常有意思,因为"鸳鸯蝴蝶派"固然不乏吸收了现代西方文学因素的创造,但从观念上来说是传统市民文学的继承者,其历史甚至可以追溯到"唐宋变革"后市坊瓦肆里通行的市井文艺(说书、戏曲等）。在现代文学观念的观照下，市井文艺、市民文学不惟缺乏革命性，甚至在激进的革命文化话语之中时常还有被污名化的风险与事实，因而注定会成为文学史书写的一股潜流。

20世纪80年代中后期，随着"通俗文学"重新被进行价值评估，市民文学才开辟出自己的合法性领地，而市民小说真正被作为一种文学创作打量（不同于王朔那种拆解与颠覆革命话语的写作），则是在20世纪90年代的市场经济体制改革之后。1994年9月，《上海文学》开始推出"新市民小说"联展，同时还相继开辟了"都市歌谣""都市女性小说"等栏目，持续了三年左右，后上海三联书店将此类相关作品及关于市民社会与市民文化的讨论择要结集为"新市民文丛"出版，包括《手上的星光》《都市消息》《几度风雨海上花》等书。

当时主持《上海文学》的周介人曾经指出，推出"新市民文学"并不是想倡导某种新的文学观念或方法，而是想寻找一个"生长点"，而这个生长点可能不在于作家的学识、才华或经验回忆，而在于作家主体与其所生活的时代的对应关系之中，即它是有着明确的现实对话性诉求的："希望作家从一个时段的种种政治的、文化的情结中伸出手来，抚摸当下的现实，对结束了僵硬的意识形态对峙的世界格局有新的把握方式，对逐步市场化的中国社会结构与运作有新的感应与认知，使文学对于民族的现实生存与未来发展有新的关怀。"在周介人的设想中，这个"新市民小说"并非"新－市民小说"，而是"新市民－小说"，着眼于变化了的写作主体与写作对象："指我国社会主义市场经济开始启动后，由于社会结构改变，社会运作机制改型，而或先或后改换了自己的生存状态与价值观念的那一个社会群体。这个群体的涵盖面不仅仅局限在'都市'，而且辐射到我国广大的农村与乡镇。"[1]他所点评的邱华栋、张欣、唐颖、殷慧芬等人的作品也确实显示出"新市民"（外省青年、白领丽人、正在兴起的"小资"）在情感结构与感觉方式上的新质——他们普遍有着一种社会主义市场经济改革过程中的混乱、迷惘、沾沾自喜而又雄心勃勃的气质。

---

[1] 周介人：《谈谈"新市民小说"》，《当代作家评论》1996年第1期。

"新市民小说"的召唤与扶持,不仅是20世纪90年代政治经济体制改革作用于普通民众的现实结果,也是自20世纪80年代末以来知识分子在思想层面上对于宏大叙事与崇高意识形态解构的反映:文化上呈现为主流意识形态、精英知识分子与市民社会的三足鼎立的格局,文学上出现逃遁与入"市"的不同形态①。"王朔热"的出现,意味着精英文人的启蒙与"代言"形象与幻象从内部与外部都遭到冲击,市民文化作为世俗生活的实在表征,被批评家视为映衬出虚假的知识分子话语的平民化真诚的"内心话语"②。从话语空间的角度来说,市民文学与彼时关于"市民社会"的政治制度与公共空间的讨论形成彼此的互文与同构,即在"现代化"的共识中,谋求"'国家与社会的二元观'替代'权威本位(转型)观'"③。但是,今日回头再看,中国的国家建构与社会治理无法用资本主义国家的"市民社会"理论一言以蔽之,因为"国家"与"社会"长期以来并没有构成二元对立项,所谓的"公共空间"很大程度上离不开主流意识形态(改革开放与市场化)的深度参与。如果粗略一点说,二者是彼此包容的,无法剥离开来进行讨论,在涉及社会主义中国的土地与农业改造以及工业化发展的过程时,尤其如此。

20世纪90年代"市民社会"的讨论可以视为个人意识、市场逻辑与科技传媒所开拓的公共场域融合的产物,在文学中反而是自上而下的精英观念占据主导,而非自下而上的平民意识的自觉生长与蔓延。改革的"阵痛"中夹杂着日常生活与市民话语的欣喜与吁求,更多延续的是80年代末的后革命话语,顶多增加了消费主义的新质,因而可以顺理成章地看到"新市民小说"以降的城市文学的形形色色浪潮,诸如散文热、新写实小说、美女写作、青春文学、中产阶级美学、底层写作……更多是由精英文人倡导或者商业化的操作。这其中被仓促命名的"新生代""晚生代""新状态"(韩东、朱文、刁斗、徐坤、李洱、东西等)或者早期的"70后写作"(卫慧、棉棉、安妮宝贝等)基本上可以视为个人主义、世纪末的颓废与消费

---

① 祁述裕:《逃遁与入市:当代知识分子的选择和命运》,《文艺争鸣》1995年第4期。
② 李劼:《王朔小说和市民文学》,《上海文学》1996年第4期。
③ 邓正来:《国家与社会——中国市民社会研究》,四川人民出版社1997年版,第3页。

观念的糅合。他们与艺术界出现的"玩世现实主义"（方力钧、岳敏君、刘炜、杨少斌等）在传递无聊情绪、"一点正经没有"的犬儒感上如出一辙。①但有一个关键的共同变化体现在，日常生活成为一个统摄性主题，它成为各种表述都无法摆脱的一个大话语。

只有在晚近三十年城市文学的发展进程中，才能更清楚地给予滕肖澜一个定位。作为一个后出的"70后"作家，她的题材主要集中于现实的上海故事，早期的写作并没有呈现出有别于其他同龄作家的特色，可以概括为现代小资美学在城市书写中具体而微的表现，而日常琐碎的细节刻画、细腻情感与情绪的弥漫、个人化与身体感觉的关注都显示出新世纪城市题材小说的共性——可以视为90年代中期"新市民-小说"的精致化。但近期的作品则出现了文体与观念上不自觉的改变。《心居》是其最新长篇小说，以房屋为中心讲述当下的上海市民生活。住房制度改革于1994年在全国大规模展开，但1991年2月上海就出台了《上海市住房制度改革实施方案》，可以说是住房市场化改革的试点与起点之一。②以关系着国计民生的重大事象为主题切入点，让购房、卖房、炒房、置换、出租为市民生活的中心连接点展开，使得《心居》成为继王安忆《长恨歌》、金宇澄《繁花》之后书写上海最为有力的作品。

上海故事从韩邦庆《海上花列传》、朱瘦菊《歇浦潮》开始，到张爱

---

① 关于美术上的"玩世现实主义"讨论，参见召弓：《简议"玩世现实主义"》，《艺苑（美术版）》1996年第1期；何桂彦：《破灭的乌托邦与回归现实——对"新生代"、"玩世现实主义"、"新伤痕"的回顾与反思》，《东方艺术》2010年第1期。

② 住房改革有个持续市场化的过程，无疑不仅在经济上，同时在观念上改变了城乡关系、情感关系与伦理关系。1998年7月3日，国务院发布《关于进一步深化住房制度改革加快住房建设的通知》，宣布全国城镇从1998年下半年开始停止住房实物分配，全面实行住房分配货币化，同时建立和完善以经济适用住房为主的多层次城镇住房供应体系。2003年，为了促进房地产市场的发展，国务院发布了《关于促进房地产市场持续健康发展的通知》，提出各地要根据城镇住房制度改革进程、居民住房状况和收入水平的变化，完善住房供应政策，调整住房供应结构，逐步实现多数家庭购买或承租普通商品住房。关于房改的过程与得失参见李剑阁主编：《中国房改现状与前景》，中国发展出版社2007年版；满燕云主编：《中国的住房改革及成效》，经济管理出版社2012年版。

玲与苏青,有着较为完整的市民文学线索,这条线索与茅盾《子夜》、周而复《上海的早晨》构成映照,一度在激进意识形态的压抑下藏匿隐没,但在90年代逐渐兴起的城市文学中重新被发掘出来(带有现代主义色彩的"新感觉派",反而没有张爱玲、徐讦这样更具都市浪漫传奇意味的作家更为流行)。《心居》接续了这条倾向于通俗大众的"海派"线索,一方面吸收了90年代文学以及新传媒叙事方式的滋养,而又并不集中于"新市民"人物性格与命运的描摹;另一方面则伴随着市民文化的日常化,体现出"新-市民小说"的传承,回归了古老的世情小说与奇情戏曲的传统,最终成为貌似接近巴尔扎克意义上的"风俗研究"而实则具有中国特色的"风俗画"。

二、当代世情书

《心居》是以万紫园小区顾家为中心讲述的当下上海故事。老二顾士宏妻子早故,一人拉扯大双胞胎儿女顾磊与顾清俞;顾磊怯懦无能,却娶了一个精明能干、一心要在上海扎根的安徽媳妇冯晓琴,并且有了一个儿子;顾清俞作为外企高管尽管事业有成,却因为暗恋初中同学、没落的世家子弟施源,三十多岁还一直未婚;靠炒房发家的展翔则迷恋顾清俞多年,也单身一人。老大顾士海、苏望娣夫妇原先是下放黑龙江的知青,返沪后含辛茹苦培养儿子顾昕,后者不负众望当了公务员,并被局长看重,将女儿葛玥嫁给他。妹妹顾士莲与妹夫高畅则是工厂职工,两人收养了高朵朵,要送她去国外学音乐。外围人物主要有冯晓琴的妹妹冯茜茜,一个野心勃勃到上海打拼的女孩;万紫园开按摩店的史老板,后来投资垃圾回收业务;顾清俞的闺蜜李安妮,有过一场跨国婚姻。人物关系交错繁复,情节琐碎曲折,举凡普通人的衣食住行、生老病死、婚丧嫁娶、育儿养老、柴米油盐、吃喝拉撒、求职创业都有所涉笔,而线索倒是清晰分明,就是"心"与"居"。

"心"是情感纠葛,包括看似淡漠而又坚韧无比的血缘亲情、虚幻而又惊心动魄的爱情、契约式的婚姻与利益纠缠的偷情与友情;"居"则围绕赠房、购房、租房、建房的生意买卖,奋斗升迁及外乡人的融入与离去。"心"与"居"的汇聚点无疑在"家",以至于虽然故事一开始的重心和关键冲突都放在房屋上，但随着情节的进展，重心失焦了，而变成了带有浮世绘色彩的生活流。从总体上看，这部小说堪称融合了感情、家庭生活与社会问题的当代世情书。

所谓世情书，在中国小说发生演变过程中由"志怪"与"记人"两类题材之别而来。鲁迅在《中国小说史略》中谈到明代"人情小说"时说道，区别于此前神魔小说的"记人事"的小说主要写"离合悲欢及发迹变态之事，间杂因果报应，而不甚言灵怪，由缘描摹世态，见其炎凉"[①]，他称之为"世情书"。向楷在鲁迅的基础上将世情小说界说为"描写普通男女的生活琐事、饮食大欲、恋爱婚姻、家庭人伦关系、家庭或家族兴衰历史、社会各阶层众生相等为主，以反映社会现实（所谓'世相'）"[②]。明代世情小说以"三言二拍"、《金瓶梅》为代表，写世态百相、欲望宣泄，间杂谐谑讽刺与道德教化，未必入木三分，倒也穷形尽相，对后来的小说影响深远。常被人论及的《红楼梦》《姑妄言》《蜃楼志》《泣红亭》《老残游记》《孽海花》等，可以视为世情小说的开拓、余绪或变形。清以后的世情书从主题上主要分化为三种趋向：感情（才子佳人）、社会问题（《儒林外史》）、家庭生活（《醒世姻缘传》《歧路灯》）。[③]按照小说史的一般描述，世情小说在清后期基本上已经走入末路[④]。但是兜兜转转，草蛇灰线，世情书的这三种趋向在《心居》中汇聚到了一起，见证了小说发展的隐秘脉络。关于这一点，后文再做阐说。

《心居》并没有像李劼人、汪曾祺那样对风景物象过多着墨，但对于人情风俗、心思情绪的细致描摹可谓世事洞明、人情练达。它的语言清畅好读，人物及故事平易动人，作者没有太多"想法"，但是有丰富的"生活"，没有先行的理念，只是在故事讲述中有着朦胧的意识。这一切使它具有简·奥斯丁式情节剧小说（Melodrama）色彩，也显示出了市民大众的趣味。缪尔（Edwin Muir）谈到"人物小说"与"戏剧性小说"的区别时认为，戏剧性

[①] 鲁迅：《鲁迅全集·9》，人民文学出版社2005年版，第186页。
[②] 向楷：《世情小说史》，浙江古籍出版社1998年版，第2—3页。
[③] 参见孟昭连、宁宗一：《中国小说艺术史》，浙江古籍出版社2003年版，第364页。
[④] 参见石昌渝：《中国小说发展史》，山西教育出版社2019年版，第716—719页。

小说"背景不变，向我们展示出行为者本身的一整套人生经验……场景不变人物变，人物因他们间的相互作用而改变"，是"各种经验方式的意象"。①《心居》正是如此，人物性格典型的刻画并不重要，甚至通篇都没有景物与外貌描写，更多是细描处于复杂关系网络中的生活经验。整个文本从语言到观念都是张爱玲式的，大量自由间接引语的插入与评价，让第三方视角既是全能的、洞察一切的，又是体恤的、与叙述对象和读者形成共情的，便于故事的铺展、接受和理解。

这一切是融合了古典世情小说与现代电视剧方法的结果。古典世情小说颇为戏剧化，体现为回环曲折有时甚至离奇荒诞的"奇情"。如同浦安迪（Andrew H. Plaks）在分析明代的"四大奇书"时谈到的，通俗说部转为文人小说过程中，传奇剧在技法与观念上产生了很大影响，②使之不可能不具有那些曲折奇情的结构与修辞。《心居》中的许多人物设置，就如同戏曲中的生、旦、净、末、丑的类型角色，只是功能化与工具化的存在——尤为明显的是施源（生）、顾清俞（旦）与展翔（丑）——有血有肉的反倒是以顾家老一代三兄妹为代表的那些小市民。同时，小说中有太多的巧合与牵强的情节，暴发户展翔暗恋顾清俞数十年如一日，顾清俞为了买房假结婚居然遇到了暗恋数十年的施源，顾磊下楼追赶负气出走的冯晓琴失足跌死，冯茜茜为了业绩与顾昕偷情，更狗血的是冯晓琴十五岁时就生有一个私生子而这一切顾清俞早就洞若观火……过于集中的事件发生在这些亲戚与邻居之间，固然显示了展示更为宽阔的社会问题的意图，却非常牵强。吊诡的是，它的细部与细节却又非常扎实可信，这种张力使得《心居》成为一出冲突密集的"戏"，并且是时下颇为流行的双女主戏（顾清俞和冯晓琴）。人物活动的场景变化与情节的转换，潜在地体现了电视剧编剧的痕迹。设想一下，它如果要改编为剧本，都不用大动干戈。

---

① 爱·缪尔：《小说结构》，罗婉华译，见卢伯克、福斯特、缪尔：《小说美学经典三种》，上海文艺出版社1990年版，第373页。

② 浦安迪：《明代小说四大奇书》，沈亨寿译，中国和平出版社1993年版，第22—24页。浦安迪：《中国叙事学》，陈珏整理，北京大学出版社1996年版，第194—196页。

顾清俞与施源假结婚后，第一次与顾家人聚餐，顾家三兄妹在一起聊天，其中有一段描写非常典型地体现出《心居》的语言运用、心理勾勒与娴熟的并置式结构：

> 苏望娣坐在一边嗑瓜子。这场谈话她并不十分参与，主要是倾听。顾士莲问一圈，信息搜集得差不多了。上海人，年龄相仿，国营旅游公司当导游，住在杨浦区。大概位置一查，老房子无疑，而且还是笃底的老房子。长相是不差，但以她多年阅人的眼光，总觉得干净得过了头，气质忒清汤寡水了。这年纪的男人若是混得好，多半都有些油腻，豁胖，话里夹着肉呷气。他竟有些学生模样。除非是再高一个层次，那就另说。但一个导游，又能高到哪里去？再怎样也有限。苏望娣一边想，一边得意，神情却愈是不露。这家里几个小的，顾清俞算拿得出手的了，拖到现在，也只是草草嫁了。女人事业上再优秀，嫁得不好，那就等于零。顾磊就更不用提，半瘸子，还娶个外来妹，都叫不响。自家儿子真正是鹤立鸡群了。本来还被这个大表姐压着，现在这样，瞎子都能看出谁好谁孬。刹那间，苏望娣觉得人生的意义都不同了，五色祥云在头顶环绕，忍不住便想要大叫几声。先抑后扬。满脑子都是这个词。谁能想到黑龙江混成狗的一家人，今时今日竟能如此？那时吃剩饭剩菜，自尊被踩在地上，踩了又踩。苏望娣每每想到那时的光景，就忍不住想哭。亏得儿子争气，夹缝里开出花来，好日子拦都拦不住。①

这是典型的上海市民之眼与市民思维，充满了盘算、计较、权衡，兄弟妯娌之间的比较也不乏争强好胜与扬扬得意，但这种市侩般的俗气却也无伤大雅，只是普通人情冷暖、世态炎凉的生态。《心居》整体上的观念

---

① 滕肖澜：《心居》，北京十月文艺出版社2020年版，第102页。后文引用本书，只在引文后标注页码。

认知，基本上停留在与市民等同的层面：它一定要形成完整的情节命运链条，要给予每一个人物与事件一个交代，而不是像现代主义小说那样多有留白，更主要的是，每个人的结局中隐藏着的伦理逻辑是最为古老而质朴的道德价值观念（善恶有报）。他们在小事上斤斤计较，有时候钩心斗角，但紧要关节却也不至于丧失大义。

整个小说中，与落难公子式的施源以及中产阶级白领顾清俞的缺乏人情味与自私相比，进城的"乡下人"展翔与冯晓琴的形象与性格更为立体与讨喜。尤其是冯晓琴，少时在老家生了私生子后远走上海，游走在男人之间，一心想往上爬，终于嫁给上海人顾磊，却因为过于强势造成了后者的意外身亡；与顾磊姐姐顾清俞之间可谓尔虞我诈，甚至到了撕开脸面的程度。这似乎是一个不择手段的女人。然而，她又有情有义、勤奋进取。当陌生的工人老黄出事，因为受到工厂阻挠被迫找到私人疗养机构，进入她操办的养老院时，她不仅贴钱看护，还拒绝了上门来说和的顾昕——因为此事牵连到顾昕在政府部门的违法操作。出于自保的考虑，顾昕希望她能够将心比心，但是冯晓琴出自本能地拒绝了他：

> 冯晓琴没想好该怎么回答，嘴巴比大脑快了一秒："——我要是站在你的位置，大概不会。"他怔了怔。她说下去："老黄我收了。不是故意跟你过不去。如果今天姑父不来找我，那就什么事也没有。可问题是，他找了我。不晓得是一回事，晓得了就是另一回事。你新闻里听说有车祸，哪怕死一百个，眼皮也不会抬一下，可如果在你眼前，一个人活生生被撞死，那就完全不同了。我也是有儿子的人，能理解老黄爸爸的心情。其实到这一步，最可怜的不是老黄，是他们老两口。你讲得没错，我来上海是想过好日子，但良心要是过不去，日子又怎么会好过？不要说'将心比心'这样的话，我心里想的，跟你不一样。我要是你，无论如何也不会接这差事。伤阴德的。"（396页）

冯晓琴最终诉诸"良心"与"阴德"，可见商业与市场逻辑并没有使素朴的道德操守泯灭——这是一个新故事外壳中讲述的古老的世道与人心，传统的情义观抵抗了"经济人"（Homo economicus）的实用理性。90年代在关于市民文学的讨论中，曾有论者将市民社会归为相对于官方的"民间"，三十年后再来看，《心居》中的这种民间道德并不一定是对立于一个假想的"官方"，它实际上是一种更广泛而普遍的心理积淀，远超越于任何官方以及新近勃发兴盛的商业化、市场化思维，是将后者包容在自身之内。

于是，在形式与内容、叙述手法与价值观念上，当代世情书都获得了与当代市民的亲近性，这是一切通俗文艺的本能。我将《心居》视作通俗的市民小说，丝毫没有贬低的含义。雅俗之分经过20世纪末一系列"后学"的洗礼已经不再有明确的界限，甚至可以说文体与文本类型都在趋于融合，显示了本土美学传统在经历了先锋文学等一系列创新变革后的复归。

三、奇情戏里"风俗画"

1995年，作家李国文在给一本"新市民小说"选集作的序中，简单地梳理了小说与市民的关系，对市民及其文学趣味并不抱很高的期望。在他看来，已经很难用经济或阶级分析的观点去认识"市民"了，"尤其是大城市里的小市民，既是一股涌动的力量，也是一种可怕的惰性。每一个细胞都有逃逸出这个整体的企图，无法实现以后，也能迅速找到乐在其中的理由。会对比他强的人嫉妒得心痒难禁，也会对比他不如的人，奚落耻笑而由此获得慰藉。这等人，永不满足又永远满足，有吞吃一头大象的欲望，而无捉拿一只耗子的决心。拜金和对权势的慑服，使得某一部分神经特别发达和敏感，但对庸俗，卑劣，堕落和无耻，又往往显得麻木和习以为常。一个个活得既开心，也不很开心，似乎痛苦，又并不十分痛苦。他们经常幻想上帝给他笑脸而不得，胆子特别小，野心又格外容易膨胀，自怜自虐，又自作多情。所以，那些编织出来的公子落难，小姐多情，后花园私订终身，上京赶考，状元及第，衣锦还乡的故事，还有苦尽甘来的大团圆故事，灰姑娘和白马王子的故事，穷书生的黄金屋故事，最能给他们以满足了。所以文学史上那么多小说能够弦歌不绝地传诵，就因为这些致瑰色的梦，给他们带来心灵上的慰藉"①。李国文认为，满足"荒唐的白日梦"形成了市民小说的模式。如果置换一下位置，从精英视角转移到平民视角，则会有一层同情之理解。而这种平民视角在新世纪作家那里已经完全成为习以为常、习焉不察的常态。

回顾小说的历史，最初不过是贩夫走卒、引车卖浆者之流的娱乐消闲读物，世俗性是其原生的本性。只是在近现代转型中出于底层启蒙的需要，小说才被精英士人提升了在文化等级中的位置，乃至于在现代文学时期成为塑造"想象的共同体"的利器，承担起文以载道、诗以言志的诗文正典的功能。尽管不乏种种"为艺术而艺术"类的争辩，但在审美愉悦、娱乐认知之外，现代小说被赋予了感时忧国、教育民众、抨击时政、揭批社会、改造思想、规划未来的各种责任却是事实。这本无可厚非，也是小说作为现代强势文体的多重意蕴所在，然而当文学外部功能被过于强化至其极致，则很容易落入所谓的工具论陷阱，从而丧失其主体性——它所表现的人及其生活是抽象的、理念的与符号的。这种情形在激进政治年代达到了极端，因而引发了"新时期"文学话语的反拨，将对于人与人性的追求拉回文学的中心，乃至走向了对现代主义的推崇备至。这又走向了另一个极端，人性在先锋小说及其后来者的表述中被狭隘理解，人的理想化维度被抽离，人及其生活则被贬低为自然的、肉体的与欲望的。无疑，这些关于文学的认知都是精英性的、文人化的，某种意义上在日益脱离小说亲近于民众的通俗本旨。

时至今日，文学在现代时期被赋予的众多责任与负担，以及在新时期以来所形成的文化资本，不管被动还是主动，都已经卸载掉泰半。在文学的读者日益被其他类型的媒介文艺所收割与吸附的背景下，必须重新思考文学在这个时代与社会中所扮演的角色，斟酌它的限度与可能性，以及实现美好愿景规划的潜能时所需要使用的手段、形式与技巧。我觉得，《心居》对于市民小说的传承与开拓，是其中本色当行的一脉。它与张爱玲那些在"鸳蝴派"杂志上发表的小说相似，带有平行于书写对象的共情与悲悯。理念与思想在这个时候让位于写作冲动与行动的本能，意义与价值则在故事世界中自行形

---

① 文平编：《情敌》，作家出版社1995年版，"序"第3页。

成,并会在读者与更广泛的受众那里得到回应、解释与阐发。在这个意义上,小说显示出它的开放性以及较之于其他文体真正的独特性所在。

巴尔扎克(Honoré de Balzac)在《人间喜剧》的前言中对司各特(Walter Scott)推崇备至,认为他"将小说提高到了历史哲学的水平……他给小说注入了古朴之风;他使戏剧情节、对话、肖像、风景和描写浑然熔于一炉;他兼收并蓄了神奇与真实这史诗的两大要素;他让高雅的诗意与粗俗的俚语辉映成趣",但是"他没有构想出一套体系",因而自己要完成前人所遗忘与忽略的"风俗史","编制恶习与美德的清单,搜集激情的主要表现,刻画性格,选取社会上的重要事件,就若干同质的性格特征博采约取,从中糅合出一些典型;做到了这些,笔者或许就能够写出一部许多历史家所忽略了的那种历史,也就是风俗史"。① 巴尔扎克在这样的宏大写作规划与目的中,陆续完成了一系列名为"风俗研究""哲理研究"与"分析研究"的小说。晚清至民国,从曾朴的《孽海花》到李劼人的《死水微澜》皆带有风俗史的意味,但这条小说路径很快因为前述各种文学内外因素的影响,而让位于社会剖析与批判式的现实主义小说,直到邓友梅、汪曾祺那些被认为是"世情小说"的作品那里才恢复了关于风景、风俗、风情的书写。此类作家都不是长于思想型的作家,作品题材与内容也往往与某种地方性文化相结合,侧重于景观物象与人情世故,所以不是巴尔扎克那种试图融合政治、伦理和审美一体化的"绝对文学"②。我们可以称之为一种中国化的"风俗画"小说。

"风俗画"小说的最突出特点在于从深度模式向表象模式的转变。深度模式侧重结构(分析)与观念介入,而表象模式则转为日常生活的直观映现,而尽量游离在意识形态论争之外。之前谈论 90 年代以来的"日常生活审美化",往往存在一个误区,就是将日常生活本身单维度化了,将它等同于物质、肉体与欲望的生活,但完整的日常生活既包括物质层面,也包括精神与心灵的向度。风俗画小说在社会生活的意义上,就是风俗人

---

① 巴尔扎克:《人间喜剧·第一卷》,多人译,人民文学出版社1994年版,第7—8页。
② 刘晖:《文学社会学烛照下的巴尔扎克与〈人间喜剧〉——读恩格斯的巴尔扎克论》,《外国文学动态研究》2020 年第 5 期。

情与心灵变迁的相互结合，只不过后者是通过前者的描摹曲折表现出来。滕肖澜的《心居》就是这种"风俗画"小说——大上海的小日子，这种市井风情画是市民文学在当下的呈现。它已经摆脱了精英文学或者"严肃文学"的观念束缚，而让文本呈现出奇情戏的模样。在这个过程中，它还注重可读性——到滕肖澜这里，技法的运用某种意义上合乎接受的需求，带有为消费主义辩护之意，但也并非刻意迎合，而是适应。

　　置入市民文学的脉络中，无论是手法还是观念，"风俗画"小说均是"日光之下并无新事"。这种"无新事"并非没有外在表象、物质乃至制度的变化，而是说某些基于人的饮食男女、趋利避害的本能，对于世俗快乐与安稳生活的追求，沉淀在集体记忆中的文化心理结构，以及长久以来看似被历史的飓风吹得七零八落而终究并未烟消云散的基本伦理观念与道德倾向，都还在那里。在细琐生活与赤裸心灵的短兵相接中，它让小说回到了它发生时候的状态，演述一段人事过往或者讲述一个引人入胜的故事，至于故事的意义与道德内涵则任由评说，因为"风俗画"自身就是一种心灵史。

徐则臣、郊区故事与流动性生存

在一篇讨论北京叙述与想象的文章中,我曾经分析过,前现代时期乡村与城市、城市与人之间相濡以沫的关系,伴随着工业化、市场化和技术迭代更新对于城市定位和功能的改造,以及社会流动机制的改变,逐渐发生了断裂。既有的共同体形态在现代性政治经济变革中失去了合法性,城市成了陌生人集合的契约性空间,所带来的是伦理道德与情感结构的重新组合。

一、永恒的暂时:漂泊者的隐秘激情

流动性人口及其携带与创生的经验,全面地改变了北京的文化地图。从20世纪90年代中后期,漂泊定义了北京这座城市在文学叙述中的面目。异乡人对于北京的隔膜,在新兴的商业进程中逐渐消解,北京在他们的心中、眼中、手中成了璀璨光华的应许之地。21世纪之后的头一个十年,北京经历了有史以来最为迅猛的野蛮生长,"人们在这个拼搏的城市中迁徙游荡,被划分为成功人士和失败者。愈加四通八达的地铁像北京的腹肠,将从北到天通苑,南至天宫院,西达苹果园,东抵土桥的远郊连接附着在'紫圈圈'的周围,似乎通过城市的流体与运动打破了原先地理上结构性的等级与距离,然而在地铁广播中时时响起的'共同抵制乞讨卖艺等活动'的播音,提醒了一种公共话语绑架常人情感的残酷现实——它以冰冷的理性呼吁人们拒绝良心的捐赠,教导着阴谋论与厚黑学。只有在最难被商业化的文学中才能略微窥见屌丝们的惨淡经营。我们看到荆永鸣笔下那些《北京候鸟》（2003）在资本铁蹄下的挣扎：城市发放给民工们的避孕套无处可施，最终成为贴在他们心头创伤的创可贴，貌似有用，却止不住流出的鲜血，阻碍了生产的可能。徐则臣那些《跑步走过中关村》（2008年）的假证操办者，从苏北的小镇走出来，梦想着不一样的北京，然而北京只是让这些边缘人一次一次进入到城市严酷的手腕之中。所以西单女孩纯净的《天使的翅膀》、旭日阳刚沧桑的《春天里》才会引起慰藉与共感"[1]。

写那篇文章的时候，我在北京已经生活了七八年，虽然知道自己可能从未进入这个城市的内心，却逐渐对它产生了一种细密而微妙的感情。这是一种因为同故乡慢慢疏远所滋生出来的无依无靠中的慰藉——最初懵懵懂懂地到来，充满了机遇的或然性，并无明确的规划与想象，只是为了生存随波逐流和随遇而安，日后漫长的岁月则将偶然的漂泊变成了一种难以摆脱的牵绊。我相信这种状态在绝大多数普通的"北漂"那里是一种常态，他们起初并没有雄心勃勃地做好准备，就一头扎进了自己的命运之中，只能在与日常生活不断的碰撞中踽踽前行。所以当我看到徐则臣的《北京西郊故事集》的时候，便有种心有戚戚的共通感。徐则臣与我同龄，比我早来北京一年，我不知道他具体经历过什么，但是他笔下的那些北京西郊边缘人物让我想起自己身边的许多北京东郊边缘人物——他们都只是站在城乡接合部的简陋屋顶上眺望着北京中心影影绰绰的灿烂与恢宏。

徐则臣的创作涉及的题材与体裁、数量与质量已经形成了颇为可观的体量，并且也得到了主流文学界的普遍认可。较之于《耶路撒冷》或者《北上》这样的长篇小说，《北京西郊故事集》并非他最具影响力或者代表性的作品，但是郊区故事一直是贯穿于他作品始终的题材，我感兴趣的是它所牵涉到的经验性事实与对于那种特定时空中经验的叙述；当然话又说回来，"影响力"与"代表性"也不过是我们时代媒体曝光率和读者关注度的不可靠与不稳定呈现。作为一位成名多年的作家，徐则臣的相关评论已经非常多，我初步浏览了一下，最多的是就他的某些作品做鉴赏式的评论，

---

[1] 刘大先：《看得见与看不见的城市》，《艺术广角》2012年第6期。

或者就作品的主题进行分析，或者将他置入北京文学的谱系之中，讨论文学北京与北京文学的新变。其中，关于"北漂"尤其是以边缘人物的生活与经历为题材的小说引发颇多诸如"底层"问题的思考。也有人认为，他对贴近现实的"现象"的书写如果转化为对"文明"的书写，则境界可能更有所提升。我并不认同这样的观点，反倒觉得他的关注"现象"的作品其实隐含着我们时代最为重要的议题之一，但此前的相关评论似乎并没有萃取出理论性的命题。这里涉及徐则臣的写作观念与表述的风格与技法问题。

如果从印象上概观，我可以把写作分为两大类：一种是情感与心灵式，写作者也许有一个朦胧而含混的意图，但对于将要创作的作品并无明确的主旨设定，只是凭借本能、冲动或者天赋的神秘才能，呈现出气象混沌、泥沙俱下的文本；一种是理性与头脑式，写作者受过严格的训练，或者个性偏于冷静与逻辑思维，在着手创作时会做出严格而精密的规划，并且有着强大的自我阐释能力。一般来说，第一种写作容易被加上浪漫主义的天才滤镜，并且那种文本因为充满了歧义和开放空间，特别令批评家与读者津津乐道；第二种写作则往往让人无话可说，因为作者足够聪明，将自己的观念传递无误，技法与语言也控制得恰到好处，很少留下破绽与缝隙，这容易让专业鉴赏者感到不满，但对于普通大众或者类型文学接受者来说则是理所当然之事，他们并不喜欢漫漶迷蒙、旁逸斜出。当然，这种分类也只是一种便于言说的概述，不同写作者很难在具体的写作中判然二分，我也并不认为不同类型的写作在价值上有多大的高低之分。不过，徐则臣的小说尤其是长篇小说显然更像是那种"头脑式"写作，即非常清楚自己要表达什么，并且对自己的表述掌控得很好，主题明确，手法娴熟，经得起学院式批评的庖丁解牛，也清通流畅，易于被读者接受。他的问题只是在于缺少恣肆蔓延、横无际涯的文本表现上的铺张扬厉，但那也未必是小说所必需，也不能证明一个写作者内在没有隐秘的激情。

《北京西郊故事集》可能就属于那种隐秘激情的产物，延续了他最初创作的母题，书写了一批"花街"到北京的漂泊者，因为是经验的产物，所以携带着中立视角所无法遮蔽的情感。如果放眼中国当代文艺，会发现一个有意思的现象，即随着90年代开始的市场经济改革、城乡二元结构松懈，人们原先的社会身份与角色发生了潜移默化的变化，下岗工人、进城农民、商人成为"时代形象"，出现了一批嗅觉敏锐的观察式文艺作品，将漂泊与流浪作为主题，比如被称为中国最早的独立纪录片的《流浪北京》（吴文光，1990）、讲述保姆遭遇的《远在北京的家》（陈晓卿，1993）、讲述人力车夫故事的《城乡结合部》（张战庆，2001）、记录物业工人生活的《高楼下面》（杜海滨，2002），还有反映东莞"三资企业"中农民工的《厚街》（周浩、吉江红，2002）。而这个阶段的文学则甚少有这方面的题材，更多沉溺在"新写实主义"中的城市日常生活或者稀释改制痛苦的"分享艰难"式作品，以及以"中产阶级美学"和"小资情调"为时尚的流行文化想象。与蓬勃发展，但尚未建立规范秩序的城市化进程相呼应，彼时的城市体裁文学昂扬着一种资本主义上升期般的个人奋斗与财富梦想的激情。

到了21世纪之后，贫富分化与阶层割裂的现实促发了对于所谓"底层"与边缘的明确关注，这个时间正是徐则臣开始在北京生活与写作的时候。如果说2008年北京奥运会的举办彰显了中国整体性综合国力的跃升，那么2009年诞生的两个堪称现象级的作品则显示了在高歌猛进的北京发展背后的另一面：一个是《蜗居》，一个是《蚁族》。这两个作品的标题一度成为后来通行的热词，后者甚至让北京西北郊的小月河、唐家岭，与早先流浪画家聚集的圆明园、摇滚乐手聚集的树村一样成为某种地标性的意象。不同的是，小月河与唐家岭的居民已经完全褪去了浪漫与叛逆的人文色彩，而成为普通打工仔、下岗职工、大学毕业生挣扎的处所。他们是这个城市话语中的隐形存在，一只"房间里的大象"。

《北京西郊故事集》中的作品就是从2010年开始，这个时间节点颇具象征意味，暗示了繁华景象之后被遗忘的族群。这些作品不是讲述一群农民工"进城"的故事，而是一群青年欲进城而不得的故事——他们压根儿没有进入这个城市的地理与文化核心，甚至还是这个城市要排挤的对象；他们与主流北京想象是格格不入的，同时也与早年带有文艺气息的《流浪北京》不一样，不仅是时代背景在十几二十年间发生了堪称剧变的转型，同时叙述的主体与对象也发生了位移。在这个经济体制与社会结构流转的过程中，我们可以看到同属于"北京"组成部分的边缘人在文学中的身影，比如荆永鸣的"北京候鸟",刘庆邦的保姆系列,石一枫的陈金芳,诸如此类,它们构成了世纪交叠之际高速发展社会的另一面。因为它们所具备的普遍性社会议题性质,可以说这些故事不仅发生在北京,同样也发生在上海、广州、深圳乃至其他的二线或者是三线城市,不同的是个体际遇,相同的是总体结构。它们共同指向一个流动性生存中的状态:永恒的暂时状态。

二、"我们"的故事:打工仔、流浪汉、失眠人

无论主动出走还是被动接受,流动都无可避免地构成了现代生存的一个基本模式。导致这一情形出现的原因在于社会整体性的时间、空间、生产生活与感觉方式的变化,用齐格蒙特·鲍曼(Zygmunt Bauman)的话来说,整个现代性文化就是一种流动的文化。这种包含着人口、资本、技术、信息的流动是全方位的,并且前所未有地成为社会的结构方式。作为主导性的生活方式,所有人都身陷其中,但绝大多数流动者只是被迫流浪者。前现代社会当然不乏因为战争、商贸、天灾而产生的移民、流民、游士、游侠、游民之类,但他们会被视为稳固的宗法与家族社会体系中的"脱序"分子,他们的生活混乱、盲目,充满艰辛与苦难,并且随时可能转化为颠覆性的危险力量[1]——作为异端的存在,他们反倒在文艺作品中获得了一种奇异的美学展现。但是现代流动意味着秩序本身的改变,"庙堂—江湖"的二元想象如今失效了,变成了资本的弥散性空间,而主动或被动的流浪者则是这个弥散性空间中做布朗运动的分子——他们可以作为问题与现象成为社会治理的观照对象,却绝缘于资本主义主导的美学市场。

如果结合 2015 年到 2016 年间曾经在网络上引发轩然大波的"垃圾人口"或者"低端人口"的争论来看,底层流动者确乎被某种基于清洁、整饬、有序的逻辑试图驱逐出现代性的理想国。"他们也许有理由感到被拒绝、

---

[1] 王学泰曾经对中国前现代社会的流散群体做过详细分析,见《游民文化与中国社会》,学苑出版社 1999 年版,69—105 页。

被激怒和愤慨,他们也有理由充满仇恨并心怀报复——尽管他们知道抵抗是无用的,也承认了他们的地位低人一等——他们却找不到把这些情绪转化为有效行动的道路。无论是根据明确的宣判,还是根据间接暗示但却从未公开宣布的定论,他们都是多余的、不必要的、不被需要的、没人想要的,他们的反应要么是不正确的,要么便处于缺席状态,这使得那种关于多余的指责成为最终实现的预言。"① 某种意义上来说,这些人口在主流话语看来是一种现代性的冗余,但这种多余正证明了他们与现代性之间的并生关系,他们就是要排斥与摒除他们的事物的产物。

如果说《北京西郊故事集》有什么意义,我觉得首先是这种题材上试图将流浪者美学化的努力——让那些无名之辈不再仅仅是统计学意义上的数字,而获得自己的形象。它们集中体现为人与空间之间的紧张与冲突,而矛盾只有靠时间与流动加以化解。耐人寻味的是,叙述者"我"作为一个神经衰弱的失眠症患者,始终贯穿在这些小说之中,以个体参与者、记录者的面目出现,偶尔扮演一下评论者。也就是说,叙述对象并没有被当作社会病象——如同我们时常在"批判现实主义"式描写与分析中所常见的——而是叙述者承认自身与流浪者同调的局限性。

"失眠者"形象无疑是这些小说中最为显著的形象。乔纳森·克拉里(Jonathan Crary)借用列维纳斯(Emmanuel Levinas)的观点指出,"失眠对应的是保持警醒的必要,是拒绝对遍布全世界的恐怖与不公视而不见。这是一种不安,努力不让自己无视他人的痛苦。但这不安,同时也是因为保持清醒也无济于事,徒然睁着双眼,这个单调的行为就完全成了度过漫漫长夜和灾难的煎熬。失眠既不是公共的也不是完全私人的。对列维纳斯来说,失眠总是徘徊在专注自我和否定自我之间。它没有排除对他人的关心,但它又没有为他人的在场提供意义明确的空间。正是在它这里,我们看到,我们几乎不可能无动于衷地活着。失眠必须与无比清醒的状态相区别,因为失眠对于苦难及其所施加的责任感的关注是让人难以承受

---

① 鲍曼:《废弃的生命》,谷蕾、胡欣译,江苏人民出版社2006年版,第35—36页。

的"①。《北京西郊故事集》的叙事者"我"睁着无眠的眼睛,发现了不为人知的夜晚中奔忙的人,发现了西郊拐角里的另类生存,发现了北京乃至世界的另一面。这个时候,他叠加了作者的形象,因为作者曾经是他们的邻居、友人、兄弟,他们的故事作者亲眼看见、感同身受并且介入其中——"他们"的故事也就是"我"的故事。

包含着"我"的这些西郊人物,主要是一群打零工的年轻人,核心部分是四个为办理假证的老板四处贴小广告的青年。他们分散在各篇小说之中,以同乡、朋友、偶遇者的身份串联着建筑工、汽车修理工、摆地摊者、小饭店业主、流浪歌手、养鸽子的人等各种城市边缘角落隐藏着的人。徐则臣用散淡的情节将他们的群像勾勒出来:他们各有其背景与技能、梦想与情感,但并不构成某种宏大叙事的复调,可以说他们的行状显示了21世纪初年流动性人口豕突狼奔的生活常态。这种常态中暗含着一个时代隐在的机密:日常生活的时间被侵蚀与殖民化,人们被迫不停地行动。

这一点在《屋顶上》中表现得尤为突出,它实际上构成了此后一系列小说的架构原型。贴小广告的"我们"只能在夜间行动,因为此种行为本身带有非法的性质,北京的日与夜于是形成两个截然不同的场域:白天的热闹与喧嚣是不属于"我们"的,而"后半夜北京安静,尘埃也落下来,马路如同静止的河床,北京变大了。夜间的北京前所未有地空旷,在柔和的路灯下像一个巨大的梦境。自从神经衰弱了以后,我的梦浅尝辄止,像北京白天的交通一样拥挤,支离破碎,如果能做一个宽阔安宁的梦,我怀疑我能乐醒了"②。对于这些人来说,夜晚才是劳作、谋生、心灵获得安宁、情绪得以舒展的时间。这一切同"我"的失眠病症倒是相得益彰。个体的非常态病症在其中如鱼得水,暗示了一个迥然有别的非常态北京时空。

---

① 乔纳森·克拉里:《24/7:晚期资本主义与睡眠的终结》,许多、沈清译,中信出版社2015年版,第23—24页。
② 本文中徐则臣短篇小说的引文均出自《北京西郊故事集》(北京十月文艺出版社2020年版),不再一一标注出处。

而在这个时空中,"跑步是治疗神经衰弱的唯一方法"。"跑步"是徐则臣钟爱的一个意象,从《跑步穿过中关村》里卖盗版光碟的敦煌、《啊,北京》里办假证的边红旗、《西夏》中经营小书店的王一丁开始,跑步一直是这些边缘人的标志性动作。而这个动作其实也包含着更为广阔的隐喻,与市场经济暴走式的发展相平行,这些原本处于宁静乡镇的青年也跑步进入了都市,在都市里为了生计而奔忙,为了躲避规训而奔跑。"我"的跑步治疗则更进一步强化了通过行动拒绝思考的意味。因为,"北京太大,走丢的人很多",而"他们依然不明白自己的事业是什么,不过是一个抽象的宏大愿望和一腔'干大事'的豪情"。这其实是一种盲目,但对于这些完全没有任何资本与资源的外乡底层青年来说,也只能如此得过且过、苟延残喘。"我们"的生活"单调乏味,除了警察、钱、抽象的奋斗和野心以及逐渐加剧的乡愁",似乎没有任何具体可预期的目标。一旦试图抓住什么,哪怕是虚幻的目标,最终也可能只是招来灾祸——像宝来这样忠厚可靠的人,就因为对于一个咖啡馆中女孩的单方面相思酿成自身的悲剧,而那女孩甚至对此毫不知晓。

他们并非一无是处之人,只是因为不适应城市的运行法则而显得格格不入。《轮子是圆的》就是他们在城市生活的寓言。咸明亮有着惊人的巧思与毅力,用修理厂的破旧零件生生造出了一辆马力强劲的敞篷车,不能不让人联想到电影《钢的琴》(张猛,2010)中心灵手巧的工人们。他有从垃圾中锻造机车的智慧,具有炼金术士般的魔力,却不得不受制于修理厂老板的压榨;而他的奋起抗争乃至不惜鱼死网破则透露出卑微梦想被扼杀后的绝望。《六耳猕猴》中的冯年在电脑城做销售,也是一个睡眠不好的人。"他的梦也诡异,老是梦见自己变成一只六耳猕猴,穿西装打领带被耍猴人牵着去表演。要做的项目很多:翻跟斗,骑自行车,钻火圈,踩高跷,同时接抛三只绿色网球,还有骑马等等;尽管每一样都很累,但这些他都无所谓,要命的是表演结束了,他被耍猴的往脊梁上一甩,背着就走了。在梦里他是一只清楚地知道自己名叫冯年的六耳猕猴,他的脖子上一年到头缠着一根雪亮的银白色链子,可能是不锈钢的;他的整个体重都悬在那根链子上,整个人像只褡裢被吊在耍猴人身上,链子往毛里勒、往皮里勒、往肉里勒,他觉得自己的喉管被越勒越细,几乎要窒息,实际上已经在窒息，他觉得喘不过来气，脸憋得和屁股一样红。"显然，这是对弗洛伊德理论的显豁挪用，小说取名为"六耳猕猴"，则通过互文形成一个换喻：与孙悟空有同样本事的人，却不可能大闹天宫式地叛逆，也没有最终取得真经的机会。无聊，没有出路，时间被压榨，甚至连睡眠这种最私密与个人的空间都要都被剥夺和扭曲，穷途末路中只会产生向外或者向内的暴力。

《看不见的城市》中的无辜死亡事件，是曾经怀有梦想之人的无意义死亡。《狗叫了一天》中人对狗的残忍，折射的不仅是无知，同时也是对他人苦难的缺乏体恤。《摩洛哥王子》中流浪歌手王枫解救被乞讨团伙拐骗的小花，最终只是得到了来自乡民的恶意，击碎了对于乡土中国的淳朴宽厚的想象。这些底层互戕、"菜鸟"互啄的故事，证明了"我们的生活里永远不可能出现奇迹"，但它们也并没有滑向常见的对于人性恶的揭露；徐则臣在这里显示出了作为"我者"的同情与理解——"他们／我们"只是无知，但并非愚蠢，会在伤害他人之后感到愧疚与懊悔，这就为自我的刷新提供了一个契机。晚近二十年来，我们的文学书写中对于所谓"底层"往往存在着两极分化的想象：要么赋予其天然的道德优势，要么呈现出颓废的精神状态。这两者都是片面与扭曲的，凸显出来的是写作者纡尊降贵的姿态与悲天悯人的优越感，而如今的现实已然证明一个作家与打工者之间并无根本的阶层差异，写实的力量存在体贴与理解当中，写作者是泯然混同于他的书写对象之中的。他不是在书写"他们"的故事，而是在书写"我们"的故事。

三、微光：梦想与友爱

2014 年 11 月，民谣歌手赵雷发行了自己的专辑《吉姆餐厅》，其中有一首歌叫《理想》，这样唱道：

> 一个人住在这城市，为了填饱肚子就已精疲力尽
> 还谈什么理想
> 那是我们的美梦

梦醒后，还是依然奔波在风雨的街头

有时候想哭，就把泪咽进一腔热血的胸口，公车上我睡过了车站

一路上我望着霓虹的北京，我的理想把我丢在这个拥挤的人潮

车窗外已经是一片白雪茫茫

又一个四季在轮回

而我一无所获地坐在街头

这代表了一种大众媒体中小资式想象和表达，透露出一种对于理想的无奈与不信任，是一种时代情绪。关于理想的命题与人生的定位、遭际密不可分，是涉及青春题材的文艺作品中经久不衰的主题。整个现代文化与现代文学某种意义上都可以视作一种关于"青春"的诉说和"青春文化"的建构。这种青春文化历经20世纪革命与社会变迁的数次转折，在21世纪初年呈现出某种分化。主流话语不断张扬某种热血沸腾的奋斗精神，但随着社会流动一定程度上的固化态势，曾经的理想言说褪去了其令人激动的色彩，近年来青年亚文化中出现了"宅""丧""下流社会"[1]的思潮，并且成为"文化研究"中颇为热门的议题。这已经不仅仅是城市新兴小资的问题，更是一代人的"时代情绪/精神"。就像网络上有人以日本为例戏谑地称之为从"昭和热血"到"平成废物"的转型，中国青年中也有类似的情形。2018年，日本NHK电视台在深圳郊外的龙华新区取材制作了纪录片《三和人才市场》，引发了中国大众的关注。在此之前，2016年有一篇自媒体公众号"10万+"文章《残酷底层物语：一个视频软件的中国农村》同样掀起了大众热议的高潮，底层被描述为信仰迷失、道德沦丧、遵循丛林法则的修罗地狱式的存在。这些议论很有意思，其实是一种在某种媒体所限定和剪裁的信息茧房中观察，难免失焦。绝大部分基层青少年是在六安毛坦厂中学、东莞虎门

---

[1] 三浦展：《下流社会：一个新社会阶层的出现》，陆求实、戴铮译，文汇出版社2007年版。

服装流水线、苏州工业园区的电子车间、西成客专隧道的盾构机中、克孜勒苏州阿合奇牧场的马背上、无数建筑工地的打桩队里辛苦挣扎却也未失对美好生活向往的人。很多人经过一些年打拼在物质上也并不差,只是很多知识分子/"姿势"分子有可能不愿意真的沉到生活现场进行观察,也不关注媒体聚焦之外的青年,或者因为道德虚荣心的需要刻意注目于"底层"中绝望的一面。他们其实是地火,不停在运行,毁灭有之,爆发有之。实际上,因视频软件而诞生的最为新兴的产业之一,无疑就是由基层青年组成的主播与各类"情感劳工"。徐则臣的《北京西郊故事集》中还没有涉及新兴媒介对人们的影响,但他描写的同样是社会结构底部的青年。他们不乏迷惘、混乱、嘈杂,对于理想也并没有明确的规划,却始终没有丧失内蕴着的勃勃欲动的生命力。

徐则臣在一篇类似创作谈的文章中写道,有朋友读了《北京西郊故事集》中的篇章,感慨于他们的离开与失败,但他并不认同:"我确实不认为这是失败,离开不过是战略转移。打得赢就打,打不赢就走,人生无非如此。可以心无挂碍地来,为什么不能心无挂碍地走?"① 这里有一个不易察觉的冲突,即关于何谓"成功"的认知。在那个朋友看来,似乎留在北京、扎根北京就是"成功"了,我们时代很多文学作品中的"失败者"叙事,往往也不经意间采用了这种逻辑。但这种了逻辑是被资本与权力话语规训了的逻辑,屏蔽了世界与人生的多样性,农民工劳动体制是制度的产物,他们"不是一级劳动力市场的外溢人口,而是被一级劳动力市场排斥在外"②。乡/镇–城之间临时迁徙状态,并非所有人都希望"进城"定居,进城与否取决于利益最大化的考量,也就是说哪怕是再卑微的个人,也有其自身的主动性。

西郊这些青年的意义恰恰在于他们无法被规训。《如果大雪封门》里的南方人林慧聪只想到北京看一场雪,《兄弟》中的戴山川到北京寻找另一个自己,那种执拗与不可理喻,就是无法被磨灭的激情。这样的故事已

---

① 徐则臣:《菊花须插满头归》,《文艺报》2020年6月3日。
② 范芝芬:《流动中国:迁徙、国家和家庭》,邱幼云、黄河译,社会科学文献出版社2013年版,第6页。

经不再是写实的,而是理想的。如果要比较,近期的一个纪录片《小镇微光》(固力果,2019)倒是颇有相似之处,那些在苏州代管、靠近上海的昆山打工的各类青年,并非全然懵懂浑噩,在形同呓语的表述中闪烁着难以磨折的向往与理想——他们实际上也是这个时代的"微光"。

之所以这些"微光"是隐形的、失语的,在于他们缺乏故事将自身组织起来。面对这种困境,我觉得徐则臣尝试了一种有效的方式:用情义将他们统摄在了一起。在既有的社会关系被打破和重组的过程中,故乡以及故乡所携带的那一整套维系社会凝聚力的血缘结构失效了,朋友之间的互助和友爱就变得愈加重要。所以,我们可以看到西郊青年之间的邻里相帮、患难相助,哪怕平日不乏龃龉与冲突,但是基于共同命运与遭际的共情感将他们联系在了一起。这种对于情义的书写在当下文学写作中难能可贵,因为敏锐的批评家都注意到我们时代小说中存在"情义危机"。[①] 我也曾在一篇文章中写道:"整体性社会文化生态折射在文学中,我们可以看到官场小说的尔虞我诈,学界小说的钩心斗角,家庭与情感故事的蝇营狗苟,他们都没有提供救赎和道德支撑点。在叙事伦理和视角上是去道德化的冷漠甚至追求零度叙事并以此沾沾自喜。这些纠结于现实的作品往往沉溺于苦难宣泄的仇恨、怨毒和各类庸俗生存智慧。与之形成对应的另一方面,则是逃避沉重现实的小清新、小确幸的轻靡美学,以及由二次元与大众文化带来的猥琐美学。相形之下,一些70后作家倒难得地保留了救赎和情义的品质,在'小时代'的纸醉金迷和冷酷拜权中,竭力维持'大时代'的'地球之眼'和道德救赎。"[②]

情义就体现在梦想与友爱之上。《成人礼》可以说是整个《北京西郊故事集》中比较弱的一篇,情节设置比较刻意,语体风格也带有江湖浪漫式的矫情,但那种刻意与矫情中却显示了一种流浪者的生存况味与爱的慰藉。虽然篇幅短小,但融合了亲情、爱情、婚姻、家庭诸多元素,让这个露水姻缘式的情感故事几乎带有了圣洁的意味。

---

① 参见吴丽艳、孟繁华:《短篇小说中的"情义"危机——2015年短篇小说情感讲述的同一性》,《文艺争鸣》2016年第1期。

② 刘大先:《70后的情义》,《雨花·中国作家研究》2016年第10期。

十八岁的少年行健爱上了经常去的驴肉火烧店的女老板,那种情感中可能夹杂着青少年的荷尔蒙、漂泊中的寂寞、对于美好事物的向往等各种复杂的因素,但情感本身是单纯的。二十八岁的女老板曾经是教师,因为爱情失落而流落在异乡打工。她在安慰了孤独少年的身心之后悄然而去,甚至连姓名都没有留下。这种相互取暖又无疾而终的故事,一定发生在无数漂泊者的经历之中,我们在纪录片《客村街》(符新华,2003)中也曾看到过类似的情形。值得一提的是小说中的女人对行健说的话:"出来和回去都不是较劲儿,只是顺其自然。"这实际上打破了背井离乡的悲情想象,更主要的是,它在无意中揭示了我们这个流动性时代的生存实况。

流浪者目的匮乏——事实上如同鲍曼所说流动的现代性中长远的目标对于任何人都不可能——使得他们的生活成为稍纵即逝的暂时生活,只是一个一个类似日子的叠加,也就不可能形成持续性和带有永久倾向的观念。而只有形成了这种观念,生活才能从梦游的状态中回归到坚实的大地。路内不久前有一部长篇小说写的也是世纪交迭时代的底层青年,他给予他们一个命名"雾行者"。流动性生存者无法对自己的处境做出清晰判断,他们既被快速的发展甩出主流轨道之外,又无法不被裹挟前行,这种行走是暗夜行走,如同"雾行者"[①]。西郊青年的职业和意识都是过渡性的,很显然,刷小广告、建筑工地打零工、地铁卖唱、放养信鸽、手机贴膜都不是长久之计,而他们也没有长久的打算,或者说空有梦想,却丝毫没有规划与实践的能力。他们的工作缺乏技术训练与文化积淀,也不会在失去实用价值之后成为"(非)物质文化遗产",甚至在智能手机、移动通信便捷之后,他们的职业就根本性地消失了。这是一个真正意义上日新月异的时代,在这个时代中生存的人必须认识并适应这种状态。

所以,就着《北京西郊故事集》,我想发展一下我的观点。即,流动性生存中的人不仅仅是"雾行者",他们的行动也永远是暂时的。我们总

---

① 参见刘大先:《流动的时代、身份与文学》,《上海文化》2020年第7期。

是习惯于用"过渡时代"或者"转型期"来对某个剧烈变动的社会阶段进行概括，这种概括可能在前现代时期向现代社会转变过程中是适用的，但是全面进入现代社会之后，可能就无效了。因为变化始终进行，"过渡"可能永无止息，唯一的连续性就是变化性，唯一不变的是暂时性。在这种暂时性中把握住一点点时代的印痕，也许就是日渐退出大众传媒视野中的文学所具有的不可磨灭的微光。

石一枫、道德故事与时代寓言

石一枫曾经在一篇访谈中自称是"那种特别传统的作家"。他所谓"传统"其实是19世纪以来的现实主义文学传统,"比如人物第一。如果人物没有塑造起来,我的小说就失败了。比如时代性应该强一些,写什么时代要像什么时代。还有人物和时代要发生勾连关系,要有代表性,人物要能说明这个时代。……每一个细节、每一个步骤、每一个因果链,一定要咬死"。手法倒在其次,现实主义的传统更主要还在于要体现出一个作家的社会责任与道德担当:"现在所有人都把作家叫写作者了。我特别不喜欢这个词。作家起码还得负担点别的责任,你说不好听点叫'教化功能',说好听点叫'人类灵魂的工程师'。而'写作者'这个词就是在撇清这些责任。专业性是起码的,你这点儿活儿都干不好就别干了。但专业性之外要干的活儿还多着呢……这就是小说家的基本道德。"①

他确实没有像同时代更多青年作家那样热衷于对80年代以来传入的各类现代主义技法(比如意识流、叙事圈套之类)的模仿,对于细微"人性"和暧昧情感似乎也没有那么孜孜以求,更多时候,他在讲述一个有头有尾的故事,情节的起承转合大刀阔斧。尤为关键的是叙述者从来没有像"零度叙事"那样试图隐匿自己的人性缺陷、价值立场和伦理态度。他的写作所表现出来的社会关切无疑具有明确的现实问题指向,涉及在这个大

---

① 杨晓帆:《石一枫:我就是一个传统作家》,《芳草》2015年第5期。

转型时代人的生活、情感和道德的根本转折，又于转折中彰显稀缺的理想主义价值观念，从而使他用力较多的中篇小说具有了长篇小说的气势。但我要说的是，他的现实主义并非全然试图在模仿中建构一个仿真的世界，而是创造出一种寓言故事来努力进行总体性勾勒和概括。

一、故事归来

在声名鹊起之前，石一枫已经写作并出版了多部作品，比如《b小调旧时光》《红旗下的果儿》《恋恋北京》《我在路上的时候最爱你》《我妹》，它们或者被归置到"青春文学"谱系之中，或者被纳入带有地方性的"京味文学"的脉络里——那实际是没有确立个人标识的体现，所以并没有引起多大反响。不过那个阶段的写作无疑磨炼了他的语言与技术。从《世间已无陈金芳》以来的一系列作品《地球之眼》《营救麦克黄》《特别能战斗》《心灵外史》《借命而生》等，逐渐形成了比较明显的特点：人物有着一以贯之的性格特征，主题凝聚在某个核心问题之上。前者让它们区别于"典型环境中的典型人物"，而更接近于理念化的类型化形象；后者则很容易被归入"社会问题小说"的范畴之内。[1]

对于学院派的观察者而言，他的小说在当下的写作风尚中即便说不上是反潮流的，至少也并非主流——正义、道德、信仰、担当等一系列主题，颇能显示出"宏大叙事"的特点，虽然篇幅未必很长，但每一篇几乎都构成了一种带有广泛意味的时代寓言式书写。较之于更常见的人性、欲望、消费、苦难之类题材，这种美学取向让他的小说与以个人主义为底色的那类作品区别开来。

他的小说之所以"传统"，表现在另一面是一反先锋小说以来的形式探索，而带有通俗小说色彩——故事意味着较少描写，而多叙述，他会大

---

[1] 孟繁华认为："石一枫是新文学社会问题小说的继承者，他不仅继承了这个伟大的文学传统，同时就当下文学而言，他极大地提升了新世纪以来社会问题小说的文学品格，极大地强化了这一题材的文学性。"孟繁华：《当下中国文学的一个新方向——从石一枫的小说创作看当下文学的新变》，《文学评论》2017年4期。

刀阔斧地推进情节进展，因而与 90 年代之后兴起的日常生活书写的稠密乃至许多无意义细节呈现不同。重新将故事而不是生活碎片、个人情绪与感受置诸小说的中心，实际上是晚近小说顺势而为的调整和改变。过于繁杂的经验与碎片化信息已经充斥在当下的媒体语境和人们的日常感知之中，对于感官与接受而言，丰盛的描写反倒容易造成遮蔽与迷失，而"讲故事便意味着从混杂的碎片中整饬出一个逻辑和解释，归拢起富于条理的线索，用整体和连续的而不是孤立和单一的视角从世界的驳杂中捋顺头绪。……故事在这里构成了感官表层经验所接受的信息的对立面。通过叙述，那些被稀释和变形的信息变得充实而丰满，并且获得形式上的意味，凝聚智慧，含苞待放"①。

我们可以注意到石一枫的叙述者即便是"我"，在限知叙事中也时常会通过人物回忆、讲述或者叙述者的解释，使得小说情节部分地具有全知色彩，并且总是会清晰地展现出一个起承转合的脉络，给出一个"结局"式的结尾。世界在他那里被简化，并带有传奇色彩，比如《营救麦克黄》这个讲述救狗的故事就是一种反传奇的都市传奇——他一定要给人物和情节以最终的交代。这种心理上的完形，不是通过线索的简化来破除世界的含混，以文本重构出一个替代性的世界，而是将世界转化为故事，以明确地表达作者的理念。

从现代主义小说修辞与叙述手法的角度看，讲述一个有头有尾的故事未免有些过于中规中矩甚至老套，但是就完形心理学而言，完整的故事符合普通读者长久以来形成的平衡心理。石一枫让他的叙事者与普通市民采取同一视角，很容易获得读者在情感与情绪上的认同，因为"艺术要求某种对意义、相关性和真理的判断……这些判断并不只是知觉的，虽然最终它们都涉及知觉。这些判断是建立在观赏者全部生活经验基础之上的，包括他的自信、价值、偏见、记忆和偏爱"②。石一枫以市民价值观创构素朴道德故事，再以平实、俏皮与顺达的语言讲述出来，超越了地方性的"京

---

① 刘大先：《故事归来》，《长篇小说选刊》2018 年第 1 期。
② 鲁道夫·阿恩海姆：《心理学和艺术中的情感和情绪》，见阿恩海姆等：《艺术的心理世界》，周宪译，中国人民大学出版社 2003 年版，第 83 页。

味",而带有更普遍的美学意味。他的语言与王朔相似,都有着对陈腐套语的戏拟,但并不意在解构(解构虚妄意识形态话语的任务经过80年代中后期,到21世纪初已经由先锋的形式探索和日常生活审美化完成了),而是形成一种具有亲和力的日常语言,就像他本人经常提到的朱文。在早期,石一枫经常以叙述者插话的方式卖弄自然主义式的贫嘴,但晚近的作品中逐渐掺杂了端肃庄严的抒情,比如《心灵外史》和《借命而生》的结尾——这一切都以便于读者接受、激发共情为准。

除了这种形式上的"传统"之外,对于现实主义典范作品所体现出来的社会关切则是其主旨上的表现。石一枫通过一系列道德、责任、信仰等已经被同时代很多小说作者放弃或者隐匿的宏大话题,重新释放出长久以来被个人主义幻觉所营造出来的文学自主性。80年代中期以后,"纯文学"话语树立了一种刻意疏离乃至对立于政治意识形态的对抗性立场,而强调审美的自足与独立性,这种特定历史阶段的文学观念解放了曾经一度遭受压抑的形式探索与观念更新的合法性,然而其内在逻辑埋藏着将文学从社会议题中抽离出来的倾向,如果不对其边界有清醒的反思则会造成难以避免的形式主义和狭窄想象。就文学接受而言,如果要联结起广泛的共情,一定要有来自文学对于生活的互动、情感的抚慰、精神的滋养和认识的反思。试想一下,假如作品中只是那些陷溺在日常生活的芜杂、琐碎、平庸、无趣和压抑,从人物里只看到了本能的展示、无望的挣扎、人情的反复和人性的扭曲与争斗,那么有什么理由让原本就被沉重的生活折磨得筋疲力尽的人们来接受它们呢?当立场与价值观被多元主义拉平之后,文学岂非真的就成了能指的游弋、词语的嬉戏?当然,嬉戏也会在后现代主义的视角中被解读为消极的抵抗,但嬉戏本身并不能带来法则的变革,更不会提供价值观,因而它最终会成为相对主义和虚无主义的内心风景和自我安慰。

这个素朴的道理一度让作家和批评家羞于启齿,因为当文学一旦从与政治话语结合的宣传、批判、教谕、引导等功能剥离开来之后,很容易在强化"自主性"中沦为小群体的分众文化和趣味文化而失却其普遍性,从而带来"边缘化"。更何况,文学的"去政治化"原本就是一种政治,它的"自治"不过是一种自欺欺人。他人与个体的遭遇与经历需要关联起更广阔的人群,并且如果不能建构强大立场的世界观(这通常会被认为是霸道与独断),至少要在文本内部形成世界观的展示与冲突,从而激发人们对于既定观念的反思。我认为,石一枫在这一点上做出了推进,或者说回归,回归到人道主义批判的共情,而不是接续着人性主义(实际上是生物主义)的同情。

二、寓言与社会议题

处理现实题材如何避免被大众传媒话语所牵引,或者变成新闻拼贴,在我们时代的写作中是个难题。在《地球之眼》中,石一枫机智地通过文学的形式探讨了社会或者政治哲学所无法直接表述的社会生态和道德情感的变迁,关联起校园、社交、国企改革、官员腐败、资本殖民、跨国流散的诸多问题。但是他并非靠堆砌庞杂的信息,而是巧妙地设置了"地球之眼"的叙事中心,一方面从现实层面勾勒了技术时代的真实状况,并且让技术手段成为叙事的重要动力因素;另一方面也形成了一种景观社会的凝视隐喻和地球村时代的控制寓言;最主要的,它还是小说中关于"道德"这一命题的换喻。在多元主义和理性逻辑中,回避道德这样的话题已经成为当代小说的一种通病。石一枫并没有回避,但也避免了让自己的隐喻成为一种"举头三尺有神明"式的道德诫谕,而是让叙述者和人物对其进行了自我反思,从而突出了伦理认知的复杂、暧昧与纠缠。这个小说的情节很容易被诟病为过于情节剧化,即它将安小男对于道德的偏执给予了一个弗洛伊德式的童年创伤解释,同时在结尾以"机械降神"(Deus ex machina)般的巧合让他对李牧光所表征的资本势力挑战成功,完成了一个个人英雄主义的幻想。但小说整体上显示了勾勒时代重大议题的尝试。

在这个明显具有虚构意味的传奇故事中,同时也可以看到80后一代人逐渐从校园进入社会进而成为社会中坚的历程。从90年代到当下是中国经历了堪称无声的革命的二十余年,无论在意识形态、经济体制,还是在价值观念与伦理秩序上都发生了后革命时代的位移。"我"、李牧光、安小男这三个大学同学在这种语境中必然面临命运的起伏,"混得好"与"混得不好"的"两个阵营之间的差距越拉越大,几乎有变成两个物种的趋势了"①，这种阶层分化的前情是国企改革、国有资产流失以及因为体制转轨而对绝大多数普通人的持久而深刻的伤害——李牧光父亲那种官员的腐败直接导致了安小男父亲那种正直之人的死亡——也因此可以窥探到资本与权力互化合谋的时代秘密。因而，安小男的道德坚持在子一代为父一代复仇的表象之下，隐含着在价值淆乱时代对于某种正义伦理的坚持。值得一提的是，在资本/权力几乎全面笼罩在一切之上（以覆盖全球的电子监控技术为象征）的时候，实现正义的手段的可能性同样潜藏在技术之中。这种技术解放路径，在此前的作品尚未曾出现过，可以说构成了一个时代寓言。

与视觉为情节反转力的《地球之眼》不同，《世间已无陈金芳》是一个讲述听觉的故事。按照韦尔施（Wolfgang Welsch）的说法，视觉文化一直以来在理性社会中扮演者单向的、独断的角色，听觉则是接受的、交流的，因而蕴含着平等的潜能。②但我们注意到《世间已无陈金芳》里的听觉也烙上等级制的阴影，小说同样有着阶层分化的背景。从农村到北京的女孩陈金芳寄居在单位大院做食堂临时工的姐姐姐夫家中，"我"则是一个大院子弟。心性要强的人从封闭逼仄的空间转换到另外一个广阔的世界，会激发出对于更高阶层的向往，直接体现为陈金芳对于"我"拉小提琴的向往。小提琴意味一种截然不同于乡土背景的高级文化和不同阶层的生活，所以陈金芳一定要在发迹后扮演成"高雅人士"，去倾听小提琴大师的现场演出。但陈金芳的突然发迹对于"我"而言是一个谜，因为以"我"的漠不关心，只看到她被借读中学的北京同学集体排斥，以及混迹于街头混混儿中间。在天然的文化势利眼中，哪怕她衣着光鲜地出现在"我"面前，甚至改名为"陈予倩"，会用英文喝彩了，也依然改变不了我们之间"演奏者"和"听众"的等级结构关系。"我"后来了解到，许多年来陈金芳委身于不同男人，又以非法集资的方式骗取了老家乡亲的拆迁补偿款返回北京，准备在金融市场放手一搏。对于正常阶层流动日趋固化的背景中毫

---

① 石一枫：《地球之眼》，见《世间已无陈金芳》，北京十月文艺出版社2016年版，第99页。
② 参见沃尔夫冈·韦尔施：《重构美学》，陆扬、张岩冰译，上海译文出版社2002年版，第209—232页。

无资源的陈金芳来说，跨越阶层的可能性只能以另辟蹊径乃至铤而走险的方式实现，这注定了她失败的命运。这是一个典型的我们时代文学中的失败者叙事，意味着新的时代转型中个人奋斗神话的破灭。出身有差别会带来能力有大小，分配不正义则造成机会也不平等，相应的制度未臻完善，那么社会公正从何谋求，个体如何完善自我？陈金芳固然道德有亏，但失败的命运并非来自道德缺陷，因为我们看到比她更为卑劣无耻的人只是因为掌握权力而得豁免，就像小说中的 b 哥一针见血地指出："这种投机生意的风险很大，从坐庄的到跟庄的，没人把身家性命全扔里面，大家用的都是闲钱。亏了就伤元气的人，说白了根本不配跟着我们玩儿。"①——陈金芳的失败源于在资本的游戏场上根本就没有普通人的一席之地，社会结构根本不提供给她参与权。当欲望与梦想之路堵塞，哪怕她从"陈金芳"变作"陈予倩"，镀上了文化符号的光环，得到的也只有无谓的奔忙和必然的惨败。

　　这同样是一个寓言故事，故事的真相隐现在半遮半掩和道听途说之中，作为叙事者的"我"也无从知晓全部情形。这是普通人因为信息不对称而必然出现的对于资本在当下运作方式的茫然，因为信息也是一种权力，权力不均衡造成了无从对成功与失败进行道德评判。同样作为普通人，尤为值得注意的是，叙事者与叙述对象之间缺乏内外、主客之间的共情。这种叙事姿态可以用《世上已无陈金芳》结尾的一段话进行概括："我的灵魂仿佛出窍，越升越高，透过重重雾霾俯瞰着我出生、长大、长年混迹的城市。这座城里，我看到无数豪杰归于落寞，也看到无数作女变成怨妇。我看到美梦惊醒，也看到青春老去。人们焕发出来的能量无穷无尽，在半空中盘旋，合奏成周而复始的乐章。"②叙述者没有将自己投入他所书写的对象及其命运当中，因而预示了失败将不仅是陈金芳们的，也同样是"我"的。

　　叙述者"我"屡次出现在石一枫的不同作品中，他们不具备道德权威因而无法让人效仿，却能激发情感的共鸣，尽管被赋予不同的身份背景和

---

① 石一枫：《世间已无陈金芳》，北京十月文艺出版社2016年版，第73页。
② 石一枫：《世间已无陈金芳》，北京十月文艺出版社2016年版，第96页。

姓名偏好，但他们都是同一类人格。他们是"嘲讽性的、自以为世事洞明"的犬儒主义者："我"原本安于现状，虽然不满现实，却无力改变现状，只能采取愤世嫉俗的态度，稀薄的道德感不足以支撑在浊世中的定性，因而不过是一个随波逐流者。"我"看上去是文学史上常见的"多余人"的角色，却没有贵族或知识分子式的焦虑，而纯然认同了一种普通人视角。因为充满自嘲精神和人情练达的敏感，这个随波逐流者保留了基本的道德底线，所以存在着转变的可能。陈金芳的悲剧只是给"我"带来震惊和净化，而在安小男的行为刺激和感召下，"我"对他的态度逐渐从轻视、误解到理解甚至敬佩，乃至会产生是否要将世界变得更美好的自省。石一枫让自己的人物还原到最基本的人伦底部，在天性良知的根基上通过外部刺激，让麻木不仁的道德情操被激活。比如《营救麦克黄》里的颜小莉，不过是广告公司中微不足道、仰人鼻息的前台，完全依赖销售部副总黄蔚妮的"友情"匍匐在职场底层浑噩度日，两人并不对等，前者只是后者的跟班。在黄蔚妮所代表的中产阶级生活之中，颜小莉甚至还不如她豢养的宠物狗麦克黄重要。在陪伴黄蔚妮及一帮爱狗人士追逐贩运狗的卡车的过程中，颜小莉无意间从后视镜中窥见人影，疑心撞了人，在良心的折磨下一个人去追查真相，但明知撞人的黄蔚妮却在冰冷的算计中拒绝赔偿伤者。颜小莉不得不与同样怀抱良知底线的卡车司机一起策划了伪装虐狗的视频，以获得赎金。与那些伪善自私、道德冷漠的中产阶级相比，他们保留了人性的善，从而完成了自我的救赎和对他人的帮助。

这一类人对于绝大部分读者来说具有贴近性，拥有着普通人的"可亲的"德性。亚当·斯密（Adam Smith）将美德分为"可亲的"与"可敬的"，两者建立的基础一是旁观者努力要体会当事人的情感，一是当事人努力要把他的情感克制在旁观者能够体会附和的程度，"坦白谦逊与宽容仁慈，这些温柔、殷勤与和蔼可亲的美德，建立在前一种努力的基础上；而高贵、庄严与可敬的美德，即克己、自制、驾驭情感，必使我们本性抒发的一切行为举止附和我们自身尊严、荣誉与合宜的美德，则是源自于后一种努力"[①]。在宏大叙事终结、拆卸崇高的实利主义语境中，我们更多接触

[①] 亚当·斯密：《道德情操论》，谢宗林译，中央编译出版社2008年版，第34—35页。

和葆有的德性是前一种"可亲的"的道德。这是石一枫观察社会与认知世界的角度,有其优长,也有其局限。很多时候他显示出明确的先行主题和叙述主体的游离姿态,仅此而言,较之于更多同代作家的道德冷漠主义已经难能可贵,后者往往以人性的复杂性为遁词来逃避一个作家应该承担的道德责任。这实际上是一种后现代式的怀疑主义思想风格,"怀疑关于真理、理性、同一性和客观性的经典概念,怀疑关于普遍进步和解放的观念,怀疑单一体系、大叙事或者解释的最终根据……把世界看作是偶然的、没有根据的、多样的、易变的和不确定的"①。不信任一切宏大价值的结果自然是无法想象安小男、颜小莉这类性格执拗的"轴人"的存在,而对于不公与不义的现实采取了掩耳盗铃的鸵鸟政策,消极承认并心怀怨恨地接受现状,从来不会去试图进行改变。世界因此变得神秘、碎片化而停滞,文学叙事中历史连续性的断裂以及总体性的匮乏正是由此而来。

三、我们时代的现实主义

从这个意义上来说,石一枫以对传统现实主义的回归与改造,重启了一种启蒙叙事,但这种启蒙并非精英式自上而下的宣教,而来自底层之间体贴共情、患难相恤以及在自省与行动中的自我启蒙。《心灵外史》中的"我"——一个小知识分子——就是被来自底层的保姆大姨妈的信仰追求所反向启示。在缺乏恒定和稳固世界观支撑的时代,各种怪力乱神的迷信反倒纷纷兴起,来抢占崇高意识形态被解构之后留下的信仰真空。大姨妈对此有来自切身的观察:"我们只有怕,但却不会信。"②她执拗地想找到精神上的皈依之处,但屡屡被骗。具有社会辨别力的"我"对大姨妈不断信奉的"革命"、大师、传销、宗教有着清醒的批判认知,不免要悲怆地叩问:"假如启蒙精神是一束光芒的话,那么其形态大致类似于孤零零的探照灯,仅仅扫过之处被照亮了一瞬间,而茫茫旷野之上却是万古长如

---

① 特里·伊格尔顿:《后现代主义的幻象》,华明译,商务印书馆2016年版,第1页。
② 石一枫:《心灵外史》,北京十月文艺出版社2018年版,第59页。

夜的混沌与寂灭？"①虽然最终大姨妈死于追求信仰的途中，但"我"再也无法全然否定她的"相信"，至少从情感上理解了她追寻的意义。寻找"失踪"的大姨妈的过程，也是一个给盲信者命名和铭刻的过程，"信"的对象也许尚未找到，但"信"的追索行动本身是有意义的，它的意义就在于给一个人在世界上的存在建立意义。

　　小知识分子被底层民众自下而上地启迪，来自五四"新文学"开创的悠久传统，显然这来自由问题意识所设定的主观先行主题——从这个意义上来说，石一枫确实是五四以来现实主义的传人。但我们必须清楚，这种现实主义其实是理想主义，它并不试图通过模仿而创造出一个似真性的世界，而是借助集中与强化的手法凸显出想象中的寓言化"现实"。《借命而生》是一个典型个案。小说讲述两个逃犯姚斌彬、许文革与一个看守所警察杜湘东半生的纠葛。这个从80年代中期展开的故事一直延续到2008年奥运会，两个青年工人因为盗窃汽车发动机入狱，在越狱后其中一个被抓枪毙，另一个则遁入人海。不得志的狱警怀抱正义在生活的龃龉中一直没有放弃追捕，而逃狱犯最终归来，揭开谜底，原来当初"盗窃"只是为了研究技术。逃犯如今以企业家身份自首，是为了重新兴办破落的机械厂，却在资本玩家那里最终败北。小说中展开了关于"好人"的辩证法，几位主要人物在世俗意义上都是有着道德正义的"好人"，因而形成了关于法律正义的悲剧性对抗。警察与工人的身份隐含着社会主义时代的秩序、牺牲、奉献和集体，这些价值观及其人格化的对象在90年代迅疾展开的新社会语境中颠蹶趔趄、摇摇欲坠。二十年的逃亡、追捕、挣扎，"男人战斗，然后失败，但他们所为之战斗过的东西，却会在时间之河的某个角落里恍然再现"②。石一枫通过结尾"借命而生"的点题，使得小说成为一种关于法律与人性、自我与他人的寓言，并且特意强调了其理想主义的气质。这个寓言可以说是一部小型的社会变迁史，其中的爱与痛、失落与彷徨、奋斗与失败都被其他作家书写过，石一枫的有力之处在于将他人的牺牲提

---

① 石一枫：《心灵外史》，北京十月出版社2018年版，第96页。
② 石一枫：《借命而生》，《十月》2017年第6期。

炼出来，从而在堕落的表象中发掘出坚持和抗争的可贵。在这个古典悲剧式的小说中，人物其实是理念化的，这与密实的细节描写构成了一种反差，人物性格中的执拗和人物遭遇的传奇性并不那么"现实"却又极其"现实主义"。石一枫在时代、社会与人性的混沌中用文字雕刻了清晰可辨的命运与观念。如果按照现代主义小说以来的传统，可以说是理念大于形象，但这难道不是在价值观面目模糊的时代中文学所可能为总体性赋形的必然路径？

重建总体性的方式有很多种，卢卡奇（Georg Lukács）在陀思妥耶夫斯基（Фёдор Михайлович Достоевский）小说内部多种声音中发现了这种可能性，但正如现代小说是对史诗的模仿而不能企及一样，当代生活的系统、复杂、含混与斑驳现实所包含的多维层面已经让模仿与表现都难以为继——即传统现实主义的建构复杂性来表述复杂性已经不可能，而现代主义式的用荒诞、扭曲与变形来抽绎复杂性也被证明容易流于审美形式主义——石一枫的小说提供了另一种化繁为简的故事讲述的方式，不失为一种举重若轻的尝试。

在上述论及的作品中，他几乎都是凭恃明确的主旨编撰叙事，从而在芜杂的经验中厘清、凝聚起关于当代中国转型过程中个人与社会、理性与情感、平等与正义的演化脉络。就《借命而生》来说，在寓意层面叙述了"中国梦"的前史和转型伦理问题，改革开放进程中新兴的企业家（许文革）如何借工人（姚斌彬）的牺牲而重获新的生命，制度象征者（杜湘生）又如何借民间伦理而得以重建德性，它指向在中国内部各阶层、不同人群的命运共同体中弥合修补已经断裂的团结。罗尔斯（John Bordley Rawls）在论述"公平的正义"一致性的时候总结道："我们首先可以说，在一个组织良好的社会中，作一个好人（而且具体地说具有一种有效的正义感）对一个人的确是一种善；其次可以说，这种形式的社会是一个好社会。"①个人与社会之间彼此为用，第一个论断来自一致性，第二个论断来自第一

---

① 约翰·罗尔斯：《正义论》，何怀宏、何包钢、廖申白译，中国社会科学出版社1988年版，第564页。

个论断必然产生的合理性，彼此联结的共同体的价值由此得到彰显。

　　社会总体性共同体的形成一方面是共时性的联结，另一方面是历时性的连续，前者的合法性来自后者所提供的遗产。《特别能战斗》也许能更清楚地说明这一点，如果说石一枫真正意义上为当代文学提供了什么新人物，那么"特别能战斗"的苗秀华无疑是一位。这个从革命年代过来的"大妈"在21世纪与地产商、物业公司斗智斗勇的故事，一方面将革命话语和行为方式带入市场经济的语境中，连接了被"新时期"文学语法所统摄的书写中被遮蔽的一脉，把革命传统重新揳入当代生活之中；另一方面也体现了在权力与个人的博弈中，处于社会的个人怎么建立新的共同体（联络业主）以应对政治、经济的多方角力。"苗秀华的特别能战斗，恐怕也不只是个人修炼的结果吧，她的存在正说明了我们的生活中充满了令人不得不揭竿而起的困局。只不过人类社会和人类科技一样，都花样百出地发展了那么多年，怎么反而陷入了越发展就越让人无法心态平和的怪圈了呢？新的体制和新的创造又会带来新的困惑，于是只有战斗变成了永恒的真理。"① 玩世不恭的小知识分子"我"的反思，说明在与苗秀华的交往之中，"我"逐渐被感染与影响，并开启了新的可能。《特别能战斗》与《借命而生》构成了一种相互补充的互文，在具体的而不是抽象的个人与社会历史命运的紧密联系中，直接的经验被转化成带有普遍性的记忆和认知。

　　通过回忆和记忆的打捞，《漂洋过海来送你》构拟了"新时代"的寓言，进而重塑了共时性的联结和历时性的连续。小说在营造北京味儿方面颇为地道，主人公那家是北京旗人后裔，所以比较讲礼仪，那种礼仪当中也有着社会主义文化改造过后的内容，这点殊为重要。带有"顽主"气质的那豆为了庄重地送别爷爷那年枝，四处追寻被火葬场弄混的爷爷骨灰，在与跨国劳工田谷多和外逃海外的黄耶鲁两个身份迥异的同龄人的接触中，从玩世不恭中踏实起来，逐渐理解了爷爷的情感与行为：人总得为别人做点什么。孙子对爷爷的"讲理"的继承，绕开了"改开一代"的父母一代，也勾起了黄耶鲁对曾经参加抗美援朝受伤的奶奶及其精神的怀念。作为那一代普通人代表的那年枝同作为革命精英的黄耶鲁奶奶形成互补，共同遗

---

① 石一枫：《特别能战斗》，北京十月文艺出版社2017年版，第70页。

留给孙辈以精神的照拂与启示，以致到最后连黄耶鲁都明白了"为了自己，其实为的都是别人"①。祖辈的遗产被激活，意味着曾经在改革开放的父辈那里出现的裂缝被缝合，历史的旁观者最终成为历史的践行者。这是一个送别的故事，同时也是一个继承的故事；是一个全球化的故事，也是一个中国故事。

卢卡契（Georg Lukács）为现实主义辩护时说道："改良主义者只看到连续性，而先锋派只看到裂痕、深渊和灾难。然而，历史却是连续性与间断性、渐进与革命的能动的辩证统一。"②现在来看，这个论断依然没有过时，正是在对于历史的辩证认知中，石一枫创造了一种反颓废的普遍性叙事，不仅直面当代的精神难题，更是通过对于精神难题的书写抵达社会问题的提炼与分析，丰富了现实主义写作的样态。他的回归19世纪现实主义传统并非对某种作为手法与美学的现实主义的复辟，而是在现实语境变化了的基础上，秉持了现实主义精神所做的变化——如同前文分析所指出的，其中熔铸了带有古典说部和民间故事色彩的讲述方式。这是在机械复制、经验贬值时代的一种选择，我们在原先被称为类型文学的科幻小说、网络文学中可以清晰地看到这种故事回归的现象，它们并不致力于在文本中建构一个细节仿真的现实式世界，而着眼于社会总体性的勾勒——当然，这并非唯一选择，因为我们同样看到诸如"小说前沿文库"之类强调虚拟与架构世界观的"极端写作"的存在，它们编织自己独创的世界的时候，也同模仿论区别开来。③有什么样的现实，就有什么样的现实主义，正如对卢卡契进行过批判的布莱希特所补充的："谁也不能把现实主义贬

---

①石一枫：《漂洋过海来送你》，人民文学出版社2022年版，第417页。

②卢卡契：《现实主义辩》，见中国社会科学院外国文学研究所、外国文学研究资料丛刊编辑委员会编：《卢卡契文学论文集》（二），中国社会出版社1981年版，第30页。

③我曾经在《小说的前沿，美学的后卫——综论新世纪试验小说》（《艺术广角》2015年第3期）、《极端写作与实验小说的限度——高翊峰与一种当下文学取向》（《当代作家评论》2018年第1期）等文中讨论此类现象。

低成为一个形式问题。"① 现实主义写作方法有着广阔性与多样性,"我们根据斗争的需要,来制定我们的美学,像制定道德观念一样"②,唯其如此,"现实主义"才能真正显示出其开放性和历久弥新的艺术感染力。

现实主义在晚近几年出现了一种复兴的趋势,这个时候我们需要警惕的是詹姆斯·伍德(James Wood)所批评的"歇斯底里现实主义"。那种"现实主义"试图以大量知识与社会关系最大限度构拟出当代生活的复杂与丰富,但如果缺乏一以贯之的价值观作为统摄,可能在逼真性中失却道德性,充满庞杂的信息而缺少基本的人性内容,把生活的活力变成戏剧的活力,"借用现实主义的同时似乎在逃避现实"③。石一枫取径故事化,让随身携带时代与文化印记的类型人物代表了某种普遍性,使他的小说成为一种社会评论。这种做法当然冒着失去人物内在性的风险,很容易滑向无情与反讽的喜剧,但是叙述者最终被人物的执着所打动,及时在麻木不仁前刹住了脚步,石一枫的文学性就产生于那个刹住的瞬间——那个"我"面对陈金芳、大姨妈、杜湘生、苗秀华的遭遇忍不住从议论转向抒情的时刻。在那个时刻,"我"从一个无法承担起社会责任与历史重负的旁观者和逃避者,走向了共振者和参与者,开启了重建主体的契机。尽管在不同作品中依然程度不同地存在着节奏单一和语言冗赘的问题,但石一枫通过时代寓言的书写,塑造了一种有总体性世界观的叙事,体现了文学应该有的道德与价值担当。

---

① 贝托特·布莱希特:《反驳卢卡契的笔记》,见中国社会科学院外国文学研究所、外国文学研究资料丛书编辑委员会编,张黎编选:《表现主义论争》,华东师范大学出版社1992年版,第286页。

② 贝托特·布莱希特:《论现实主义写作方法》,见中国社会科学院外国文学研究所、外国文学研究资料丛书编辑委员会编,张黎编选:《表现主义论争》,华东师范大学出版社1992年版,第324页。

③ 詹姆斯·伍德:《不负责任的自我:论笑与小说》,李小均译,河南大学出版社2017年版,第183页。

作为记忆、仪式与治疗的文学

——阿来《云中记》的启示

一、如何治愈不可言说的创伤

在谈到文学的作用时,韦勒克(René Wellek)有过一段著名的论说:"整个美学史几乎可以概括为一个辩证法,其中正题和反题就是贺拉斯(Quintus Horatius Flaccus)所说的'甜美'(dulce)和'有用'(utile),即:诗是甜美而有用的。这两个形容词,如果单独采用其中任何一个,就诗的作用而言,都要代表一种趋向极端的错误观念。……如果说诗是'游戏',是直觉的乐趣,我们觉得抹杀了艺术家运思和锤炼的苦心,也无视诗歌的严肃性和重要性;可是,如果说诗是'劳动'或'技艺',又有侵犯诗的愉悦功能及康德所谓的'无目的性'之嫌。我们在谈论艺术的作用时,必须同时尊重'甜美'和'有用'这两方面的要求。"[①]"甜美"当然是指艺术作品所能给予的非功利的快感,而它的"有用"则是无目的的合目的性,未必非要给人强加以道德教训,两者结合在一起,就是与知觉严肃性(seriousness of perception)不可分割的审美严肃性(aesthetic seriousness)。

从中国现代以来的文学史观察,古典文论中"文以载道""诗以言志"的论说与民族国家想象相结合,形成了"感时忧国"的"有用"传统,尽

[①] 雷·韦勒克、奥·沃伦:《文学理论》,刘象愚等译,生活·读书·新知三联书店1984年版,第19页。

管并不排斥形式创造与美学探索，但"为人生"的现实感很大程度地挤压了"为了艺术而艺术"的"甜美"一面，并在革命与激进建设年代将工具理性发挥到了顶峰。80年代中期之后，经过现代主义理论与技法的反拨，并以朦胧诗与先锋小说作为范例，文学的认知与评判标准逐渐形成了一种"纯文学"话语，"有用"被视为文学的工具化，进而在官方意识形态之外遭到摒斥。这固然有着塑造文学主体性的意味，却也潜藏着自我边缘化的危险。时至今日，我们的文学认知依然处于此种典律之中，外部语境已经发生了整体性变化，过于注目于超功利避免不了走向个人化与拒绝交流，促使我们不得不重新审视我们时代的文学场域和文学观念的变局，思考审美与功能之间平衡的问题。

关于这个问题不能脱离文学的现场，否则我们的探讨可能沦为某种哲学观念或者社会科学思想的注释。但是，一个时代的绝大多数写作都会受制于该时代最主流的文学观念，很难产生突破性的理论认知。阿来的新作《云中记》倒是为数不多具备可讨论性质的作品。这部长篇小说与他此前获得盛名的《尘埃落定》及后来一系列虚构与非虚构作品不太一样，虽然那些前作也滋养了这个作品。《尘埃落定》其实可以视作新历史主义小说在民族边地题材上的成功，并且应和了所谓"魔幻现实主义"的风潮，而《机村史诗》则重复了"传统"与"现代"冲突的陈旧窠臼，《瞻对》《大地的阶梯》等非虚构作品也没有提供观念上的刺激。近年来，经过《蘑菇圈》《三棵虫草》《河上柏影》等中篇的积淀，至《云中记》才在语言与技法上臻于圆熟，而在理念上又有新质。它在发表后短短的时间里陆续登上各类专业文学排行榜的榜首，并且获得"五个一工程奖"，其公众认可度，甚至超过其他获得茅盾文学奖和鲁迅文学奖的作品，说明无论在"民间"还是在"官方"，都得到了普遍认可。

《云中记》的情节并不复杂，甚至称得上简单，写的是汶川地震五周年时，幸存者阿巴因为内心中难以平息的执念，从政府安置的移民村中回到已经沦为废墟的家乡云中村，为那些受难者进行祭祀。云中村废墟注定要在不久到来的山体滑坡中坠落，但是因为阿巴是一位乡村祭师，即小说中自称的"非物质文化遗产传承人"，他自觉有义务回去，并陪同云中村一起消失于江河。因此，从题材上来说，它是一部以记忆书写并安抚创伤的小说。

　　文学史中关于创伤的书写有很多主题，比如工业化对于农耕文明的伤害，是现代性冲突的基本母题之一，在城市与乡村的对立模式中持久地延续在中外文学的书写之中；或者战争和极端政治对于日常生活与人性常态的破坏，比如二战题材中关于犹太人大屠杀、奥斯维辛集中营的书写，又比如体现在反乌托邦作品中的专制与规训的梦魇；或者性别差异和父权制所带来的家庭、情感与两性关系中的伤害，它们通常与主流文化对边缘群体如有色人种、流散者、LGBT（同性恋者、双性恋者、跨性别者）的压抑形成同构。从这些创伤书写可以看到创伤之于人，呈现出两种面孔：人祸与天灾。所谓人祸是权力的肆虐或者他人的暴力，这是政治性、社会性与文化性的苦难；而天灾则是非人力造成的自然性灾难。苦难与灾难表面上相似，彼此之间也能够相互转化，甚至可能纠结在一起，但存在着本质上的不同：苦难有着可以明确指认的施害者，会联结起忏悔与控诉，常常会关联起弗洛伊德式的情绪释放、痛苦缓解以及弥赛亚式的精神救赎；但不可抗力造成的灾祸却是无意义的，惶恐、埋怨、指责都没有可以明确指向的对象，如果非要指认，那就是"自然"或者"命运"，它们无法归因与批判，最终需要创伤主体的自我阐释和自我治疗。

　　《云中记》中人们的创伤正是来自大自然的地震，这个灾难跟战争、政治、性别、工业化等等原因引起的后果不一样的地方在于，后面的各种创伤都有价值观或者文化形式的原因，可以归结为悲剧，而自然灾害中的创伤则是无因的惨事。地震所造成的无数生命的突然丧失、大量财物的毁坏与损失、普遍的精神与心理伤害，无论在现实还是在文本中都是无妄之灾——无偏差对象的灾难可以找到它的物理、地理乃至化学成因，但是却没法赋予它一个关乎情感与人性的意义。这种意义的匮乏带来了书写的难度，也就是说它所带来的创伤是不可言说的。所以，我们很自然地会发现在人类文学史上，关于自然灾难的书写无论从数量还是从质量上来说，都无法与书写社会、政治、文化等方面的人为灾难相比①。

　　创伤书写与记忆的回溯密不可分,正是追忆创伤的场景使之带有了"见证"的意味,但很容易陷入涕泪涟涟的诉苦、指控、抱怨与指责。文学史上的"遗民书写"形成过悠久的传统,在当代文学早期的阶级斗争叙事中往往表现为从文人创作到民间叙事中的"忆苦思甜","诉苦"成为一种积极的进攻与破坏,其问题在于无法生产出价值,所以必须与"思甜"结合起来。但单向度的诉苦模式在新时期之后迅速地被"伤痕文学"回收、模仿并成为20世纪70年代最后两年潮流性的叙事。这些作品最大的问题在于将自身摘出去,苦难经历者置身于一个假定的认知与道德高位,而事实上很大程度上陷入自我沉溺与自我标榜,不仅无补于对于过去事件的认识与理解,更无助于对未来道路的认识、规划与选择。这种翻旧账式的反向逻辑,除了重现了已然成为陈迹的过去,并没有提供价值,或者仅仅是粗暴地站在过去意识形态的对立面,其思维和行动是将历史作为垃圾场,翻检垃圾只是为了暴露垃圾自身的丑陋——但是,苦难与创伤也许将曾经的过去变成了废墟,但是废墟中未尝不包含可以回收利用的经验与教训。这是苦难创伤书写存在的问题,回到灾难创伤的不可言说性,其原因一方面是遗忘的自我保护机制起作用,另一方面则由于意义的匮乏,暂时找不到合适的表述形式,因而创伤留在那里如同空白一样等待治疗。

　　人在自然之中极为渺小,当自然显示出"天地不仁以万物为刍狗"的

---

① 国内学者从哲学角度切入的代表性著作如张志扬《创伤记忆——中国现代哲学的门槛》(上海三联书店1999年版),对媒介的创伤建构进行研究的著作如李红涛、黄顺铭《记忆的纹理:媒介、创伤与南京大屠杀》(中国人民大学出版社2017年版),都不涉及自然灾害所造成的创伤体验和记忆。对文学的创伤叙事进行研究的著作,如刘晓丽、叶祝弟主编《创伤:东亚殖民主义与文学》(上海三联书店2017年版)、刘玉《创伤小说的记忆书写》(科学出版社2019年版)分别讨论的是殖民、少数族裔、女性等创伤书写,张婧磊《新时期文学中的创伤叙事研究》(中国社会科学出版社2017年版)则更多集中于激进革命年代的伤痕记忆与精神影响,书中所分列的家庭创伤、社会创伤、集体创伤、女性创伤多从题材着眼,但逻辑上并不严格地处于一个层面。这些晚近研究,共同的问题是对创伤的理解聚焦于政治、社会、历史与文化,同样忽略了自然创伤的问题。

面孔时，人与自然之间是"天人合一"的状态，生与死在天人、物我、人己的"连续性的理性"[①]中并没有断裂。但是，它们之间的连续性并非自明的，灾难体验为人与自然、生与死的断裂，灾难过后无法追责自然，创伤就会成为人自身的问题。那么，叙事要面对的就不是自然凌虐于人的问题，而是人和他人如何相处、人和自我怎样和解，人的内心又怎样才能化解所受到的创伤。从这个意义上来说，《云中记》开辟了一种另类的创伤书写：阿巴的返回与凭吊之旅使得记忆成为带有信仰与奉献色彩的仪式性行为，重新将人与自然、自我与他人、内部与外部联结起来，成为一个完整的、延续性的存在，从而达到治疗创伤的效果。小说用歌咏的方式形成一种抒情结构和氛围，从纾解了创伤，进行了空白的填补与裂缝的缝合。歌咏的抒情结构是一种记忆结构，祭师阿巴独自回到创伤后的空白（无人的云中村）去纪念、缅怀、祭奠那些死去的人，同时在面对终将滑坡消失的村庄时，将自己作为一个祭品，奉献给必将陨落的地方与文化。在对于过去的追忆、对死者的祭奠以及亲身的体验与实践过程里，阿巴对那不可言说的创伤进行了阐释与化解，建构出存在与丧失的意义，从而达成了一种弗兰克（Viktor E. Frankl）所说的"意义治疗"（logotherapy），即对生命存在的意义以及对这种意义的追寻，赋予无意义创伤中的生命以意义，从而达到对于存在的肯定[②]。"记忆／历史—仪式／实践—治疗／救赎"形成了一个彼此交融、有条不紊的过程，从而复活了已被遗忘很久的文学功能中很重要的古典传统：巫祝卜史的传统。

此处所说的巫祝卜史与李泽厚所说的"巫史传统"（shamanism）有所不同，他强调的是精英政教"大传统"[③]，而本文认为对于普通民众而言，恰恰是不入精英视角，甚至遭受挤压的"小传统"中的巫或者萨满式人物

[①] 林安梧语，他认为儒家的"绝地天之道"是未曾割裂的理性，与西方宗教中的"巴别塔"那种"断裂性的理性"不同。林安梧：《中国宗教与意义治疗》，文海学术思想研究发展文教基金会1996年版，第1—20页。

[②] 参见维克多·弗兰克：《活出生命的意义》，吕娜译，华夏出版社2010年版，第117页。

[③] 参见李泽厚：《说巫史传统》，上海译文出版社2012年版，第5—35页。

在社会中扮演了重要角色,他们是地方性与族群性文化精英。阿巴属于藏族万物有灵信仰中的祭师,而中国不同地域、民族中遍布着这样的人物,比如彝族的毕摩、纳西族的东巴、壮族的麼公、苗族的道公,相应的如毕摩《指路经》、东巴经书、壮族的《布洛陀经诗》与嘹歌、苗族的《亚鲁王》史诗,构成了广义上的"泛文学",并非个体化的玄思与审美,而是进入民众婚丧嫁娶的日常生活实践之中,发挥着娱神娱人、沟通幽冥、集体欢腾、凝聚团结、传承文化的作用。

二、通过仪式:书写与见证

回到文本与写作本身,《云中记》采取了莫扎特《安魂曲》的形式,按照时间顺序的叙述中以倒叙、追叙、插叙的方式穿插回忆,随着时日推进,阿巴、云中村、云中村的村民与历史逐渐显影出来。从叙事当事人角度看,云中村历史的主干部分是当代史,即新中国成立之后受到现代化影响的历史——以技术、工业与商业以及随之而来的意识的打开为表征。十八岁的阿巴曾是云中村第一个发电员,那之前已经有了第一个拖拉机手、脱粒机手、赤脚医生、解放军。"那些年头,云中村的历史就像重新开始一样,好多个第一个啊!"[①] 这是一个改天换地的时代,无数的"第一个"意味着外来事物给曾经封闭自足的社群所带来的新变,而这种新变必然会导致原先的"共同体"向"社会"转化。在常见的"传统/现代"二元模式中,经常可以见到类似的书写,外来冲击—内部分裂—共同体瓦解—新的生产生活方式取代或者至少挤压了原有的生产与生活方式,从而引发社会关系、情感结构、价值观念乃至世界观的变化。但《云中记》创造性地突破了这种模式,它固然呈现了这种现代性必然的冲突,但并没有让冲突成为唯一的视角,而是在断裂中有连续,让矛盾统摄在移风易俗、流变不已的动态中,最终获得平衡与和谐。

阿巴在云中村每个细致空间中的游走,成为带动时间流动的框架,旧

[①] 本文《云中记》的引文,全部出自北京十月文艺出版社2019年版,不再一一标注。

日时光在记忆中一一重现，反复杂沓地吟咏出逝去的事物。历史在其中呈现为重叠累加的形态，而非线性发展的单维结果。所以在阿巴的记忆中，新事物的到来并非割裂了云中村的绵延，而只是增添了它的厚度。云中村作为一个固定空间在这里显示出一种笃定，时间在其中流走，而它始终不变。云中村人的祖先原来是横穿过高原的西部部落，来到了毗邻高原的东部，征服了此地的原住民矮脚人，荡尽了森林中的妖魔鬼怪，首领阿吾塔毗升天后成了云中村后高峰的山神。"以前祭山神，阿巴重述这个故事，心里满是云中村人的骄傲，和对山神阿吾塔毗的崇敬。今天阿巴心里却横生哀怜之情。云中村要消失了。而在消失之前，云中村人也遭遇了当年那些矮脚人那样的无妄之灾。"历史从来都不是温馨和顺的坦途，云中村人的历史其实是一个血腥征伐的历史，矮脚人的灭顶之灾被当作历史进程中的自然结果，循此逻辑，那么云中村的消失也就是必然的宿命。与迁徙与争战不同的是，云中村在地震前已经在消失中，电、机器、参军、考学、贸易、媒体……这一系列现代性事物逐渐改变了它的面貌，是一种大势所趋："世界上所有的水流开始的时候，都是一小股一小股聚在一起。越往前，就要汇入更大的水流，最后，流入到大海，就分不出这些水是从哪里来的了。"现在的情形是，灾难强迫阿巴从熟视无睹的状态中走出来，在记忆中重审过去，让他对历史行进中的创伤具有了感同身受的共情。

"我们自己的语言怎么说不出全部世界了"——层出不穷的新东西接踵而至，世界变大了，也变得陌生了，阿巴回到终将消失的旧世界，促使他返回的是作为祭师的责任与承担意识，源自素朴的体恤和温情："我也不知道死了的人是不是能够听见。但要是能够听见，却没有人来和他们说话，那怎么办？活人可以哭天抹泪地自己可怜自己，活人还有政府照顾，志愿者帮忙，活人还互相帮忙，互相安慰。可是死人呢？都说人死了就死了，就什么都没有了，什么都不知道了。唉，要真是这样的话，倒是好了。"这种对于死人的同情想象，并没有导向彼岸世界之类明晰的世界观，而是天真的"万物有灵"，祛除了迷信，显示为人与自然相亲无别的浑然交融状态。这种状态展现出现代理性所无法熨帖抚慰的心灵，比如对于丧失的困惑与痛苦并不会因为科技的进步就理所当然地得到解决。尽管在世俗化语境中，祭师的使命已经发生了动摇，就像小说中写到的，人类学教授以现代理性将祭师客体化，并把祭师的功能阐释为两方面：祭祀神灵和安抚鬼魂。祭祀神灵可以作为传统文化保留，而安抚鬼魂则属于需要抛弃的迷信行为。这套知识体系在现代理性内部获得了自洽，但它终究有其抵达不了的角落，尤其是当某种无由的、类似天启的灾难发生，打破了看似安详稳定的日常之时，那么超越于现世的东西就会浮现出来，那是仅凭知识、技术、金钱与肉体快乐所解决不了的问题，需要某种形态的信仰。

小说通过喇嘛与祭师面对社会变革的态度讨论了信仰的问题：喇嘛所代表的制度性宗教中的专职人士，与阿巴所代表的地方性、弥散性信仰①中的普通人尽管同属信仰系统中人，但前者是有着明确身份的神职人员，而后者则是非职业化的、在残存的巫祝传统中拥有复杂身份的常人。在谈到《云中记》的写作时，阿来认识到因为阿巴的祭师身份，必然会涉及所谓"神性"与"人性"的问题："我出身的族群中有种古老的崇拜体系，是前佛教的信仰，它的核心要义不是臣服于某个代表终极秩序和神圣权力的神或教宗，而是尊崇与人类生命同在的自然之物。这种信仰相信与血肉、与欲望之躯同时存在的，还有一个美丽的灵魂。同时拥有这两者，才是一个真正的人。他们的神也是在部族历史上存在过的、与自己有着血缘传承的真正英雄。这种信仰与纯粹的宗教不同之处在于，后者需要的只是顺人，而前者却能激发凡人身上潜在的英雄品质。"②创伤书写不能沉湎于凄凉的悲悼，而要写出生命的庄严和人类精神的崇高与伟大，阿巴正是表征了来自科学理性规划未能全然涵盖的淳朴人性中的光芒，这是"一个凡人……依据情感的逻辑演进为一个英雄"③的叙事。

凡人的情感逻辑即是一种"人同此心，心同此理"的泛神论思维，使得《云中记》并没有陷入神秘主义的唯心论，反倒显示出一种真切的现实

---

① "弥散性"和"制度性"宗教是杨庆堃的描述与分类，参见杨庆堃：《中国社会中的宗教：宗教的现代社会功能及其历史因素之研究》，范丽珠译，上海人民出版社2006年版，第268—307页。

② 阿来：《唯一可以仰仗的是语言》，《解放日报》2020年2月16日。

③ 阿来：《关于〈云中记〉，谈谈语言》，《扬子江评论》2019年第6期。

主义。自始至终，叙述者与叙述对象都没有确认灾难死者的鬼魂或亡灵的真正存在，他们只是阿巴情感与幻想之物，而非某种超验的实体性存在，这与文学史上那些着相的鬼怪幽灵判然不同——亡魂虽然同为生者与死者之间延续性的存在，但并非实体化的，因而也并没有产生恐惧的、异类的、神秘之感，而是与生者的认知和创造有关。亡魂与旧有的苯教、佛教、乡间习俗这些过去的"幽灵"，一度被内在化，成为改造自然的科学与心理学中的症状。我们以为它们消失了，其实它们只是藏在意识的暗处，只等待某个复出的契机。那些在突如其来的灾难中死去的人，将他们的生活以及伴随着生活的一切都埋藏在泥土中，成为无法言说的秘密，却纠缠着幸存者，如果无法给它们以安顿，它们就会造成幸存者精神上的分裂。安德鲁（Andrew Bennett）与尼古拉（Nicholas Royle）在那本影响甚广的文学理论教材中说到"幽灵"："既处于人类感觉之外又位于人类感觉之内的矛盾性的感觉……是根本意义上的人，又是一个非人的存在物，是对人的否定或动摇，那它就是个悖论……正是这种令人反感的幽灵及其悖论性以多种多样、激动人心的方式充斥在小说、诗歌、戏剧，即我们称之为文学的东西当中。"[①]文学因此就具有了那些被压抑之物回归的隐喻：无法被理性言词言说的事物既陌生又熟悉，人们受到过去的残暴的困扰和难以表达的经验的纠缠，只能在想象与叙述中予以呈现，从而弥合精神的分裂。阿巴的经历和行动于是就形成了一个隐喻：亡魂实际上即是历史，而这个历史一度被遮蔽与忽视，外在于主流的文化、习俗、认识、心灵与情感。这同样是一种创伤，阿巴的回乡即返回原初历史与创伤现场，只有在重返中通过仪式般的再次经历，才能彻底消弭治愈它。

这种情形不仅存在于叙述对象阿巴身上，也存在于写作者阿来身上。创伤理论家凯西·卡露丝（Cathy Caruth）指出："创伤携带着一种使它抵抗叙事结构和线性时间的精确力量。由于在发生的瞬间没有被充分领会，创伤不受个体的控制，不能被随心所欲地重述，而是作为一种盘旋和

[①] 安德鲁、尼古拉：《关键词：文学、批评与理论导论》，汪正龙、李永新译，广西师范大学出版社2007年版，第128页。

萦绕不去的影响发挥作用。这种影响不仅持续地、侵入似的重返,而且只有在延迟的重复中才能被第一次经历。"①阿巴的重返与阿来的重返都是通过回忆与书写而抵达治疗创伤的努力,《云中记》的书写是为了告别的聚会,就像阿来后来在自述中所说:"一个年复一年压在心头的沉重记忆,终于找到方式让内心的晦暗照见了光芒。"②所以,不仅阿巴的祭祀行为可以被视为一种通过仪式,阿来的写作行为本身也是一个仪式过程,作为亲身经历者的作家通过这个仪式去消化那些惨痛记忆。作者、叙述者以及被叙述的人物对象,每个层面的人经历的都是通过仪式。而文本内部,则将苯教的仪轨、非物质文化遗产的现代转换、世俗化时代的信仰等各种东西呈现出来。文本内外的双重仪式,最终要达到的是治疗的效果,一方面是阿来与阿巴心理上、情感上、精神上的自我治愈,另一方面也是对他人的、外部的、社会的、文化上的治疗。这个书写/仪式过程既是程序化的东西,是手段、形式与方法;同时在书写/仪式的过程中,也达成了它自身要追求的结果、目的和价值。

三、重识文学功能

关于文学治疗的原理与实践,叶舒宪曾从中西古今的历史梳理中寻味其由来缘于现代性语境中治疗主体从宗教、哲学向文学的转移——文学能够满足符号(语言)游戏、幻想补偿、排解压抑与释放紧张、自我确证和自我陶醉等多种需要,有着治疗的可能性与可行性,所以"作者"与"医生"之间存在着转换与互动。③这是从人类学角度对文学功能的一种建设性探索。《云中记》从治疗的角度,无疑提供了一个鲜明的个案,但又超越了"作者论"或"文本论"的限制。

我们看到,云中村的亡灵与文化在阿巴的记忆/仪式操演,即阿来的书写行为中——复活,呈现出栩栩如生而又各具特性的面目。逝去与必然

---

① 安妮·怀特海德:《创伤小说》,李敏译,河南大学出版社2011年版,第5页。
② 阿来:《不止是苦难,还是生命的颂歌》,《文艺报》2019年6月12日。
③ 参见叶舒宪主编:《文学与治疗》,社会科学文献出版社1999年版,第1—18页。

逝去的信仰实践重现，而阿巴和阿来也通过类似入神（ecstasy）的过程进行了自我治疗，同时也让小说中的其他人物仁钦获得解脱与安慰，让央金和祥巴得到陶冶和净化。它的记忆与书写面朝过去，却又指向未来。所以《云中记》首先是"为己"的写作，但与此同时达到了"为人"的写作的效果，无目的而合目的地完成了对于科学、理性、官方的创伤解释之外的一种文学理解，从而在三个方面进行了抚慰：一方面治疗了自我（阿巴、作者），另一方面安顿了亡灵（死亡的人、过去的文化、无法幸免的命运），还有一方面是告慰与解放了幸存者、活着的其他人与文化。从时间的长流来看，一切遭际都如同泪水融入雨水："大地上所有一切都不会消失，只是换一种样子。"

但是，我将《云中记》解读为一种书写记忆、一个通过仪式和一次文学的疗救与治愈，并不是仅仅意在做出美学鉴赏，而是要回到文章开头提到文学功能与文学观念的问题。阿来在自我阐释中说道："科学时代，神性之光已经黯淡。如果文学执意要歌颂奥德赛式的英雄，自然就要脱离当下流行的审美习惯。近几十年来，受西方现代派文学和后现代派文学的全面影响，文学充满了解构与反讽，荒诞、疏离与怀疑成为文学前卫的姿态。我们已经与建构性的文学疏离很久了。"[①]他所谓的"建构性"，主要着眼于精神性空间的建构，而他所未曾说出来的更重要的建构性在于重启我们对于文学功能和文学观念的再认识。

在一般文学概论和惯常认知中，文学的功能往往会被归纳为以下四种：一、审美，这是文学区别于哲学、社会科学、自然科学等其他人类文化形式的主要特征；二、娱乐，让人从中得到消遣、放松、解脱的愉悦；三、认知，即文学通过自己特定的方式启迪、增进读者对于世界的理解和认识；四、教育，在效果上达到净化、陶冶乃至宣传、激发的作用。这些功能在"歌乐舞一体"是文学最初源起时，综合在一起，并没有特别分化，但是伴随历史的发展，浪漫主义以来尤其文学的自律性与主体性确立之后，非功利性的审美则被突出强化出来。这同文学观念自身的发展相得益

[①] 阿来：《关于〈云中记〉，谈谈语言》，《扬子江评论》2019年第6期。

彰——17 至 18 世纪的欧洲，"文学"从较为宽泛的学识、修养、文献等含义转为带有虚构与想象意味的作品，然后获得迅速的民族化与地方化，并于 19 世纪形成了今日较为稳固而通行的含义，[①]即以"无用之用"将审美功能强化，而实用功能弱化的过程。

20 世纪，中国从日本及西方译介此种西方现代文学的含义，并替代了中文语境中原来的"文学"的意思，但是随着时势的变化，它不断地受到来自受众群体与传播媒介的挑战，文学的重心在这个过程中也发生了位移：从作者中心到文本中心，再到读者中心。文学的功能也随之有所转变。如果说浪漫主义时代产生的天才论使得作家的主观意志和创造力被放置在首要位置，那么在塑造与想象现代民族国家的历史时，彰显意识形态诉求的内容、思想、倾向与立场则显得尤为重要；进入 20 世纪下半叶，读者的能动性与反作用力则愈益受到重视。这种语境中，文学的认知功能被其他技术性分科所代替，教育功能则被视为意识形态的控制。在文学内部的细分中，严肃文学侧重审美，通俗大众文学侧重娱乐。21 世纪以来，在信息技术的加持和个人主义、多元主义与消费主义的助推下，新兴的网络文学进一步将生产、传播与消费的平台凸显出来，文学的娱乐性得到进一步扩张。

如果按照这种趋势笼统言之，那文学的式微几乎是势所必然，因为严肃文学的审美日益窄化，逐渐沦为小圈子的趣味和个人式的喜好，会严重窒碍文学作为公共文化产品的传播范围和接受度；而作为娱乐化产品的话，文学的前景也不容乐观，在媒介融合之中会成为新媒介的"内容提供者"。这迫使我们回到最基本的一些问题，即我们时代的文学怎么样从个人出发而又不囿于个人经验？写作主体有没有可能做纯然的想象或"零度写作"，而主体不介入？读者究竟希望从一部作品中获得什么？

《云中记》的个案探讨可以对此做一些回应。它以个人经验作为基础，

[①] 参见雷内·韦勒克：《比较文学的名称与性质》，韩冀宁译，见孙景尧编选：《新概念、新方法、新探索——当代西方比较文学论文选》，漓江出版社1987年版，第69—72页；雷蒙·威廉斯：《关键词：文化与社会的词汇》，刘建基译，生活·读书·新知三联书店2005年版，第268—274页。

处理影响深远的自然创伤问题，并且将写作行为与叙事过程转化为一种需要主体投入的仪式，从而起到对于受难者"安魂"的作用。创伤体验在任何并非静止的社会中都避免不了，确切地说，它是一种带有共通性的变迁体验。21世纪以来涌起的几种写作现象如"底层文学""非虚构写作"以及近两年出现的书写东北老工业区在集体所有制经济改革中下岗职工及其子女遭遇的"铁西三剑客"（双雪涛、班宇、郑执），都是在处理全球化时代的新伤痕经验。这些作品良莠不齐，我们先不对其艺术水准进行评价，就写作模式而言，普遍受制于80年代中后期以来所形成的"纯文学"话语，即以个体书写、伤痕即景、怀旧式反思与控诉式批判为底色。坦率地说，它们只是强化了对已知事物的体认，这对于破除人们由于熟视无睹而带来的盲视有一定的意义，但却没有提供文学自身的洞察，而重复了庸俗社会学式的观念。读者从中固然可以得到一些带有震惊性的故事和圆融曲折的叙述技巧，但情感与精神上却并没有得到慰藉。如果说以网络写作为代表的通俗大众文学，某种意义上是一种文化工业产品，其娱乐性是对于巨大压力下的精神按摩和消极抚慰，那么对于严肃文学的讨论而言，则有待更积极的建构。

较之当代中国文学中政治、社会、文化变迁叙事所形成的强大传统，自然灾难叙事除了应景和即时性之作，很少留下具有阐释空间和治疗功能的作品。《云中记》就凸显出其温暖人心的意义，它提供了经历了灾难和"牺牲"（阿巴的祭祀，及他与云中村一同逝去）后的安详与宁静，让人回想起古印度最早的文论著作《舞论》（戏剧学）中所说的："我所创造的戏剧对于遭受痛苦的人，苦于劳累的人，苦于忧伤的人，（各种）受苦的人，及时给予安宁。……将（导向）正法，（导向）荣誉，（导致）长寿，有益（于人），增长智慧，教训世人。"[①]这是文学诞生早期雅正庄重的诉求，不仅关乎作者的愿望，同样关乎读者的期待。同时，阿来将民间文化（苯教信仰）经过改造，转化为"非物质文化遗产"，

[①] 婆罗多牟尼：《舞论》，金克木译，见《古典文艺理论译丛》（十），人民文学出版社1965年版，第2页。

将母语嘉绒语同典范的现代汉语结合，发展为一种节制而含蓄的语言。最主要的是，它恢复了古老的文学治疗的功能，从而使得一度被现代以来的"纯文学"机制挤压的"泛文学"和"杂文学"的传统浮出水面，而这预示了媒介融合与文化融合的整体语境中文学发生变局的一种可能性。它所具有的典例效应并非纯然学院派的空谈，尤其是我们当下经历的新冠病毒肺炎所带来的恐惧、哀伤与悲痛，需要哀悼与告别、安慰与治疗的时候，更有着强烈的现实意义。如果说文学要具有恒久性与普遍性的话，那它就体现于这种时代性与现实性关注之中。

中间地带的瓯脱叙述

——陈福民《北纬四十度》的空间感觉、文明论与文史表述

文史写作在中国有着源远流长的传统，官修正史之外，不乏稗官野史、杂录笔记，或记杂事秘辛以彰博闻多识，或考成败经验以明鉴古知今，或借前贤过往之酒杯浇自家郁积块垒。凡此种种，不一而足。以后世眼光看，王夫之《读通鉴论》、王鸣盛《十七史商榷》、赵翼《廿二史札记》属于"史学"，而诸多笔记杂感则属于"文学"。后者很多时候看上去不够端肃，多作为拾遗补阙的材料，很少提出新异出奇的观点，或者即便有些令人耳目一新的议论，也往往缺乏周密论述。但一般读者对此类真假难辨的文史作品反倒热情有加，倒未必如同常见的似是而非之论中所说的中国人有重史心态，而是它们确实不惟有增广见闻之效，更在裨补谈资上大有助益，是松下瓜棚、街谈巷议时候的绝妙素材。

当代散文随笔中有很大部分取材于历史。在20世纪90年代的散文热潮中，"文化大散文"就是其中最为强劲的一脉，像余秋雨《文化苦旅》、夏坚勇《湮没的辉煌》、鲍鹏山《寂寞圣哲》、王充闾《沧桑无语》等作，或在行旅中追怀过往，或在典籍间感慨沧桑，或纵论世事沉浮，或抒发命运感伤，也名噪一时。21世纪以来伴随网络文学的兴起，当年明月、赫连勃勃大王都是以通俗历史讲述暴得大名。"传统"的或者说看上去更为严肃的历史随笔，如王族《上帝之鞭：成吉思汗、耶律大石、阿提拉的征战帝国》《游牧者的归途》，赵柏田《岩中花树：十六到十八世纪的江南文人》《南华录：晚明南方士人生活史》等描述、归纳、总结的"重述历史"散文，也所在多有，受众甚夥。

人们为什么会读此类"非虚构"作品，原因或如前所说，有娱乐八卦的欲求，但更多还是来自一种知识期待和美学愉悦。培根谓"读史使人明智，读诗使人灵透"[1]，优秀的文史写作兼具文学与历史、认知和审美两种功能。陈福民的《北纬四十度》便是这样的一部作品。宋湖湘学派奠基人之一胡寅曾谓："苟不知著书之意，徒耽玩词采，以资为文，以博闻记，则失先贤之旨，而无益于大用矣。"[2] 虽然我并不完全认同他实用主义的儒家历史观，但关于"著书之意"不能耽溺于丽辞华文、满足于广博见闻，而要有超越事与词之外的见识，倒是心有戚戚。《北纬四十度》之所以称得上优秀，乃在于他不仅撷拾故实、采编旧闻，然后以通达晓畅的笔法重新讲述出来，更主要在于，它在统观史书记载的基础上提炼出贯通的线索，从而显示出卓然独创的见识。陈福民从身体经验的空间感受出发，引申出历史认识与判断，再通过文学方式表述出来，形成了富于启示性的文本。

一、以地贯史

散文随笔写作最易流于琐碎散漫，对于一本文集而言尤为如此。前述的很多"文化大散文"就存在这样的问题，论单篇不乏叙事件之首末、尽人物之遭际、发思古之幽情，但欠缺提纲挈领的统摄性主题，因而往往给人支离之感，无法形成一种令人印象深刻的见解（无论是洞见还是谬见），也就难以产生启发性的思考。与零碎信息式文史写作不同，《北纬四十度》有着明确的规划，用作者的话来说就是"以历史为经，以北纬40度地理带为纬，去展开和呈现出一幅'参与性'的千古江山图"[3]。"北纬40度"既是一个地理概念，也是一个文化历史概念，如同它本身内含的交错杂糅的气候、物产、人群、地缘政治、生产与生活方式一样，这是一个跨界的

---

[1] 培根：《谈读书》，见《培根随笔集》，曹明伦译，人民文学出版社2006年版，第164—165页。

[2] 胡寅：《读史管见旧序》，见《读史管见》，岳麓书社2011年版，第3页。

[3] 本文所引《北纬四十度》文字，均来自上海文艺出版社2021年版，不再一一标注页码。

含混地带。这一概念统贯各个章节，全书纲举目张，让从先秦到有清一代长城两侧的游牧文明与定居文明的民族冲突与融合的故事眉眼清晰起来。

章学诚说："今日学者风气，征实太多，发挥太少，有如桑蚕食叶，而不能抽丝。拙撰《文史通义》，中间议论开辟，实有不得已而发挥，为千古史学辟其蓁芜。"①"征实"的风气在历史叙述中由来已久，而被史实裹绕无法耸身立言也是积习难改，这一点无论在章学诚时代还是在当下都是相似的。陈福民却有章学诚那种大气包举、大刀阔斧的气派，从无量计的过往人事中"抽丝"萃取了十个片段，以那些时空中活跃着的人物为中心"议论开辟"，勾勒一幅北中国往事绵延长卷。这种整体观相当重要，如果没有这种"抽丝"，那么散布于史籍中的材料与信息就无法构成叙事，而没有叙事就无由带来觉知。如果就《北纬四十度》摒弃任何"中心"因而也就不再有"边缘"或"边疆"的叙述立场而言，陈福民的这种整体视野观照下的地理历史书写可以称之为"瓯脱叙述"。

"瓯脱"一词，按照刘文性先生的考释，在《史记》《汉书》中凡六见，原为匈奴语，译成汉语就是"中间""当中"，被匈奴人称为瓯脱的"弃地"就是"中间地带""当中的土地""中隔地"或"中立地带"。因为匈奴语同突厥语有着密切关系，瓯脱与古突厥语里的 ortu 同源，该词是突厥部族葛逻禄下属的处月、执失等部落的语言，在成书于 11 世纪的《突厥语大词典》中注为"中、当中、中间"。直至今日 ortu 依然为操突厥语的许多民族使用，只是略有音转，维吾尔、哈萨克读作 orta，撒拉族读作 ota，西部裕固族读作 urda，但词意完全相同，就是"中间地带"。②白鸟库吉（Shiratori Kurakichi，1865—1942）、弗拉基米尔佐夫（B. Ya. Vladimirtsov，1884—1931）、拉铁摩尔（Owen Lattimore，1900—1989）均有从不同语种里的考辨，与之相类。当然，也有学者认为瓯脱原意是边界上屯守处，引申为候望或斥候。因为边界双方并非哨卡紧密相连，所以

---

① 章学诚：《与汪龙庄书》，见《章学诚遗书》，文物出版社 1985 年版，第 82 页。
② 参见刘文性：《"瓯脱"释》，《民族研究》1985 年第 2 期；《"瓯脱"再认识——与张云、何星亮同志商榷》，《西北民族研究》1988 年第 2 期。

有处于中间地带的"弃地"。① 蒙古族学者认为瓯脱是蒙语 otok，原是社会组织的行政单位，蒙古氏族游牧时代被用作游牧营地或狩猎时的辅助名词，蒙元帝国时代专指游牧营地或皇帝围猎营地，元朝时成为商贾集团的名称，北元时则成为替代千户的行政单位，清代被旗所替代，从而消失。② 或者就是领地的意思。③ 但是这些蒙古族学者仅依靠单一语言的分析是立不住脚的，不惟近邻语言之间彼此互换、借用、演变；而且某种语言的能指与所指、词与物之间存在着由历时变迁而带来的差异，其内涵与外延亦会发生流转，从而使得我们理解某个概念时不能拘泥于词语本身，"瓯脱"亦复如是。

现在的基本共识是，在西汉和东汉时期，部分史家笔下的"瓯脱"是专门用词，所指为东胡与匈奴之间，即从河套以东至辽河以西的广阔草原地区。这便是陈福民所谓的北纬 40 度一带。从宋代开始，"瓯脱"在一些史家的笔下，已不再是专门用词了，他们将国内任意两个政区和两个民族居地之间的地方都称之为"瓯脱"。它从一个专有名词逐渐演变成了通用词。另外，中国各地不论两个政区还是两个民族居地的交界地区，都曾存在犬牙交错式"插花"土地的地理现象；同时，还有一个地区的一片或数片土地，存在于另一地区的内部，面积有大有小，均是与本地区土地不相连接的"飞地"。这些地理现象也被古代和近代一些史家称之为"瓯脱"。④ 逯耀东提到拉铁摩尔的边疆（boundary）与边界（frontier）之分，有助于加深对瓯脱的了解："彼谓边界，乃指长城边界而言，彼所谓之边疆，即长城外政治文化之过渡地带。此一地区既不服于汉，亦非属于匈奴，而徘徊二者之间，若此一地区之均势可维持，双方则能和平相处，若此一地区之均势打破，冲突即起。"⑤

---

① 参见张云：《"瓯脱"考述》，《民族研究》1987 年第 3 期。
② 参见胡·阿拉腾乌拉：《简论"瓯脱"的起源与发展》，《内蒙古民族师院学报（哲学社会科学·汉文版）》1990 年第 3 期。
③ 参见胡和温都尔：《瓯脱义辨》，《内蒙古社会科学》1991 年第 6 期。
④ 参见侯玉勋、尚季芳：《"瓯脱"及其相关问题再探讨》，《西夏研究》2015 年第 1 期。
⑤ 逯耀东：《从平城到洛阳——拓跋魏文化转变的历程》，中华书局 2006 年版，第 296 页。

陈福民正是在中间地带这个意义上进行了瓯脱书写："以长城为标志，北纬40度地理带在历史演变进程中逐渐形成了不同的族群与生活方式，最终完成了不同文明类型的区隔、竞争与融合。在它的南方，定居民族修城筑寨掘土开渠，男耕女织安居乐业，却也将息得辛苦恣睢小富即安；而它的北方，游牧民族辽远开阔骏马驰骋，寒风劲凛雨雪交加，却也砥砺出坚忍豪强自由奔放。围绕北纬40度，那些不同的族群相互打量着对方，也加入着对方。长河流淌，鸣镝尖啸，伤感吟成诗句，痛苦化为尘土，带走过生命也带来过生机。在长城内外他们隔墙相望，侧耳远听，深情凝视了几千年。虽然不能完全变成对方，最终却也难舍彼此。"在这一线瓯脱之地，华夏、汉人为主体的中原民族、农耕文明在时间的长河中，与不断涌现出来又不断嬗变的东胡、匈奴、鲜卑、羯、羌、氐、突厥、契丹、女真、蒙古、满洲等一系列北方少数族群、游牧与迁徙文明，或往来搏杀，或折冲樽俎，或结盟互市。若以中原、华夏、汉文化的角度来看，北纬40度无疑是"边地"或"边疆"，但陈福民选择的叙述立场是居间，即以一种超越于具体站位的理性而客观的后见之眼，回望过往数千年的文明变迁。我曾经写过一篇文章论述作为方法的"边地"[1]，"瓯脱叙述"可以说是作为方法的居间地带，一种类似于霍米·巴巴所谓的"居间空间"（in-between space）的混杂性处所，它是临界性的阈限空间，文化在其中得以协商与转化[2]。

从这个意义上来说，《北纬四十度》某种程度上是对"边疆研究"或者"边地书写"的推进与拓延，对于重新认知跨境族群及其历史与文化也不无启示。以瓯脱作为横贯东北亚到中亚大陆的历史叙述立足地，不仅仅是一种历史地理的书写，更构置了一种世界观。先秦形成到西汉完成的华夏中心世界观是天下主义的，"中国"即为无远弗届、没有外部的"天下"。这种"中国–天下"的空间观来自"大一统"的时间观：《公羊传》解释《春秋》首书"元年春王正月"为"大一统"，何休注"统"就是开始，正月

---

[1] 参见刘大先：《"边地"作为方法与问题》，《文学评论》2018年第2期。
[2] Homi K. Bhabha: *Nation and Narration*, Routledge, 1990, P4.

是一切的开始，在天人交感的比附中，"王正月"即意味着政教之始。董仲舒接续了何休的观念，"大一统"即"一统"为大——受命于天的王者布政施教的头等大事就是要建立正朔，重新确定正月初一，给天地、百姓、万物一个至正的开端，从而"时间开始了"。"大一统"的确立是将天下政教号令同归于"王－天子"，于是时间观念上的一统就顺理成章地导出了空间观念上的统一之义。[①] 这就是所谓"以时统空"的来源，传统国画中的"散点透视"，即将不同空间的人、景、物统摄到同一个画面当中，其背后的美学支撑就是这种宇宙论。

"以时统空"可以说是以华夏文化为中心的世界观，一直延续到19世纪中叶在西方近代文明的冲击下才有所松动。"焦点透视"的出现显示了被时间观统摄的平铺的空间观向物理意义上的立体空间观的转化。《北纬四十度》也可以视为一种"焦点透视"式的叙述——以北纬40度作为焦点，围绕这个不变的地理空间展开纵深的历史时间的运行。北纬40度瓯脱叙述中南北力量的此消彼长印证了历史的变迁，经历区划沿革后的空间见证了地气的转移，时间摆脱了形而上的静态面目，具有了纵深之感。

二、文明论：重述中国之一种

《北纬四十度》以赵武灵王开篇，固然因为从时间线条上来说"胡服骑射"的故事处于前端，但更重要的原因是赵武灵王所体现出的改革与进取的雄心，显示出来一种"文明的识见与境界"。这可以说是陈福民在写作此书时的无意识和基本语法：文明论。近代以来，由于从日本传来的文明论尤其是福泽谕吉（1835—1901）言说的影响[②]，"文明"这个概念带

[①] 参见江湄《正统论：中国文明的一个关键概念》对此有简明扼要的梳理，见《开放时代》2021年第1期。

[②] 关于福泽谕吉的文明论思想的欧美文明等级论根源，参见子安宣邦：《福泽谕吉〈文明论概略〉精读》，陈玮芬译，清华大学出版社2010年版。另，福泽谕吉对近现代日本思想的影响，参见九山真男：《福泽谕吉与日本近代化》，区建英译，北京师范大学出版社2017年版。

有了价值判断的色彩①。陈福民在《北纬四十度》中体现出来的文明观则走出了"文明 vs 野蛮"的现代二元论，恢复了它作为中性表述的客观性，具体表现为对于带有华夏中心色彩的天下观的反思，走出长久以来华夷之辨的迷思，使得华夏与蛮夷戎狄复归为不同文明的载体，这更符合历史的原貌。

  自从大秦帝国完成了中央集权统一国家的政治与行政架构之后，有关"天下"的范畴通过国家化的方式被清晰地确定了。然而这带来了一个始料不及的问题，它使"天下"与其他区域冲突的现实性与尖锐性愈加凸显出来。北纬40度一线的游牧民族的存在，以及他们不屈不挠的进取心，使以往中原文明那种"普天之下莫非王土"的含混自大的观念无法自圆其说，而不同文明之间的折冲博弈往往大于故步自封的"天下"理念。

在这种表述里，明显可见作者从未将某种文明进行固态化和静止化的想象，而是将其作为能动的历史主体与动力的合一，华夷互动、夷夏变态正是中国文明整体能够绵延数千年赓续不绝的原因。霍去病拒绝了皇帝亲授孙武兵法的含义，这个历史细节很容易被忽视，在历史人物霍去病那里可能是出于某种个人原因，但陈福民敏锐地分析道："孙武兵法是上古时代农耕文明的产物，其针对性主要在于战车和步兵列阵攻防，而北纬40度一线的骑兵战法以及长途迂回奔袭等等，作为全新的文明元素，是这类神乎其神的古代兵法根本无从知道的。"这实际上一下子提振了事件本身，或者说赋予了历史事件以意义："卫青霍去病的出现，为传统'天下'观与不同文明之间的交流融合奠定了基础。"

华夏礼乐文化中原初的理想型文明观是"同则相亲，异则相敬"②，

---

① 最为人所知的莫如梁启超1899年作的《文野三界之别》，直接挪用"泰西"的"文明—半开—蛮野"的文化进化序列论，见《梁启超全集》（第2卷），北京出版社1999年版，第340页。

② 王文锦译解：《礼记译解》，中华书局2001年版，第531页。

但在现实中很难实现，并且容易因为文明的对冲导致陷入退回保守或攻讦的境地，这当然有着合乎历史情境的理由，比如江统《徙戎论》、苏轼《王者不治夷狄论》、顾炎武的"亡国"与"亡天下"之别……都是发生在中原王朝弱势、文化自信退却时代，站在中原/华夏/汉人/定居/农耕文明/天下主义的立场之上所做的议论。正史系统中却绝少从"外族""异族"角度进行的表达，除非他们入主中原，成为正朔与正统的继任者。陈福民跃出了这种经典叙述之外，在流动与变迁中观察一个族群、一种文明体的走向，并且给予最热情的肯定："从嘎仙洞走到呼伦湖，再南进到蒙古高原；从拓跋力微定居大川，到他39年迁都盛乐，再从经营了140年的盛乐迁都到平城，拓跋鲜卑人的历史几乎就是一部迁徙史。与很多弱小国家因避强敌不得不迁徙、迁都不同，拓跋部的每一次动作都是积极主动目的明确的选择。从荒寒贫瘠走向温饱富庶，从蒙昧靠近文明，拓跋人证明自己是一个无与伦比的伟大民族。"鲜卑人的故事其实也是整个中国文化不断盈虚消长的缩影。

  陈福民的这种超然是建立在民众生活的立场之上的。当涉及历史上民族冲突时候的和战之争时，关于抵抗与议和的评价在主流史学思维中往往会不自觉地染上精英士人价值观下的道德色彩，陈福民则考虑到彼时彼地双方民众生活本身，而不是某种逼仄的文化与族群观念。比如，"和亲"作为一种政策，在他看来，以取得博弈平衡为佳："文明的博弈从来都不仅仅是你情我愿互利互好的，它有自己非常真实的逻辑。关于这一点，现代文明所依赖的契约关系以及对契约的严格遵守，提示着一切文明的底线——在汉匈双方遵循'和亲'约束时，两大文明的和平共处对双方都是有利的。"又如谈到宋的重文轻武，他有自己的发现："宋太宗是个有使命感的君主，也是个勇敢的人，他决定彻底解决历史遗留问题。现在总有人喜欢讲'杯酒释兵权'的故事，指责有宋一代为了皇权私利而不重武备，致使将才失落，国弱文雄。这种说法其实不懂一个道理，解决安史乱后的藩镇割据、强化中央集权乃是当时唯一的国家回归之路。离开这一点，一切都谈不上。那种从半路说起不懂装懂的舆论，总是表扬大宋物富人丰文化昌明，以为'市列珠玑户盈罗绮'可以凭空出现，全然不看安史之乱到五代十国这两百年的'中国'是个什么样子。但是宋太宗知道。"盟誓上也一样，以伤害最小为宜："燕云十六州从公元936年就丢了，到1004年澶渊之盟签约，契丹实际控制了七十年，只有山南地区的涿、莫、瀛几个州在拉锯。情怀男子、理想皇帝宋太宗两次用兵均铩羽而归，形势如此，更多是像陆放翁那样，生出'早岁哪知世事艰，中原北望气如山'的浩叹。现在能够止戈息武，休养生息，给国家和人民一个和平空间，是务实的。一个社会，如果它的人民被逼到了必须在太平犬与离乱人之间做出选择，那它绝不是一个好的社会。但是有些事情，譬如北纬40度问题，作为一种由来已久的文明压力，其特殊意义远远超越了一个封闭社会的内部治理范畴，需要用别的方式，倒是设立边境'榷场'，开放双方互市生意，是于国计民生有益的举措。"这种观念当然不是"还原"历史的做法，并没有共情于当时的任何一方，而是将一种务实的对于历史的态度，揉进了对于底层、平民和大众的情感关切。

这种态度里有着对于"中国"的重新理解，如果囿于狭隘的单一民族主义立场——就像强调正统论的主流历史书写或者欧洲式民族-国家论那样，那么"中国"及其文化就是残缺不全的。我们站在当下已经继承的中国的版图、人口与文化回望过去，并非为了一种纯粹知识目的，求真当然是题中应有之义，在这真之上应该有善之所在，即弥合创伤的记忆、修补冲突的裂缝。中国的多样性就体现在它广阔的包容与不断的吸纳，进而吐故纳新，旧邦新命，能够一次一次历劫重生，凤凰涅槃。于此，我们也就可以理解为什么在写到兰亭雅集、新亭对泣之时，陈福民那么直接地表达出对西晋玄谈风气的厌恶，因为那些人缺乏现实感，也没有真正意义上的宏大关怀。

瓯脱叙述让游牧文明进入中国故事之中，完善了中国的文化版图。它启迪着一种新的历史叙述，即对处于边疆、边地、边缘的"中间地带"的关注，这区别于"从边疆看中国"之类边疆研究的常见站位掉转，而是重整文化的山河。在这个"山河"中，还有东北亚三江流域的渔猎文明比如赫哲文化，还有西南高原山间直到20世纪中叶尚存在的刀耕火种的佤族那样的后发文化，还有自先秦以来从未断绝，却在近代以来的屈辱叙事中缺席的海洋文明（海水养殖、"更路簿"显示出的近海捕捞，远至东南亚乃至非洲的远航贸易）。这些多姿多彩的不同文明谱系在历史运转之中融会在一起，构成了今日的中国及中国文化，使得我们很难套用"民族-国家"的范式进行阐释，因为它是超民族国家的、跨社会体系的文明体。

北纬40度一线放置于中国完整版图之中，只是其中的一块，围绕它进行的争夺与据有、经略与文教、贸易与流通几乎完整体现了正史系统叙述的王朝更迭的图谱。到最后一个前现代王朝大清帝国，它的战略意义已经消失，因为崛起于松花江、牡丹江及长白山的建州女真统一了女真各部，又联盟蒙古各部和辽东汉人集团，扫除了长城以北的问题，入关后更使得长城内外皆成"中国"的土地。如果回眸中国长时段的演进，我们会发现"中国"的范围由黄河沿线的华夏，扩展到两河（黄河、长江）上下，再到长城内外，经过平定大小金川和准噶尔部，更是将四海之滨的地域、人群、文化全部纳入其中。只是遭遇了近代欧洲兴起的民族主义和殖民主义，才迎来北纬40度最后的故事：乌兰布通之战（又名乌兰布统之战、阐布通之役）。

"这是中国历史上最后一次北纬40度意义上的战争。在这场战争中，双方都动用了火炮、滑膛枪等热兵器，现代工业文明显示了不可理喻的巨大威力。以此为标志，北方游牧民族永久性地告别了他们引以为自豪的骑射优势。请记住公元1690年，十七世纪的尾声，在崭新的长射程、精确性与无情的速度面前，悠久漫长而剽悍坦率的旧世界，终于在乌兰布统结束了它的征战大戏，那些伟大的古典武士失掉了他们的舞台。而新世界将从海上、天空以及四面八方降临，变得更加文明也更加险恶并且深不可测。而右北平，命中注定要见证旧世界悲壮的落幕。贯穿中国两千年的北纬40度故事，始于右北平，又在这里结束，无论幸与不幸，这都是属于右北平的光荣。"当陈福民用既浸润冰冷理性又饱含深情的文字写下他的故乡的时候，我们知道一段重述中国的旅程也告一段落了。北纬40度这一广泛意义上的瓯脱，从此将会被新的瓯脱所替代，因为作为整体意义上的中国文明遭遇到了新的文明秩序的冲击。这也正是周作人在《哀弦篇》起首所言"华土物色之黯淡也久矣"，近世国人"向实利而驰心玄旨者寡，灵明汨丧，气节消亡，心声寂矣"，而在"东西瓯脱间"尚有"哀乐过人，而瞻望方来，复别怀大愿"者，这是周氏兄弟要引入域外弱小民族小说的原因所在。① 新的"瓯脱"关联着新的全球权力关系，以及中国在这个世界体系中的位置和谋求建构新文化的愿景。

三、有情有识的文史

以时统空的宇宙论赋予了传统历史写作一种崇高色彩，即它至少在信仰层面上意味着真理（传递天道的真实事实）与德性（鉴往知今的褒贬抑扬）的结合。这让它与文学写作发生了一定的偏离，如果说后者更倾向于美，前者则更倾向于真与善，其中的见与识就尤为重要。

以《史通》闻名的刘知几曾有一个精彩论断，分剖文与史之别："郑惟忠尝问刘子元曰：自古文士多而史才少，何也？对曰：史才须有三长，谓才也、学也、识也。夫有学而无才，犹有良田百顷，黄金满籝，而使愚者营生，终不能致货殖矣。如有才而无学，犹思兼匠石，巧若公输，而家无楩柟斧斤，终不能成其宫室矣。犹须好是正直，善恶必书，使骄主贼臣所以知惧，此则为虎傅翼，善无可加，所向无敌矣。时以为知言。"②后来，章学诚在此基础上又着重强调了"史德"："才、学、识三者，得一不易，而兼三尤难。千古多文人而少良史，职是故也。史所贵者义也，而所具者事也，所凭者文也。……非识无以断其义，非才无以善其文，非学无以练其事。三者固各有所近也，其中固有似之而非者也。记诵以为学也，辞采以为才也，击断以为识也，非良史之才、学、识。……古人史取成家，退处士而进奸雄，排死节而饰主阙，亦曰一家之道然也。此犹文士之识，非史识也。能具史识者，必知史德。德者何？谓著书者之心术也。"③后又在"文德"篇中论："临文主敬，一言以蔽之矣。主敬则心平，而气有所摄，自能变化从容以合度也。夫史有三长，才、学、

---

① 周作人：《哀弦篇》，见钟书河编订：《周作人散文全集》（1），广西师范大学出版社2009年版，第128、131页。

② 王溥：《唐会要》，中华书局1955年版，第1101页。《旧唐书》和《新唐书》的记载大同小异。

③ 章学诚：《文史通义校注》，叶瑛校注，中华书局1985年版，第219页。

识也。古文辞而不由史出，是饮食不本于稼穑也。夫识生于心也，才出于气也。学也者，凝心以养气，炼识而成其才者也。心虚难恃，气浮易弛。主敬者，随时检摄于心气之间，而谨防其一往不收之流弊也。"① 德性操守被放在了首位。

但前现代时期文与史的关系并非判然有别，事实上它们紧密结合在一起，叶燮在《原诗》中便构建了以"才、胆、识、力"反映"理、事、情"的文论。"理、事、情"三者中"理"最为核心，"理者与道为体，事与情总贯乎其中"（《己畦文集·与友人论文书》）；而"才、胆、识、力"四者，"大凡人无才，则心思不出；无胆，则笔墨畏缩；无识，则不能取舍；无力，则不能自成一家"②，"四者交相为济。苟一有所歉，则不可登作者之坛。四者无缓急，而要在先之以识；使无识，则三者俱无所托。无识而有胆，则为妄，为卤莽，为无知，其言背理、叛道，蔑如也。无识而有才，虽议论纵横，思致挥霍，而是非淆乱，黑白颠倒，才反为累矣。无识而有力，则坚僻、妄诞之辞，足以误人而惑世，为害甚烈。若在骚坛，均为风雅之罪人。惟有识，则能知所从、知所奋、知所决，而后才与胆力，皆确然有以自信；举世非之，举世誉之，而不为其所摇"③。这套理论与刘知几、章学诚的侧重点不同，但背后的世界观和方法论却是相通的，那是一种政教文史未分的融合状态。

才、学、识、德或者说才、胆、识、力，在陈福民那里并不成为问题，他对白登山解围的解读，解构了《史记》构建的神话，认为必定是皇帝屈辱地主动议和并许下极为丰厚的媾和条件，就很说明见识；而关于安史之乱鲜明的个人色彩的判断，也非有胆有力不能出之。但是，对于现代性分化之后，发生了从"四部"到"七科"之学的分化④，当陈福民意图用文

---

① 章学诚：《文史通义校注》，叶瑛校注，中华书局1985年版，第279页。
② 叶燮：《原诗》，霍松林校注，见《原诗·一瓢诗话·说诗晬语》，人民文学出版社1979年版，第16页。
③ 叶燮：《原诗》，霍松林校注，见《原诗·一瓢诗话·说诗晬语》，人民文学出版社1979年版，第29页。
④ 参见左玉河：《从四部之学到七科之学：学术分科与近代中国知识系统之创建》，上海书店出版社2004年版。

学呈现历史的时候,他很难摆脱一种困惑。这种困惑来自"历史真实"与"文学虚构"之间的张力。

似乎在我们的文化习惯当中存在着某种把专门知识都文学化的倾向,就像上面的那些,我引述征用美丽的诗词时几乎是一种本能,至少是条件反射。令人感到不安的是,在过度修辞与迷恋辞藻之后,有很多更重要的内容被忽略了,并因此一直沉默着。类似《水经注》与《徐霞客游记》这样极为稀缺的地理学著作,在相当程度上是被我们当文学作品来读的。我不太确定这两部著作是不是都编入中学语文教材了,但有一点可以肯定,传授重点是强调传统文化的经典与优美。这样做的好处是显而易见的,能让中学生知道古人写有这么了不起的两部书,但在地理学的知识意义上,它们能被青年理解和接受多少,还是个问题。在我读大学时候,古代文学的选本一般会收入这两部著作的章节片段,可惜的是老师完全没有理解和处理历史地理问题的愿望,他们只是非常费力地从中挑选一些景物描写或别致的句子,力图用来向我证明隐藏和体现在它们中间的"文学性"是多么深奥。

北纬40度一线上,古往今来正不知还有多少令人肝肠寸断的"辞乡岭"。文明之间的冲撞交融与互利,被表述出来的时候往往是丰饶美丽一派祥和的画面,但翻开它以掠夺、杀戮与死亡为代价的内里,方知历史正义也好人心善恶也罢,都是由国家力量及为诠释这种力量而牺牲的伟大英雄们予以兑现的。这,大概就是杨业被后世人们虚构演义为满门忠烈"杨家将"的原因吧。我一向担忧过度虚构的民间故事干扰了历史事实,以为这会让国民沉溺于想象而自欺自慰,或者如鲁迅所说掉入"瞒和骗的大泽"。然而行文至此,我忽然有了某种理解与不忍,不知道如何面对上述绝望与痛苦。

这种反思中肯而真诚,当它出自一位几乎一生从事文学评论事业的学者之手时,尤为袒露出那种犹疑与自省。这在他浓墨重彩讨论的李广史学形象的时候体现得最为明显。在历史中事功"失败者"李广,某种意义上是诗学中的"成功者"——司马迁赋予了其无限的同情,尽管未必符合事实。在这里,陈福民尽管抱有无限同情甚至崇拜,但依然以一种九曲回环式的细腻站在了理性的一边:"像李广这样,缺乏必要的军事操练,缺乏纪律约束,以将领个人道德感召力代替缜密的作战计划和战时动员,以个人勇力与胆识代替有效的集团军事行动,动辄'失道',亡陷千万士兵于万劫不复之险地,无论如何都与其'名将'的声誉相去甚远。他一生失败的悲剧性,根源正在于此。"接着他开始反思史学书写中的文学笔法问题:"文学往往被称作'向失败者的灵魂致敬'的艺术。李广'失败'的一生被叙写为一种人格上的胜利和荣誉,始终为那些不如意的人生所接纳,为那些不如意的人们所惦记。《李将军列传》也正是在这个意义上,成为一种精神慰藉和观测人性的切口,成为一首千古绝唱的失败者之歌。"这里又显示出他对于文学的温情体恤。司马迁毕竟是千古良史,不为尊者讳,尽管饱含着主观的认同态度,但在字里行间留下了让后人有更多诠释的可能。陈福民在理性与情感之间选择了前者,却也同样认识到后者的合法性,因为那正是"思想自由与精神多样性的魅力所在。离开了一些不合时宜的事物,世界也许会显得更加单调"。这种矛盾纠葛的情感,不仅透露了陈福民个体的问题,更牵涉如何认识"文学"与"历史"的问题。

陈福民数次表达过对文学虚构的不满和历史真相的吁求。比如杨家将和潘美的中间对立的故事模式的反思。但这其实是两个层面的问题,或者说历史叙述从来都是有着主观情感立场和价值观作为隐形支撑的存在。我之前曾经论述过,当重新书写历史之时,过往的资源就成为一个战场,对于传统的态度、历史的阐释、记忆的争夺一再凸显出人们对现实处境的认知、立场、情感倾向和价值判断。中国悠久的书写传统是有情的文史。"孔子作《春秋》,微言大义。言微,谓简略也,义大,藏褒贬也。"关于"义",王夫之讲到有"天下之大义"与"吾心之精义"[①],在《四书训义》里解

---

① 王夫之:《读通鉴论》,岳麓书社1996年版,第84页。

释说:"孔子曰:吾之于《春秋》,笔则笔,削则削。有大义焉,正人道之昭垂而定于一者也;有精义焉,严人道之存亡而辨于微者也。"[①]这就是明确历史观与个人化书写之间的有机结合,从而使得中国的历史成为一种与文学相通的审美的历史、情感的历史与教化的历史,而不是纯理性与纯科学的历史。前者体现了"六经皆史"的普遍价值、道德伦理准则性质,后者则是现代学科意义上的某个具体分科门类。[②]从这个意义上来说,保卫历史的真实性与保卫文学的情感与德性是一体两面。

我可以对这个问题略做引申。首先,"历史"不等于真实,"文学"并不等于虚构,至少在后现代史学那里,两者都无法逃离主观性的叙述。虚构性文学只是非常晚近的文学观中的分支,当涉及"非虚构"色彩的文史写作时尤为如此。我理解陈福民意在强调真实作为历史写作的合法性来源,这就关乎第二点:"文学"的"反历史性"。尽管文学写作总是从个人出发,但意图通向沟通交流的广阔大海,在它理想化的向往中总是有着对抗时间与历史的隐秘经典化欲望。因此,尽管我前面说文史不分家,但在功能与效果上,文学与历史发生了分歧。"反历史性"并非导向虚无主义,而是说文学的理性化企图,让它超越于现实的真实,通达意愿与想象的真实。第三,最根本的,对于"文学"观念的认知需要拓展。长期以来,文学学科囿于晚清以来自西徂东的现代文学观念系统与话语体系之中,从而造成了对于久远的中国文学传统的遗忘。文史浑融的写作某种程度上是对于本土传统的一种复归。

所以,在我看来,当文学书写历史之时,应该葆有的态度是那种主体站立在现实与生活之上的自信与自觉的使用:"历史,只要它服务于生活,就是服务于一个非历史的权力,因此它永远不会成为像数学一样的纯科学。生活在多大程度上需要这样一种服务,这是影响到一个人、一个民族和一个文化的健康的最严肃的问题之一。因为,由于过量的历

---

① 王夫之:《四书训义》(下),岳麓书社1996年版,第519页。
② 参见刘大先:《必须保卫历史》,《文艺报》2017年4月5日。

史,生活会残损退化,而且历史也会紧随其后同样退化。"[1] 就此而言,陈福民完全不必焦虑于文学与历史的抵牾或蹖䤲,只需肝胆皆张、放开手脚,文史书写也会因此而呈现崭新的面目,正如我们已经在《北纬四十度》所看到的。

---

[1] 尼采:《历史的用途与滥用》,陈涛、周辉荣译,上海人民出版社2000年版,第10页。

流动的时代、身份与文学
——路内《雾行者》的"风"与"心"

一、察势观风

较之于同龄作家,路内是迟到的后来者。当他们早已借着市场渠道和网络平台以"美女作家"和小资情调之类面目出道的时候,他可能还在某个三资企业中做工"搵食"。他开始获得小说上的声名时,21世纪第一个十年已行将结束,这似乎是一个对文学并不太友好的年代,尤其是在与想象中的80年代做对比时,更容易引发怀旧式的恋慕。但他在"追随三部曲"(《少年巴比伦》《追随她的旅程》《天使坠落在哪里》)中显示出的生机勃勃、多思善感的"少年气",遭遇到的都是友好的共鸣和反馈。那种青春、成长以及黑色幽默夹杂感伤的母题,一直持续到《云中人》。在这些前期作品中可以看到塞林格(Jerome David Salinger)《麦田里的守望者》、余华《十八岁出门远行》式的纯真与失落,也经常蹦出王尔德(Oscar Wilde)与毛姆(William Somerset Maugham)式的机智。毫无疑问,路内对语言的敏感、技术的娴熟,显示出足够的聪明圆融和过人的天赋,即便有时候忍不住抖机灵也不显得勉强,但也堵塞了批评的通道——因为他意旨明确,自我阐释能力足够强大。这也是为什么我很早就读过他的作品并且很喜欢,却难以写出任何评论性文字的原因。那种洪水泛滥,四顾无人,朋友星散,只有孤独永恒的感受,具有成长期的共通性,非常文艺,因而容易使人陷入沉溺与惆怅的体验里,往往令人无话可说。

《雾行者》也很文艺，写的是文学青年在踏入社会之后渐入中年的经历，但无论从体量到内容上都隐然呈现出某种磅礴而驳杂的气象。这种气象，难以言明。我们读书时往往会遇到那种能感觉到并且也确信并非幻想产物的东西，却无法对之进行实证或者概念化处理。那种隐约的东西或许可以用古典文论中意义含混的"风"来代称。

"风"本身有着漫长而复杂的阐释史。《毛诗序》"风天下而正夫妇"中，是训诫、教化、讥刺的意思。朱熹《答潘恭叔》曰："凡言风者，皆民间歌谣，采诗者得之，而人因以为乐，以见风化流行、沦肌浃髓而发于声气者如此。其谓之风，正以其自然而然，如风之动物而成声。"《樗园诗评》曰："风有二义：风教，上也，风气，天地也。"梁启超多次论"风"，兼容了"风"的两个层面：风俗性情与地理形势的相得益彰。张西堂《诗经六论》引章太炎说："风为空气之激荡，气自口出故曰风。当时所谓风者只是口中所讴唱罢了！"顾颉刚则以"风"为土风乐调，陆侃如认为"风"有牝牡相诱之意。周策纵又将"风"与远古的伺风巫术及风气、生命联系起来，以为它有性及生殖的意义指向。①

总括而言，"风"是一种兼容时代环境与情绪感受的笼统之物，体现历史运转的轨辙，孕育情感与精神的嬗变。王汎森从晚清民国时一个被长久忽略的史家刘咸炘的论述中提炼出一种"风"的史学观念②，即融合了本土传统与西来观念的"察势观风"，那个"风""万状而无状，万形而无形"（龚自珍语），涵括了风气、风俗、风尚、公共观念、社会的互动熏染，乃至黑格尔（Georg Wilhelm Friedrich Hegel）观念中的"时代精神"和雷蒙德·威廉斯（Raymond Henry Williams）所谓的"感觉结构"（structure of feeling）。从这个意义上来说，历史跟文学一样，伟大的地方在于周作人所说的"捕风"③，在于从盛大时代的细枝末节之处窥见观念流行的痕

---

① 刘毓庆、贾培俊、张儒：《〈诗经〉百家别解考（国风）》，山西古籍出版社2002年版，第1—9页。

② 参见王汎森：《执拗的低音：一些历史思考方式的反思》，生活·读书·新知三联书店2014年版，第169—205页。

③ 周作人：《看云集》，河北教育出版社2002年版，第49页。

迹与人们幽微的情绪与心态。

但我不想让关于《雾行者》的讨论，落入"以诗证史"或者庸俗社会学的窠臼。诚然，它的情节背景有着明确的时间段落（1998—2008），并且特意标定了几个主要的时间节点。小说所写的时间段，可以轻易地从现实世界的宏大变局中找到对应的重要事件，诸如澳门回归、中国加入WTO、911事件、美伊战争、SARS疫情、北京奥运会之类，这些影响深远的事件毫无疑问构成了人物与情节隐在的背景，但背景与具体的人之间的关系可能含混而暧昧。这世纪之交的十年是中国发生剧烈变革的十年，混乱无序而又生机勃勃，身在其中之常人被目不暇接的变动所裹挟，并不能看清历史的方向与走势。

路内在之前的《云中人》（尽管并不直接相干，但可以将这个作品视为《雾行者》中人物故事的前史）中做过一个饶有趣味的比喻："我们生活在一个乳沟时代，乳之风光依赖于乳沟，但乳沟之存在则没有任何实际效用。乳沟甚至连器官都算不上，它其实是个负数，是一道阴影而已。"①人们隐约觉察到这个年代的过渡性质，它在为一个即将到来的大时代进行铺垫——在"世界是平的"的幻觉中，它确实带有"乳沟"的性质。路内敏锐地捕捉到了转折时代的"风"——生活的浪潮袭来，人们充满迷惘、困惑，也不乏憧憬和希望，却无暇仔细咀嚼、明确规划，只能走一步看一步。"雾行者"指没有能力对自己的境遇做出清晰判断的人：世界如同大雾弥漫，但行者依然要前行。

二、均质时间与异质空间

《雾行者》显然不是要形成某种宏大叙事，它的整个认知和情绪基调是冷寂疏离、朦胧琐碎的，就像爱德华·霍珀（Edward Hopper）那些带有城市佗寂意味的画作，无聊的列车、孤独的加油站、深夜寂寞的咖啡馆、岬角的清晨或者海边小屋凝视清冷阳光的人。人与物都游离在大历史之

---

① 路内：《云中人》，人民文学出版社2017年版，第15页。

外,却又与之息息相关,既带有寂寥和虚无,又真切无比。这是一种时代情绪,在 90 年代后的许多写作中(尤其是 70 后作家那里)都有着这种相似的感受和旁观者的态度:既往一切坚固的东西都趋于烟消云散,喧哗与骚动归向日常与琐碎,理想的激情被庸常与无力所取代,大言炎炎转为小言詹詹。在 90 年代中国"开阔而荒芜"的文化风景线上,人们踌躇满志又意兴阑珊,"拒绝悲悼与低回,拒绝一种临渊回眸的姿态;甚至没有'为了告别的聚会'和'为了忘却的记念'"[1]。这是一个时代之风,《雾行者》的意义在于晕染了这种"风"的形状和态势,虽然风中之人"不知道风往哪个方向吹",但是内在于"风"的流动性却获得了某种经验性的实感而非仅仅是情绪。

这个经验性的实感当然来自对时间的敏感。小说的第一部分写的是 2004 年在 H 市西郊美仙瓷砖公司仓库工作的外仓管理员周劭调查前任管理员的死亡事件。1999 年,周劭第一次放外差来过这里,到如今他已经三十岁,曾经几乎形影不离的同学、朋友和同事端木云则在另一地,联系渐少:"我们好像走进了另一个时代,在这另一个时代里我们已经变成了陌生人"。(6 页)[2] 出于管理的考虑,仓管员半年就要轮岗,周劭在不到六年的时间里异地轮岗了十二次,去过九座城市,有的地方去了两次。固守在仓库这样一个外在于人群与社会关系的孤立处所,从事着寡淡、刻板而重复的工作,拥有着大量被闲置的、浪费的、虚掷的、非生产性的时间。与外部瞬息万变、飞逝而过的时间(时间的跳跃性直观体现为小说五个部分的切割)形成鲜明的相比,被封禁于此处的时间呈现出凝滞的特性。另一位仓管员林杰曾经描述过那种情形:"雪一旦降临,公路就全封了,时间就停止了,时间是一天天计算,然后是一星期一星期,最后是一个月一个月。雪下大的时候,连看野景都不太清楚,视野里的每一样东西都是静止的,只有作为背景的雪向下降落。他总结说,真是寂寞啊。"(314 页)

---

[1] 戴锦华:《雾中风景:中国电影文化 1978—1998》,北京大学出版社 2000 年版,第 380 页。

[2] 本文引用《雾行者》中的文字均见于上海三联书店 2020 年版,不再一一标注,仅在引文后加注页码。

寂寞的原因在于换岗工作的暂居状态，使得长期、持续、稳定的计划与行动丧失了意义。在身不由己的状态中，他们完全不可能建立社会关系和稳定情感，短期关系就成为基本模式，导致情感结构的变化，和个体化的孤独。

仓管员因此成为时代中个体命运的隐喻。他们所拥有的时间是缺乏变化的均质时间，但这个均质时间又是间歇性断裂的，其繁杂与琐碎让人无法参与任何连贯性事务，也就无法形成稳定的意义，更遑论价值观念。其结果是人们精神上必然的涣散，只能成为时间的局外人。这中间一定发生了什么，才使得他们的时间感变得如此零散，缺乏多样性和生机。小说在第五部分（1999—2007）借用一个文友写的转型时代三线城市的小说暗示了这一点：

> 钢厂的衰落在小说里被一再提到。钢厂是一个象征物，由于某种意志力（来自战争，来自过去时代的政策）它出现在这里，圈养起了数万人口，在偏僻小镇边上硬生生建造出了一座带有工业田园气息的小型城市，人们似乎可以永久地生存在这里，不受干扰，永久性地使用这里的泳池、邮局、医院和影剧场。然而一切都中止了，衰落这个词并不恰当，是中止了，停摆了。（533页）

即，原先可能存在着某种貌似"永久"的时间感。那是一个自洽的系统，因为内部自成一体，比如计划体制时代的厂矿企业，甚至散发出一种迷惑人的有机感（田园气息）。那种自洽的时间存身于未被打开的空间中，是一个一个差异性的存在，无论是上海大城市、安徽农村，还是江沪浙交界处的小镇、重庆老工业基地……小说中人物的前史都处于那些差异而自洽的时间之中，并没有均质时间所带来的无聊与碎片化。但是，自洽的时间系统突然如同钟表一样"中止"了。这种"中止"是全方位的，同时带来空间既有界限的打破：不仅有过去时代政策与制度中的工人下岗，同时也有外在于工业化进程的农民进城，还有周劭、端木云这样的大学毕业生不再拥有体制庇护和象征资本，而不得不置身于劳动力的买方市场。全新的时代在世纪之交展开，这是一种整体性的结构变化，而人们尚处于震惊与惶惑之中。

> 周劭问自己,什么是时间?或者说,什么是属于我的时间。
> 童德胜说:属于你的时间分为过去和未来两部分,过去是不存在的,未来也是不存在的,你存在。赵明明说:时间不公平,得靠抢。潘帅说:闲下来的时间就属于我自己了,你说的是这个意思吗?梅贞说:哪有属于你的时间,你是谁,你在哪里,你能分一半时间给我吗?端木云说:这个问题不好回答,门客的时间带有轮回的意味,但也不是轮回,是在两个世界的边界处震荡,仓库是一种象征。辛未来说:当咱们说再见的时候,时间才产生意义啊。(339—340页)

小说第四部分(2008)的这段关于"时间"的认知和论辩,显示出对时间的不同理解,其实是无解。但它标示出"时间"的意义:时间本身是虚无之物,是具体感知和理解的结果,要结合着空间才能具备意义。

小说的开篇就写到周劭的一个比喻:"外仓管理员的生活像星际旅行,一座城市就是一个星球,路途是不存在的,路途是我们在光速行驶中沉睡。"(1页)人、城市、行驶构成了这部小说的基本结构与肌理。仓管员指代了一种由公司总部指令操控,不得不定期改换地理位置的流动角色。因为仓库区总是在城市的边缘,所以每一次的空间改变不过是从一个边缘到另一个边缘,始终处于远离"中心"的"边疆"的状态。但有意思的是,公司总部其实也并不处于某个城市中心,而位于一个不起眼的小镇(江苏某地毗邻浙江与上海的铁井镇)——这是一个去中心化的世界。无中心使得空间的布局始终是一种"之间"的新形态:公司与仓库都是城乡之间的同质化空间,连血汗工厂里的劳动空间都是隐匿化的,只出现在旁观者的流言蜚语当中,它们都不过是无中心的全球化生产中的一个环节。公司受制于某个看不见的资本主人,仓库构成了一种异化劳动与资本运行系统中的牢房,督察则是监视器与牢管——仓库管理员是物的管理者,督察是人的管理者。仓管员的角色显示出弱者之所以为弱者,在于他无法掌握属于自己的空间,无法扎根于任何一个地方。他与仓库之间的关系借用鲍曼（Zygmunt Bauman）的比喻，是一种"路边旅馆"模式[①]：旅客与旅馆是分离的，因为旅馆不会成为固定的居所。固定的居所具有制度性规范和习惯性规则，有角色分化和责任分工，同时在其内外部还有行为监督。旅馆则是临时落脚的、随时准备离开的处所；旅客对旅馆设施提出意见和旅馆主人接受批评是彼此敷衍的，双方都不会有意愿进行主动的创造性建构。其后果是，社会单元（比如家庭）与社会网络（比如亲戚朋友的人际关系、同事关系）解体，服务性机构崩溃，除了被组织的强制性劳动与移动，不存在个体的集体行动。当标准的规范"中止"、撤离了生活战场之后，剩余的就只是被动、恐惧与无能为力的个人，他如同一只停不下来的"无脚鸟"，马不停蹄地奔波在世界的一个个地点之上。

三、流动与身份

如果做一个粗略地统计，会发现《雾行者》里涉及的地点覆盖了中国大地上几乎所有的方向，除了以字母代替的河北的H市、滨海的K市、辽宁的M市、没有具体指明省份的L市、C市，明确标明的就有石家庄、桃园、上海、北京、广州、重庆、宁波、无锡、拉萨，以及浙江的苍南县、西藏的定日县、江苏的铁井镇、安徽的李庄镇……被切割的时间蜕变为一个一个空间点，而并不构成连续绵延、一贯性的时间流。断点使得人们的生活充满不确定性，无人有勇气对确定性承担责任，或者说他们所能唯一确定的就是这种不确定性。所以，在仓管员的感受结构中，"行驶"（流动）居于联结人与空间的中心位置，"路途是不存在的"，运动是如此迅速而杂乱，以至于让人都没有意识到其过程，而只注意到其结果。这种面目模糊的个人在时空中做着布朗运动的场景，构成了鲍曼所说的"流动的现代性"的基本意象。

流动的、液化的现代性，就是一种全球化时代的后现代性。"警惕长

[①] 齐格蒙特·鲍曼：《流动的现代性》，欧阳景根译，上海三联书店2002年版，第35—36页。

期的承诺;拒绝坚持某种'固定的'生活方式;不局限于一个地点,尽管目前的逗留是快乐的;不再献身于唯一的职业;不再宣誓对任何事、任何人保持一致与忠诚;不再控制未来,但也拒绝拿未来作抵押;禁止过去对目前承担压力。简言之,它意味着切断历史与现在的联系,把时间之流变成持续的现在。时间一旦被隐藏,它就不再是一个向量,不再是一个带有标识的箭头,不再是一个有方向的流程——时间不再结构空间。基于此,并没有'前进'与'后退';它仅仅是运动与不再维持静止的能力。"[①] 世界的新的结构在只有"现在"的流动中产生,"那些开过的火车就是这个世界的常态"(265 页)。公共空间(乡土共同体的村庄或者计划经济的工厂与单位)退化成旅馆、火车站、机场、长途公路这些没有个性的周转性、过渡性空间。在无个性与暂停空间中只有聚集,无法发生团结,剩下就是松散而各行其是的欲望。欲望当然偶尔也能结成联盟,就像小说中写到的黑帮"十兄弟",但哪怕是朋友,由于不可能产生共同意志与观念,也只能逐渐变成陌生人,"十兄弟"很快便分崩离析,或者死于非命或者各自跑路。他们都被强制成为原子化的离散个人。

流动具有双重性,一方面是人口(产业与劳动),另一方面是信息(技术、资讯),两者互相促进。它似乎带来了自治、自主与自由,但解放与放逐是一体两面的事情,对于流动的主体而言,流动的意义并不相同。用鲍曼的话来说,流动者分为"观光客"与"流浪者"。前者是主动地拒绝固定的身份;后者则被迫流浪,解放只是带来了诸如出卖劳动、肉体与时间的自由。《雾行者》中的人物几乎都是流浪者。他们是三流大学毕业的学生、工人后代、农民子弟、外地谋生的打工者,没有任何社会资源和资本,选择的范围和机会极为有限,只能如同"裸人"一般,碰运气式地出门寻找生计。他们是听任命运摆布的随波逐流者,而不是承载苦难、背负使命的流亡者:"信奉运气的穷人会四处流浪。流浪可能是个滥俗的词,若称之为流亡又显得过于沉重。"(208 页)他们同本雅明(Walter

---

[①] 齐格蒙·鲍曼:《后现代性及其缺憾》,郇建立等译,学林出版社2002年版,第104页。

Benjamin）笔下的"漫游者"不一样，没有优游的余裕和永远停留在任何一个地方的权利——在大势之中，甚至都不会出现那种期望和前景的幻想。对于经行过的每一个地方，他们都是流浪者，永远接触不到"主流文化"与"主流生活"（这种主流既包括世俗烟火，也包括上流社会）。在身体的游离和暂时的停驻中，长远的考虑与永恒的念想成为奢望，只能是随遇而安，无所用心，逃避责任与持久性事物，因而不可能有固定的认同感和身份。

身份游移与身体的商品化在《雾行者》中随处可见。小说中具有情节推动作用的细节是假身份证——那些四处游走的仓管员和打工仔绝大部分人都办理有假身份证，大多数人都是"假人"，他们各类证书（身份证、学历证、健康证……）上的名字及名字背后的家庭与社会关系、教育背景和工作经历可能是完全子虚乌有的虚构，或者是李代桃僵地袭用了他人。假身份证具有很多功能：提供找工作时候的资质证明、押在公司里作为信誉的保证、诈骗时或犯罪后逃脱的伎俩。这种"非法"的行径甚至会被从事合法与正义事业的人所采用——周劭的前女友辛未来作为调查记者，去血汗工厂、黑矿、不合资质的食品企业做卧底时，也伪造了身份。这是路内萃取的一个极具涵盖性的时代意象。

"假人"让身份的能指与所指之间的界限模糊了，或者说发生了颠倒——不是所指决定了能指，而是为了某个虚构的能指寻找所指。为了填充能指（假身份），造假者不得不进行伪装，而在伪装行为过程中，他（她）就获得了新身份的所指。这逆反了符号与内容、表象与实质之间的关系，用小说中端木云的话来说，是"用存在主义浇灌出来的现实主义"。此处回响着萨特（Jean-Paul Sartre）关于存在先于本质的经典论述："人，不仅是他自己所设想的人，而且还是他投入存在以后，自己所志愿变成的人。人，不外是由自己造成的东西。"[1] 但虚构身份并以之行事这一行为，与萨特所说的主观意愿与规划其实有一些细微的差别，即这是在身不由己的

---

[1] 让-保罗·萨特：《存在主义是一种人道主义》，周煦良、汤永宽译，上海译文出版社1988年版，第8页。

情况下做出的主观选择，带有流动时代的主动中的被动性。身份的游弋，消解了世界的坚固性，带来了部分的自由和转变的潜能，实际上也构成了关于世纪之交中国自身进程的隐喻：既有的身份存而不论，无论主动还是被动，事实中的选择与实践才构成了现实。这个时候，一切虚妄的话语都是空洞的，那种真实与虚假、本质与形象、内容与形式的二分结构已经无法解释现实，现实是所见即所得，表象即真相。

作为现实的表象或者说作为表象的现实，充满喧嚣、芜杂、暴力、晦暗、令人费解的现象和事件，世纪之交的流浪者们在斑驳陆离、迷离惝恍之中，过着一种没有中心的漂泊生活，行动缺乏原点和终点。流动所造成的"陌生人的相遇是一件没有过去的事情，而且多半也是没有将来的事情"①。于是，所有权和持续性不再具有特殊价值，趋于消散，而昙花一现的使用权对于流动中的个体而言可能更为实在。这一点甚至反映在了小说中人物情感或性的关系当中，它们是一夜情的、露水姻缘的、临时同行的、半路结伴的。最主要的是，身体感受也变得不重要了，情绪则被放大，社交主要通过心理感受，而不是身体。这从数次写到的一夜情或者多夜情就可以看出来，几乎没有携带任何激情，也没有任何关于肉体感觉的描写，性被处理成了类似翻一页书、说一句话、眺望一下风景一样的行为。这是亲情、友谊、爱欲之类亲密关系的终结，必然显现为霍珀式的孤寂，留下安德鲁·怀斯（Andrew Wyeth）式的"梦游者"和在《土耳其的池塘》（*Turkey Pond*）和《在狭隘之上》（*Above the Narrows*）等画作中那种荒草坡地和空阔海边的背影。

四、文学与生活

如果只是捕捉了时代的流动之"风"，那也只是留下了一个时代的背影，但《雾行者》有意思的地方还在于它给予这个背影以"文学"的正面。小说中的人物都可以称之为泛意义上的"文学青年"。"文学青年"

---

① 齐格蒙特·鲍曼：《流动的现代性》，欧阳景根译，上海三联书店2002年版，第148页。

可能写作也可能不写作，与职业化"作家"有所区别："文学青年，焦虑，固执，期待，自知无法永生因此闪烁着疑惑和嘲讽。作家是文学青年的尸体。"（112页）"文学"也让他们在心理上与一般打工仔不同：对于打工仔来说，"生活的意义就是他们还很年轻，可以用粗浅无理的方式活下去"（281页）；"文学青年"却有着对于生活的自反——尽管在日常生活中疲于奔命，他们却并没有沉沦到粗浅无理、麻木不仁之中，甚至没有显得劳累不堪，而保持了对生活和经历的易感，这让他们还会去回味与反思自己所遭遇到的一切。

路内是那种刺猬型作家，无论写什么人物，青年工人、技校学生、业务经理还是仓库管理员，都有着浓郁的"文学青年"气质，那种气质其实是那一以贯之的"少年气"。"少年气"并不允诺他们成为一个道德的人或者超功利的人，却让他们难得地保留了成人社会中稀缺的敏锐、体恤、良善，这让他们即便步入中年，也"永远年轻，永远热泪盈眶"，就如同小说扉页题记中写到的那句"摩诃迦卢尼迦耶"——意为"大悲心"。"大悲心"即对世间有情万物的包容、接纳与慈悲，可以说是一种"文学之心"，就像小说的主要线索人物在日常的经历中遭遇欺骗、暴力、无奈、持续性的剥夺，行事中并非尽然合理合法，道德上不是全然无亏，但也并没有因此走向全然世俗化的蝇营狗苟。就小说所涉及的驳杂时代及其内容而言，大悲心（文学之心）才是将凌乱无序的表象／现实统合起来的结构。

从整体结构来看，《雾行者》让纷杂的事件星罗棋布于由人物的淡薄关系（同事、朋友、同学、邂逅）所组成的生活之网上，许多情节与细节之间并无直接关联，其中穿插的记忆片段、逸闻怪谈、飞短流长、小说中人虚实相生的创作……诸如此类，靠的是人物的回忆、聊天、联想和共情。在起伏动荡的生活中，"每一个邂逅的人都是残缺的文本"（167页），他们在短暂交集中所留下的巨大空白是用回忆与叙述结撰填补的。任何一个读者都无法不注意到小说中人物的共有特点：絮叨、多嘴多舌、爱发议论和感慨，并且很容易交浅言深，对一个刚认识的人就可以长篇累牍地发表意见。他们都像是话痨，哪怕是一个边角人物，也时常有惊人乃至惊艳之语。如果从现实主义角度来说，人物冗余而过剩的言语显然是非写实的,他们似乎都成了作家的传声筒。但路内不是要做一个"模仿"式的写作,而采取这种唠叨的方式,倒是构成了反思文学与流动的表象/现实之间关系的一个入口——唠叨是就事论事的、非表征(representation)的、现象学式的,无意赋予言说以某种自身之外的指涉性意义,即,表象/现实拒绝深入内心生活,唠叨式的言说成为当代精神生活的一种方式。

表面看来,唠叨似乎像是海德格尔说的"闲谈"(Gerede)——这被视作鹦鹉学舌、人云亦云、陈词滥调的"沉沦"[①],《雾行者》中的唠叨恰恰是反沉沦的,作为一种精神表达,唠叨让稍纵即逝的瞬间得以放大和咀嚼,延宕了流动中的速度感,从而成为卑微个体抵御时代的一种方式。唠叨的碎片化与人的多向度拓展呈现为并行结构:时间均质的情况下,空间的流动实际上是扩展生命的广度与长度的方式,但流动带来的断裂、厌倦和乏味,无法构成稳固的确立自身的方式,只有靠另一维度心理空间的生命感受来进行缓解和转移——在生理需要和物质生活之外,精神生活扩展了生命的深度。在哈尔特穆特·罗萨(Hartmut Rosa)式加速的社会语境中,个体在不断的移形换位中只有变色龙一样的适应性认同,个体认同无法从外部建立,只能靠内面的文学,即唠叨的方式建构出独特性的自我和差异。

世纪之交的中国是一个从"身份"走向"契约"的陌生人社会,我们会看到《雾行者》中的所有人都无法用一种身份去框定。在陌生人社会中,除了原生血缘关系,其他关系很难建立起信任,但无论是周劢、端木云,还是他们遇到的同事、民工、服务员、妓女、文学编辑、网友,都喜欢跟陌生人说话。这不符合现代社会的惯例和秩序——按照现代社会的社交礼貌与惯习,应该要保持一定的身体与心理距离,这个规则背后掩藏着自我保护和某种回报的期望。但不戴面具不设防地与陌生人说话,则体现出一种对惯习的反叛。当然,这种反叛也可以视作流动性中的无所顾忌,因为

[①] 参见马丁·海德格尔:《存在与时间》,陈嘉映、王庆节合译,生活·读书·新知三联书店1987年版,第203—206页。

一切都是偶然与随机的，不会对实际生活产生影响，那些浮皮潦草的人生感悟仅仅是一种情绪发泄与情感放松。或者可以说，那些面目模糊又有点趋同的人物与其说是活生生的人物，不如说是作者的主观投射。这就容易解释了：当与陌生人说话成为小说中一种屡次出现的模式的时候，就可以视之为一种特定的形式，说话的行为是文学生活的表现。

"文学"与"文学青年"在当下的媒体中被严重地污名化，以至于成为一种人人都可以嘲讽的对象。但在小说写到的十年里，"文学"还没有全然成为一种小众化、专业化的分类，还有一种更为广泛意义上的"文学生活"。"用小说来表达，是一回事，熟练地表达小说，是另一回事。"（112页）小说中的人物热爱文学，是用来"表达"——将其作为一种思考与观察世界的方式——而不是将文学作为职业或志业，仅仅是一种生活方式。在这种生活方式中，"当下的苟且"同"诗与远方"被言语统一起来，没有变成二元分离项，生活还保留了岌岌可危的完整性。端木云、周劭、辛未来几个同学在大学里是文学社的朋友，端木云在大学毕业前夕参加笔会认识了沉玲、小川、玄雨这些人。后来，他们基本上都没有成为职业的文学工作者，各自的生活轨迹也渐行渐远，但文学作为一种表达方式绵延在他们各自的生活中。许多年以后，端木云对他们在转型年代的文学生活有一段回顾：

> 小川说，互联网就是记忆的新形势，也是讲述的新形式，总而言之，结构性的变化正在生成，我们可以期待一次文学浪潮。我故意问，文学浪潮和你有什么关系。小川说，文学浪潮是一代作家的光荣，尽管光荣这个词不应该出现在文学世界里，但实际上，就是光荣。（文学有无光荣可言？或是外在于意义？）
>
> 很多年以后我和小川回忆这段时间，有好几年，他在上海，我在各个偏僻的库区。确实，他离一个现代的世界更近些，那是互联网时代的开始，所有人都相信二十一世纪会与从前不同，就像一个库区管理员相信今天是崭新的，昨天已经逝去，属于今天的每一分钟都是筹码。年轻人写先锋小说（仿佛先锋派没有死去，他们可以继承）、写口语诗（诗人们现身论坛，仿佛新时代来临）、

写他们幻想中的世界（仿佛绕开了当代文学），也写他们的文学理想（仿佛那个失落而狂乱的九〇年代已经抹去）。我甚至觉得，那不是文学，而是一种可以被升华的流行语言，与音乐、时装、发型都能勾连起来的事物，无法经历时间考验，易被模仿，经不起判断，以余生捡拾其破碎之物的失败形象。然而，这也没什么大错。文学浪潮确实没有到来，今日逝去后，他们想要忘记的那些东西，恰恰将他们忽略过去了。（473—474页）

这是一代人的文学心史。文学是生活的语法，而生活只是文学的词汇。这是一种祛除了真理迷思的文学，不再导向于表征某个原型、本源或者本质，而只是一种感受（affection）。无疑，它无法撼动时代，也没有建构起两者之间关联的意愿，而是让自身成为独立的体系。这体现了流动时代的文学特征，它试图轻盈地跳跃过现实的沉重与匮乏。这是卡尔维诺（Italo Calvino）意义上的"轻"——"对生存之重做出反应而去寻找轻"[①]，在理想状态中，它能构成溶解与重构生活的一种新思维，但显然《雾行者》的人物和作者都无意或无力抵达。因而，在轻盈里面带有一种逃逸，那个逃逸的地方也只是心造的幻象（比如南半球或者西藏）。这是一种游离的文学观念，此种认知，在端木云与小川关于"理想者"与"理想主义者"之间区别的讨论中体现得更为清晰：文学无意承担什么责任，不值得奋不顾身地殉道般献身；如果成为一种专业，也就流失了它的品质；它可能只是一种安慰和选择，言犹未尽，仅此而已。文学也许带来不了实际的利益，更不可能改变世界，但足以让人奔赴南半球去看麦哲伦星云、放弃世俗的功利去登临珠穆朗玛人迹罕至之地。这种"无用"的文学，就如同大雾中笃定的微光，尽管没有办法廓清迷雾，却可以让行者心存念想，不至于走投无路。

回到一个普通读者层面，《雾行者》更多地显现为一种经验性写作，这么说并非指它是自传性质的，而是说它具有留存时代经验和激活经验共

---

① 伊塔洛·卡尔维诺：《新千年文学备忘录》，黄灿然译，译林出版社2009年版，第28页。

情的效果。但经验与共情很难用抽象的语言表述，它的效果体现在引发出人们普遍留存于记忆暗河中的人生况味。这种况味就像端木云在重庆街头，看到洗头房的妓女站在门口抽着烟，穿着短裙和高跟鞋，旁若无人，欢快地唱着《孤独的人是可耻的》。她甚至没有名字，在肉体上也没有给他留下什么特殊的印象，但是他记住了那个奇怪的场景。因为那是不协调的、出离于周围环境的、带有些许格格不入色彩的场景，映照着观者本人那前后失据、左右无援的内心。就是在这样产生况味的瞬间，深受外部规训的生命生发出轻逸的维度，变得不再干枯，而饱蘸过往时空所留下的汁液，得以稍息片刻。个人或者时代的经验，困锁在已成过往的人、事、物之中，那种生命感受只有借助于某个被书写的对象才能得以敞亮："我们是通过那个对象来认识生命的那个时刻的，我们把它从中召唤出来，它才能从那里得到解放。它所隐藏于其中的对象——或称之为感觉，因为对象是通过感觉和我们发生关系的——我们很可能不再与之相遇。因此，我们一生中有许多时间可能就此永远不复再现。"① 文学则让那些被历史掩埋的记忆重见天日。它接受并珍惜时代的每一点遗骸，细大不捐地收揽岁月遗落的馈赠，召唤莹洁的文学之心，哪怕只是吉光片羽的瞬间，也令生命得以饱满充实而焕发出不一样的光辉。正是在人生况味的意义上，赋予了文学在历史中具有普鲁斯特（Marcel Proust）般的"非意愿记忆"功能，小说如果在"雾行者"时代之后还有其价值，可能就存在于此。

---

① 普鲁斯特：《驳圣伯夫》，王道乾译，上海译文出版社2007年版，第1页。

过去三调
——李亚《花好月圆》的历史声部

当我们谈论"过去"的时候,我们究竟在谈论什么?这个话题显然并不新鲜,基于各种不同的认知会有不同的答案,只是很多时候绝大部分人是在以其昏昏使人昭昭。尤其是当"历史"的客观性成为一种日用而不知的认知框架的时候,它往往会以其不自觉的霸权侵蚀那些无法被理性清晰把握的细部,同时也会遮掩不符合其话语规约的芜杂而多样的存在。"历史"替代"过去",这种思维本身是危险的,它在确认自己真实性的时候,已经将过去化约了。现代以来关于历史的逻辑和认知,在惯性中延续了实证主义的思路,即它所叙述的事实须是经得起考证与辨析的,从而也就意味着真实。但过去并非文字、图像、影音与文物的透明性呈现,所有的"史料"都受困于"史观"的视野,因而客观历史在这个时候显示出它的无力。口述史因为个人记忆自身的局限性,只是正史的拾遗补阙或旁证辅助,并不具备颠覆性的潜能,至少无法形成一种全新的叙述结构。因而,即便在涉及更具主观性与虚构性的文学的时候,历史思维的强大辐射性往往也会左右叙述中的认知。

20世纪80年代中后期以来,因为后结构、后殖民、新历史、女性主义等理论的影响,历史题材的叙述中一度出现了解构宏大叙事的小说,他们被冠名为新历史小说,总体上从属于现代主义的余脉。但90年代之后一系列的个人史、家族史、欲望史也逐渐成了俗套,个体化的肉身与生活承载着的"人性"逐渐成了一种不能承受之轻,因为刻意偏离政治经济与社会史,而滑向了空洞而不及物的自我嬉戏。在这种背景中,李亚的《花好月圆》[1]就显得颇具症候性。它接续了个人叙述的口吻，却没有成为某种历史与人性幽暗角落的展示。它将经验性的叙事置入先锋叙述与日常化的观念与技巧之中，融合为一种关于"过去"的复杂调性呈现，成为一种我们可以不用借助于文学史的陈词去谈论的存在。

一、幸存者言说

《花好月圆》有一副回忆录的面孔，确切地说，它的主体部分是一个百岁老人李娃在讲述自己从20世纪30年代至上海解放约二十年间的个人经历，所采用的笔调在竭力地模仿他的口吻。在整个小说中，李娃的讲述占据了绝大部分——全书四十章中前面三十九章都是李娃的言语，记录者是李娃的侄子泗河文化馆馆长，但是他只在李娃的讲述中作为一个偶尔参与虚拟对话的对象而存在，基本上处于沉默的状态。最后一章则是馆长的儿子"我"，也就是李娃的侄孙"小帮助"，一个在北京郊区图书储存库工作的仓库管理员的叙述。因而这部小说是有三个叙述层次的圈套结构："我"—文化馆馆长—李娃。真正的叙述者是"我"，但"我"却是最不重要的，就像真正的"现实/历史"让位于"回忆/讲述"。这个叙述结构留有现代小说早期讲述体的痕迹，以及先锋小说的形式影响，但更贴切地说，不妨视作古老的说书评话与古典小说传统的活学活用。

李娃的讲述是一部自叙传。少年时代的李娃因为偶然的原因从安徽亳州的李庄到上海探亲，进入银行家方仪望的方公馆，因为与方家的远房亲戚关系，机缘巧合之下留馆工作，并且与方家诸人相处甚欢。这个过程也是一个乡下少年学习与探索都市文化的过程，也为后来人生经历中的数次转折埋下了伏笔。淞沪战事前夕，方仪望推荐他投军。经历了一系列混乱之后，他误打误撞到了祝长官（原型是国民党抗战第三战区副司令长官顾祝同）府邸做副官。在"皖南事变"（李娃的讲述中并没有明确说明，但是有现代史常识的人很自然就会明白这一点）发生后，他出于情义冲动救

---

[1] 李亚：《花好月圆》，湖南文艺出版社2017年版。

出身为新四军成员的方家大小姐方珊瑚,逃到江北加入新四军,进行游击战争。其间,他还护送首长去延安开会,遇到方珊瑚以及早在上海时期就是地下党员的大表嫂段喜良。此后,李娃在抗战中成为营级干部,除了受降日本之外,又陆续参加了莱芜战役、鲁南战役、济南战役、淮海战役、渡江战役,直至解放上海。这些内战部分都是一笔带过,他的讲述到自己在解放了的上海街头被暗枪击中戛然而止。

之所以需要将李娃的经历做一个简单梳理,是因为他的讲述时常旁逸斜出,形形色色出场人物庞杂繁多,又时不时地夹杂讲述者的插入式评点与议论,因而造成了芜杂的言语之流。这也是《花好月圆》有别于一般"成长小说"的地方,尽管它有着成长小说的外壳,但并没有形成带有"阈限"意味的重大转折性情节节点。也就是说,人物的性格与形象缺乏醍醐灌顶式的突变,一切的遭际都是在不知不觉中向前自然流淌。李娃并不是一个典型意义上的"主人公",他只是一个大历史中应时而变、随波逐流的小人物,而他所经历的生活本身才是叙事的中心所在。就像李亚在其他一些作品中所一再表达过的"好多人的生活基本上都是类似的,有曲折,有坦途,就是没有让人心惊胆战的悬崖绝壁,也没有让人心旷神怡的巅峰时刻,连个吓人一跳的急拐弯都没有"(《姚莲瑞女士在等待中》)。"日常生活"是李亚这一代经过20世纪90年代文学话语转型之后的潜意识结构,他们相信"千篇一律的平庸生活所蕴含的深刻性和哲理性,以及趣味性"(《黄生宝先生的特例》),"你要是杜绝了日常生活中的这类小事情,你就可能失去了一种检验日常生活中存在真理的手段"(《初冬》)。①但事实上,日常生活的"真理"从来没有显现过,表象与识见在这些书写中是等值的,所见与所得是一致的。回到《花好月圆》当中,那些波澜壮阔的现代史事件,民族金融、抗日战争、国共对抗都成为个人日常遭遇的背景,李娃只是被动地被牵扯到历史的洪流之中。

所以,李娃的叙述并不是想要"重写历史":"我不希望有人循着蛛丝马迹,翻出历史的旧案。当今这类事情,翻旧案的事例太多,都以为能

---

① 李亚:《初冬》,上海文艺出版社2021年版。

由此翻出了历史的真相。事实上，徒惹烦恼而已，既改变不了历史的本来相貌，也改变不了历史的伟大进程。"历史在他的观念之中是一种类同于宿命般的存在，所以他的叙述并不带有被历史书写所结构了的主观性，而是纯粹自然人式的主观性。"戏剧性的愿望是咱们老百姓生活的乐趣，是大家生活的希望所在。我理解是这样嘛。但是，事物的发展自有它的规律，它从来就不照顾咱们这些普通百姓的心里愿望。我解释不清这个哲学问题，就像普通大众一样，遇到解释不通的事情，我也将之称为天意。""人都说命运如何这般，我看命运就是个泥鳅，像咱们这样的小人物，不过是一把油手，钳不牢，抓不住，也猜不透它心里咋想的。如今，别看我活到一百多岁了，但是，命运这个泥鳅玩意儿，我依旧觉得很奇怪。乍一想来，命运算是自己的吧，可是掰掰手指头，仔细一算，自己的命运自己又能掌握几分。到了这次第，恍然间发现，一分也掌握不了，总是掌握在别人手里。""天意"与"命运"都不以个人意志为转移，渺小个体总是伴随着历史的飓风载浮载沉，参透不了其间真相，因为他所掌握的信息极为有限。比如大小姐考上了伦敦大学，为何又到了八路军学兵队？大表哥蔡琅玕又是为什么出现在新四军卫训队？这些情况相当复杂，一言半语很难解释清楚，成为讲述者的认知暗角。但是，"就像历史，虽然错综复杂，只要将顺了你就会发现，一切都是有板有眼的，一切都是有因有果的"。那些局部的因果藏匿在大命运之中，从属于宽阔无边的历史烟尘，因而他的叙述只是一个在大历史中幸存者的言说。

相较于殒身与消逝在大历史中的无数脆弱个体而言，李娃毫无疑问是一个幸存者。事实上，在他的叙述中，自始至终他都是一个幸运儿。在任何一个空间中，上海的十里洋场、国民党的官邸、新四军的部队，他总是能够得到赏识，结交贵人，并且总能逢凶化吉、遇难成祥，甚至在血腥残酷的战斗中也能够化险为夷、死里逃生。他的人生是一个开挂了的人生，在各种势力与意识形态之间游刃有余，关键在于这种游刃有余还不是因为他的聪明机智或理性明确，完全是靠运气。人人都喜欢他，而他也重情重义、文武兼修，在讲述时经常爆出的粗口也只是增添回眸往事时的豪气。

一般而言，幸存者往往心怀歉疚，但李娃尽管在某些片段谈及牺牲的同志时满怀深情与缅怀，却也只是一晃而过，他很快陷入一种沾沾自喜之中。那是一种历史胜利者和过来人的满足感，并不意味着积极的乐观主义，而是一种自我关注的自恋。这种幸存者言说规避了感伤主义式的患得患失与矫情悲悯。但因为这个过来人遭遇的幸运与顺遂，使得他的精神人格从未得到真正意义上的成长，也就无法从历史中学会真正的反思与总结，所以也无须做出道德优越的面目——他有的只是一个幸运儿的自命不凡。它显然是一个普通人的传奇故事。

二、个人时刻

作为历史幸运儿的个人回忆，李娃的一系列经历是平铺直叙的，巨细无遗而详略有别。对于那些革命战争史的重大事件，他不可能给出超出于意识形态解释之外的可能性——他对于过去经历的理解总是基于后来的传记与历史著作的阅读，因而总是匆匆带过，语焉不详。但像一切小人物一样，他总是克制不住与大历史交错的欲望，表现为叙述中与历史名人的交往、邂逅与偶遇，从革命党党魁到德国党卫军头目，从文化名流张爱玲到国共政军界领袖……只是在回忆讲述中，他们不再是以影响历史进程的面目出现，而只是历史的花边、闲谈的碎屑与传说的边角料。因为作为亲历者，李娃无法窥见总体性历史的全貌，他只是被动地参与历史洪流中，其实是一个旁观者，他的所作所为只是总体性进程中的一个微不足道的细枝末节。所以很多时候，《花好月圆》中，说话者李娃对他人与历史的言说是隔岸观火、影影绰绰的，就如同李亚在中篇小说《地铁》中所体现出来的一样：叙述者只是看见他人的生活，并在想象与流言中填充他人生活的细节。一方面在历史中行动，另一方面又试图给予其一个叙事链条，当叙述者无法建立起历史主体性的时候，繁复混杂的事实与实践也就找不到自己的形式，叙事往往就显现为一种精神分裂与矛盾纠结的状态。

李娃讲到他与某个上海女演员"娜拉"的四次偶遇，那个女演员后来到了延安，此后又在新中国的历史中扮演了重要角色，显然有着基本当代史常识的读者都知道这个女演员是谁。李娃在回忆中有着明确的历史后见之眼，却无法做盖棺定论式的言说——这是后革命时代主体性弥散的必然结果，言说者丧失了确定性的自信，而只是进入一种含糊其词当中：

这位"娜拉",或者说这位女乘客,虽然在历史上曾是一个呼风唤雨的角色,但在我的回忆录里,却算不上是个有几句台词的角色,至多算是个跑龙套的匆匆过客。我之所以一再提到她,就是想通过她,来显现伟大历史和咱们小人物命运之间的偶然性,还会给散乱的往事增加一些连续性。是的,经验告诉我们,往往就是这样,一个人,一件事,一件物品,好像都是微小的,凌乱的,甚至何足道哉,可是,一旦放进大历史里,这些微不足道的元素,往往更能彰显日常生活中的偶然性决定了历史的必然性,因而也强调了历史隐勾暗连的严密性。老侄儿,咱们不是谈哲学问题,那是个说不清的话题嘛,咱们只是谈一点儿自己的真切感悟。你也是知道的,老伯父我从来就不是一个有理性的人,经常在直觉与逻辑之间徘徊,时而在梦境与现实之间游走。所以,像"娜拉"这样的过客,像这样一个看似与我无甚关联的过客,我一说起来就没完没了,也是完全可以原谅的。

意味深长的是,当一度呼风唤雨的历史人物成为回忆录中"跑龙套的匆匆过客"时,回忆者本人并没有顺理成章地成为"主人公",他完全没有任何自信来诉说一个整全的历史,而让过去成为一个放任自流的偶然性与必然性彼此糊弄的玄言。

当然,我们不能求全责备,因为叙述者很明确地一再重申:"咱们只是帮我弄个回忆录,说一说个人的经历,又不是书写整个历史,所以,大的国际背景,大的国内形势,咱们就不讲了,咱也讲不清楚嘛。"他的言说的个人性,体现出言说时代的感觉结构的个人性,这种个人性可能是恒常的存在,事实上言说者自己也充满了这种似是而非的认知:"小思维和小视角,具有普遍性,不仅代表着广大民众的传统习惯,也可以代表咱们这个民族的大传统和大美德,你可懂?哦,你半懂不懂。那没有关系,时间长了,你长到我这个岁数,就懂得咱们李庄的小思维小视角是很珍贵的了。"这种貌似辩证的言论,只是证明了言说者逃避任何确定性的犬儒主义。这使他的言说总是陷入一种精神分裂式的冲突当中。上一刻他申明叙述的可疑性:"说的话是真是假,不是说话的人说了算,是听话的那个说了算。世界就是这样的,容易产生悖论,而且,越是悖论,越是流行。"下一刻他又会义正词严地宣称:"千万别玩弄想象,别为了感动人,耍个小聪明,我不同意,不同意你为了自己的文章显得真实而玩弄历史,这样是不道德的。"当叙事不能自洽的时候,他则会给出一个模棱两可的选择:"站在民众的层面上,我是选择家国的,要是站在个人的角度上,我就选择人性。"

矛盾的叙述意味着对于过去的言说本身的千疮百孔与破绽百出,所以李娃的一生并不能从形式逻辑上自圆其说,但却是生命意义上的完整状态,那是一个普通个体在历史进程中的自然状态。唯一能够形成自洽的是自然人在社会与历史中那源自生命本能的情感,这种自然情感跨越阶层的隔阂、文化的差异与意识形态的冲突,成为自然人在历史中幸存的原因。在这种历史之中,"主要人物""次要人物"与"匆匆过客"只是依赖于他们与叙述人之间远近亲疏的关系。对于高级知识分子与共产党领导,李娃是以他的质朴本性赢得友谊;对于民族资本家方仪望,他的态度是"乱世坎坷,岁月崎岖,人心热似炭火,生涯凉如冰铁,哪里还能见到老姑父这般好人嘛";对于后来转化为敌人的国民党长官,他也饱含理解:"阶级不同,阵营不同,但人是有感情的嘛。到了现在这个年岁,针对祝长官,我还是心安的,因为,这一生我从来没有忘记过他,也从来没有说过他半个不字。若要论说这个,咱们真的没有多少冠冕堂皇的道理可言。到现在,我一想起后来有很多仗都是和祝长官的部队打的,心里矛盾重重。唉,天下纷争,江山换代,众生轮回,我想,祝长官在天之灵,一定会理解这些的。反正我希望,他在天堂里想起自己做过的错事时,能够深深反省并内疚不已,时而想起自己做的好事时,也能够开心一笑。"

显然,过去发生的军国大事,对于回忆者而言并不是关注的重心。方公馆的社交、部队与官场中的钩心斗角、战场上的你死我活……这些人与事在李娃的叙述中充满了套路化、刻板化与陈词滥调——它们在某些时候还表现为一种经过外界话语(历史书写、媒体传播与意识形态教育)所规定了的形象。真正令人印象深刻的是那些个人的时刻,如李娃为了大小姐背叛祝长官,带她从战俘营逃走,两个人一路奔波,遭遇各种艰难困苦,却充满浓郁的情义。这样的时刻开启了真正的文学时间而不是历史时间。时间拥有连续性，却是非均质的，紧要处与个人感受紧密相连，历史则成为一幕幕绝处逢生、转危为安的喜剧。但是文学时间稍纵即逝："命运有时候是十分诡异的。在方公馆里，大小姐要让我有时间，我就会有时间，但彼时我们不知道何为畅谈，只知游戏玩耍，可谓天真无邪，凡事不需思考，因而没有念头。所以，到了老年，回头一想，才觉得少年时光耐得咀嚼，只是身在其中，不知人生此刻意味十分珍贵。现在长大成人了，特别是有了些经历，双方相见，很想畅谈一番，却偏偏没有时间了，也偏偏没有了那份无邪情怀。"回忆者始终没能摆脱社会与历史的规训，文学时间只是那些弥足珍贵的个人情感时刻的孑遗。

个人时刻凸显出了"过去"重现时的三种维度：历史以客观面目出现的记录，记忆以个人选择润饰后显示出来的回忆，以及对于历史与记忆的文学叙事。《花好月圆》在最后试图以"小帮助"的文学叙事来整合前二者之间的扞格，也正证明了它还在90年代文学话语的延长线上。这种话语以个人为历史的核心，将人性化约为与意识形态分立的存在，在经过几十年的发展中渐成窠臼，进而出现了松动的迹象。

三、记忆、历史与文学叙述

李娃、文化馆馆长与"小帮助"，这三代人分别构成了《花好月圆》缺乏主音的三重调式，即对于"过去"的记忆、历史与文学的多种表述。他们分别采取的方式是说话（口头）、笔录与想象（文字），他们的角色是言说者、记录者与叙述者。言说者的回忆看似构成了主音，但他讲述的过去遭到叙述者的怀疑，因而也只是不同调式中的一种。这是李亚在叙事上的创造：他将隐含作者（implied author）做了清晰的分解，并且让他们彼此对话，从而形成了对于"过去"的复合理解。

言说者李娃的叙事有着现实主义小说的表象。一般而言，现实主义小说预设了客观的历史，人物塑造需要在历史时间中完成身体与精神上的社会性成长。但如同前文所述，李娃的性格并没有社会意义上的成长，这与他所处的危机时代的非常态社会有关，那是历史的例外时刻，使得身处其中的人们精神维度被动地单一化。不过,他的自我叙事也没有成为现代主义式的象征与寓言,可以说李娃的单向度形象折射的是个人化叙事的不可靠——记忆天然地清洗了过去经历中芜杂的内容。正如作为主体的李娃言说磨平了先锋小说的极端锋刃,欲望被纯爱所取代,死亡与性爱被浪漫淡化,暴力战争被置换为传奇冒险,自我关注的心理感受则得到极大强化。尽管一再强调历史主义式的"真实",但是李娃也很清楚"事实与传说相比是短暂的,而传说的生命力是永恒的"。他的真实是个人真实,而不是总体真实,是心理真实,未必是物理真实。在叙述者"小帮助"看来,李娃深受鼓书艺人的影响,并且饱受个体情绪的左右。"鼓书艺人高麻雀怀揣着摄人魂魄的邪技,他善于制造一个个极易穿越的时空,也善于制定善恶之间的最佳距离,左进一步就跨到善的一面,右进一步就跨到恶的一边。他摸清了听众的喜怒哀乐,由此他非常娴熟地塑造了一个个能够迎合听众善恶观念的人物形象。他巧妙地运用这些,就像操纵提线木偶,调动着听众的复杂情感。他善于使用历史人物望风捕影制造幻象,吊儿郎当地在真实历史的缝隙间一边自由行走,一边信手编织出一个个情感丰沛的故事,让所有的观众都神秘地深深陷进他魔法般的世界里。"所以,李娃言行不一,他的回忆言说真假参半,体现出一种残缺而单一的视角。

记录者则抱着留存史料的观念,并且试图从个体言说中发掘普遍的命题:"一个小人物的命运和大历史的进展是紧密相连的,千万不要因为自己是个小人物就自暴自弃,不关心国家大事,不关心历史进程。事实上自古以来,王朝的兴盛与颓败,都与咱们这些小人物息息相关。"但是他的视角完全跟随着亲历者的言说视角,这使他丧失了自身的辨析能力。如果说李娃的回忆是极力将个人记忆与历史话语进行剥离,实际上成为一种自我评价而非客观描述,陷入一种泥腿子战士的认知单一性之中,那么记录者则陷入被李娃鼓书艺人般蛊惑的另一种单一性当中。讽刺的是,这位连名字都没有出现的历史记录者身体非常孱弱,甚至早于他的伯父李娃先行逝去——李娃讲述的戛然而止正是因为记录者的病故,因而造成了回忆录只进行了一半就截止了。这似乎隐喻了"历史"的脆弱性——相较于记忆的活力与生长性,秉笔实录的历史是干枯而易逝的,且没有提供任何新鲜的经验与理解。记录者如果不从记忆言说中提升,超越性地对个体暗昧的散点回忆进行清理，记忆的浮尘就会掩埋历史，进而僭越地宣称它们是对于过去的客观而真切的记载。

文学叙事者"小帮助"与记忆言说者一样，"无法分清楚什么是真实的生活，什么是迷乱的幻象"，但是他有一个定性："我拿定了一个好主意，那就是，不允许任何事情在我纯洁的脑海里漂浮和徘徊，甚至路过。一旦我脑海里充满碎云般的事情，我都及时快速地把它们打成一包包书籍一样的包裹，码放在望不到尽头的书垛之间，等待某一个时刻到来，我就用叉车把它们挑起来，装上开往远方的卡车，拉到一个又一个书店里，摆上书架，一本一本地全部卖掉它们。或者，把它们装上高大的十轮卡车，用绳网把车厢罩得严严实实，以免行驶间撒落到路上，然后一路狂奔，径直开往迷雾中的纸浆厂，一直开到化浆池的边缘，把它们倾倒在永不停止的传送带上，就像传送命运与历史一样，逐渐传送进药味刺鼻并且深不见底的池子里，连同那些崭新而隐秘的书籍一同消失在溶液里，一同消失在时间的最深处。"也就是说，文学叙述者对过去的含混性有着自觉的认知，但是他以其实践性介入历史中，让过去接受现实的自行拣选。在这个意义上，文学的价值就凸显出来，它不再只是记忆的载体与工具，也没有被历史的似真性话语所困扰，而是以自己的形式让记忆与历史各自表述出来。

在文学书写并将此种书写放入公共文化的实践之中，革命与战争、史实与想象、人性与情感才得以融合。正如阿伦特（Hannah Arendt）在谈论雅斯贝尔斯（Karl Theodor Jaspers）时所说："Humanitas（人性）无法在孤独中获得，也无法以'将作品交给公众'的方式而获得。只有当人把自己的生活和人格都置入'公共领域的冒险'中时，它才能被人获得。"① 这里的人与人性是自我与他者，过去、现在与未来的融合，时间化为生命的绵延和连续的形式，才能释放出能量，在主体弥散的语境中重新对人与历史进行弥合与缝补。我对李亚并不熟悉，只知道他是一位出身于军旅的作家，但他的创作并没有太多涉及军旅与战争题材。在陆续读了一些他的

---

① 汉娜·阿伦特：《黑暗时代的人们》，王凌云译，江苏教育出版社2006年版，第65页。

中短篇后，我遇到了《花好月圆》，这本书出版以来并没有受到多少关注，多少有些令人意外。我觉得在历史题材书写中，他对于"过去"的多维呈现可能被低估了。

　　作为过去与未来之间的居间，叙述创立了一个空间，让时间在其中展开。其中对于过去的态度就成为关键性的因素：让记忆成为负担（埋首于过去的历史主义和尼采（Friedrich Wilhelm Nietzsche）所批评的历史滥用），还是让过去成为照亮未来的明灯（实用主义或实践主义的态度）。个体记忆、历史书写与文学叙述在不同层面上都具有自身的合理性，但如同过去永远无法复归，也没有对于过去的绝对的真理认知，有意义的是敞开各种空间，让对过去的书写拥有不同表述交流的空间，而由读者自行判断。这提示了文学（无论是虚构还是非虚构文体）书写中的一个自我定位问题：如果要使自己区别于个人情绪所左右的偏见，或者历史科学的附庸与注释，它必须自觉到所有表述共有的限度，这样才能为"过去"赢得与敞开长久被压抑的自由。

历史与形象
——新人文备忘录

后记：创造"历史"以进入历史

2022年国庆节前夕，我在绵阳，原本计划利用假期与同事到甘孜去旅行，因为安州区突发的疫情波及，只能留守在新北川县城。正巧此时崔庆蕾兄受吴义勤老师委托向我约稿，我欣然答应下来，利用业余时间将近几年发表的自认为品质尚可的论文结为一集。回到北京的居家期间，我又逐篇进行了修订和打磨，便成了此书现在的模样。

此书并非杂凑而成、主题散乱的文集，而是围绕着历史与形象的核心，通过立足于文化融合的现实，重新认识当代性与历史、时间与记忆等问题，进而在学术史的基础上，综合讨论了乡村叙述、知识分子表述、地方书写等议题，形成了对于21世纪以来新人文现场的定位与侧写。关于个案讨论的选择，也贯穿了这种观念和谱系式写法，希望通过具体作家作品抵达具有历史纵深和横向开阔视野的理论命题。李洱与"理念人"的演变，滕肖澜与市民文学的传承，石一枫与现实主义流转，陈福民在文史脉络里的创造，阿来作品的文学治疗意义，李亚表现出的历史多声部叙述，以及内在于徐则臣、路内作品中的流动的现代性问题，等等，关联的是知识分子、市民、城市边缘人、少数民族、农民、军人等作为"历史中人"的当代形象。这些论述同近年来我关于"新人文"的思考密切相连，尽管是以文学批评作为切入点，却波及更广阔的人文学层面，可以视作一种寻求文学在新时代历史进程中意义的愿望。

关于历史和文学这一历久弥新的话题，论者甚夥，我在书中正文已从不同的层面进行综合探讨和个案寻绎，本不必再行解释。为了强调作为批评者的主体意识，兹录下我以前为《山花》写的一篇随笔《创造"历史"以进入历史》作为"代后记"。

对于历史的热情根植于人类对于自身存在的自我证明，因为记忆被视为一个人实有的条件——一个毫无记忆力的人无疑是个空心人，只具备了人的外壳，而没有知识和精神内涵。但历史和记忆之间并不构成等价关系，前者根植于后者芜杂丰富的基础，而将自己打造出客观实在的面目。历史常常被我们滥用，如果从语义学进行周延一些的分析，历史是过去的实存，由于时间的不可回溯，它永远是无法究诘真相的。所有僭称自己对于历史真相的还原，如果不是诳妄就是谎言。而常常被我们指称的"历史"其实只是关于历史的记录、书写、铭刻和承载，除了书写文化诞生后的文字之外，历史广泛地存留在口头传统、图像碑刻、民俗事象、宗教仪轨、衣物建筑、考古实物之中。我们所有关于过去的认知只是来自这个第二维度的"历史"。从这个意义上来说，文学中的历史其实是"影子的影子"。

这并不意味着文学一定比"历史"低级，二者在某种意义上都只不过是对历史的叙述，只是"历史"往往倾向于总结出一定的规律，总是摆脱不了某个特定思想框架之下史观的影响，缺乏文学细节所提供的情感性、精神性和心灵的内容，而这正是小说想象性的特长。虽然文学也存在着同样受主导性思想支配的问题，但它却可以在自己所创造的世界中最大限度地保留开放性和毛茸茸的多样性。亚里士多德（Aristotle）说"诗比历史更真实"，其意义就在于此。因而，在虚构性作品中书写历史是作家们乐此不疲之事，这当然与文学的起源有着莫大的关联——它与神话传奇、史诗吟唱、史书叙事有着千丝万缕的联系。

但文学必须以超越于历史的包容性和真理性参与历史实践之中，才能使自己不再是游离于时间之外的浮游生物，摆脱怡情遣兴的雕虫小技的形象。司各特（Walter Scott）的《艾凡赫》、雨果（Victor Hugo）的《九三年》这样直接书写历史的小说无论在观念和技法上都曾经给中国的现代小说以示范的教益。事实上，通过小说来写历史一度成为中国现代文学早期的重要一脉，他们往往带着一种"古为今用"的灵活性去复活"资治通鉴"的史家古训。郁达夫、郭沫若等从事过历史小说实践的人物都力图将"历史"作为对象，以烛照当下的现实，充满明确的主体意识和政治关切。这种"古为今用"或者"以今述古"，意在通过小说的写作进入改变历史的进程之中。

这与早先的历史通俗化形成了一定的区别，比如冯梦龙、蔡元放的《东周列国志》或者蔡东藩卷帙浩繁的历史通俗演义，往往秉承史书常见的春秋笔法，并不注重人物个性塑造，而突出事件来龙去脉的趣味和各种人际与社会关系的曲折离奇，并贯穿作者个人符合大众趣味的素朴道德教化。这种大众娱乐与教育产品并不具备史观的自觉，而现代历史小说则要明确得多，姚雪垠以五十年之力完成的《李自成》就是典型的代表。如董之林所说，把农民起义和农民战争作为推动中国社会发展的动力，是用马克思主义唯物史观观察和阐述中国历史得出的重要结论。对历史本质的这种判断和解释，使新中国成立以来的文艺运动始终把塑造工农兵形象、塑造阶级斗争中"叱咤风云"的无产阶级革命英雄的典型形象当作文艺工作的首要任务。姚雪垠赞成这种主张，并以《李自成》参与了这一意识形态的文化建构。但结构的复杂性在于，历史小说描写的一系列"事件"和"必须符合思维法则地加以认识的行为，两者之间的界限并不是确定的"。规约在创作中不断实现的过程，实际上也是在撒播与移植中不断变形的过程，正如小说家关于只有"深入历史"和"跳出历史"才能完成"艺术使命"的比喻。因此，无论从整体布局还是具体描写，《李自成》实际上要比意识形态规定的范围丰富、复杂得多。在观念与小说之间的隙缝中，文学得以生成，而它自身也成为一个标本性的文本，滋养着后来历史小说的历史形态。

当然，新时期以来，随着历史观念的多元化，历史小说的面目无疑要复杂得多。既有徐兴业《金瓯缺》、刘斯奋《白门柳》那样讲究名物考证、注重史实的"还原历史"名作，也有高阳的历史人物系列小说、二月河讲帝王心术的"王朝系列三部曲"那样更多传奇化之作。在新历史主义理论的熏陶之下，"历史"与

"文学"之间的界限变得模糊，唐浩明的《曾国藩》《张之洞》《杨度》、熊召政的《张居正》、孙浩晖的《大秦帝国》、王跃文的《大清相国》之类作品则更着眼于某种个人观念的表达。而这些历史小说之外，先锋文学中常见的私人化、欲望化、碎片化的历史表述，如苏童《我的帝王生涯》《武则天》之类，则已经几乎抛弃了史实本身，而将历史事件和人物作为符号，缀结在结构网络之中，成为修辞的一种。

对于当代历史的热情也促生了大量作品，它们延续了"新历史主义小说"普遍存在的特征，尤其在革命历史的叙述中，以个人化、传奇化、风格化对抗革命历史主义和宏大意识形态，带来的往往是历史本身的淆乱。关于王安忆的《长恨歌》《天香》、金宇澄的《繁花》、艾伟的《风和日丽》、贾平凹的《古炉》、阎连科的《四书》、莫言的《檀香刑》《蛙》等，已经有很多批评。我想绕开这些所谓主流文学叙事中的作品，谈两部"非主流"历史小说，我认为它们显示了两种历史小说的当下途径。

一个是历史学家李敖的《北京法源寺》。他自称其中的史事，"都以历史考证做底子，它的精确度，远在历史教授们之上。在做好历史考证后，尽量删去历史中的伪作，而存真实。……史事以外，人物也是一样。能确有此人、真有其事的，无不求其符合。除此以外，当然也有塑造的人物，但也尽量要求不凭空捏造"，并且总结说："写历史小说，自然发生'写实的真'和'艺术的真'的问题，两种真的表达，小说理论头头是道。《北京法源寺》在小说理论上，有些地方是有意'破格'的。有些地方，它不重视过去的小说理论，也不重视现代的，因为它根本就不要成为'清宫秘史'式的无聊小说，也不愿成为新潮派的技巧小说，所以详人所略、略人所详，该赶快'过桥'的，也就不多费笔墨；该大力发挥的，也不避萧伯纳（George Bernard Shaw）剧本《一人演说》之讥。"李敖学识渊综广博，单是开头对于法源寺的来龙去脉的纵向考察也颇见功力，其思想中时时闪现的火花完全是在阅读与行动交替中淬炼出来的，充满明晰的智慧与深刻的认知。但是如果以"纯文学"观点来看，《北京法源寺》却是个失败的小说，书中大量的人物之间的辩难、诘问、回答、分解、提炼、厘析、剖辨，往往脱离了情节的语境，而直接成为作者本人的代言。但是，他本意是通过"法源寺"勾连挂牵起千年的风云变迁、人事更迭，更强调对于晚清民初几十年风云际会的康梁谭王的思想走势集中的写意式勾勒、启蒙与变革思想的通俗化解读，目的在于"以具象的、至今屹立的古庙为纵线，以抽象的、烟消云散的历朝各代的史事人物为横剖，举凡重要的主题：生死、鬼神、僧俗、出入、仕隐、朝野、家国、君臣、忠奸、夷夏、中外、强弱、群己、人我、公私、情理、常变、去留、因果、经济（经世济民）等等，都在论述之列"，这个目标实际上部分达到了。

另一个是编剧宋方金的《清明上河图》，这个小说整个叙事语法就是虚构改编现实，或者说历史和生活是按照想象进行的。本着这种结构，宋方金对历史进行了一番戏谑性的重写，将《水浒传》中的虚构人物和历史中真实的宋徽宗、李清照交织起来，虚实相生，书写了一个亦真亦幻、妙趣横生的故事。小说中充满了各种无巧不成书的设计，却又严丝合缝、自圆其说。可以想象，当作者终于找到所有历史和幻想、事实与捏造、正史叙述里正襟危坐的君王奸臣与文化传说中的好汉名妓邂逅的门径之后，如释重负的感觉。这种感觉带到了小说里，形成了卡尔维诺（Italo Calvino）般的轻逸气质，也让读者的阅读感觉轻飘起来，你会感觉作者在满足于讲一个好看的故事，故事讲完了，然后就没有了。在讲述这些已经被讲述过无数次的传说与故事的时候，宋方金必须另辟蹊径才能避免重复前辈已经踏上无数次的道路。他是经过了80年代先锋文学、新历史主义和无厘头电影之后的文艺青年，自然而然地选择了戏说的途径，通过脑洞大开的奇思妙想再造出一个新鲜烂漫、如同初心的那种根本上的故事。最初的故事总是带有街谈巷议、流言蜚语的特征，人们听故事并没有指望从中得到伦理教化和微言大义，它是一种无功利、非目的、去意义的娱乐行为，因而宋方金的描写和叙述下意识地流露出童心般的诗性气质。

我与宋方金聊过《清明上河图》，他自己非常满意这个作品，说不是要还原历史，而是以历史作为材料，写一种可能性，或者是一个平行宇宙。他相信故事把无限凝于一瞬，同时又使一日长于百年："我希望能拆掉历史的藩篱和界石，让读者直接和故事对接，而不是要通过知识的鸿沟。"这个话是有针对性的，针对的是过于严谨地按照史实叙事，没有特定知识背景的读者往往会不明就里，难以进入。不过这番说辞其实也暴露了《清明上河图》作为小说的不足之处，它太像一个电影剧本了，起承转合间的蒙太奇导致了情节的跳脱式发展，人物像赶通告一样气喘吁吁地奔向下一个场景，因而来不及展示自己的个性。他们像一个个提线木偶纷至沓来，让读者目不暇接，叙事的加速已然失控，作者已经刹不住车了，只好草草了事，呈现出一副高潮来临的模样。小说和电影的戏剧化都是我们时代的大俗套，虽然宋方金摆脱了好莱坞式故事的高度概念化，却也未能免俗。这样固然完成了类型化电影般的叙事，却也锁死了故事生发的多种可能性。原本轻盈的飞翔，到最后落地变成了光明的大和谐，这多少让我有些不满。

之所以谈到这两部作品，因为他们都是"反文学"的小说，即基于对既有历史小说叙事理论的不满，而一个以政论式叙述，一个以电影化手法叙述，意在生发讲述历史的可能，而不是讲述"历史"的已然。文学的意义在于它是"历史"之外的东西，它通过叙事加入历史现实的实践之中，"历史"总是被当下所讲述，而这个"当下讲述"本身构成了历史实践的组成部分。这种有些绞绕的表述并不是我的文字游戏，而是要表明历史、"历史"（历史记录）和小说之间的平行关系，它们共存于时空之中——历史似乎已经远去，但"历史"和文学却可以改变历史的认知。文学中的历史，在这个意义上，需要寻找到自己独特的叙述维度，创造出新的"历史"和历史，而不是跟在已成俗套的既定话语后面规行矩步。

书不尽言，言不尽意，呈于目前，欢迎指正。

作者谨记于 2022 年 12 月 5 日